Bruns & Brunetti
Lauter schöne Tage

PIPER

Zu diesem Buch

Bevor Dieter Bruns, ehemaliger Personalchef im Ruhestand, seine kostbaren Jahre in der Seniorenresidenz »Lebensruh« vertrödelt, geht er lieber auf große Fahrt. Kurz entschlossen unterschreibt der begeisterte Turniertänzer einen Anstellungsvertrag als »Gentleman-Host« auf der *Princess of Glory* und wird zum Star der alleinreisenden Damen.
Sarah Wolf hat ebenfalls vor, aus beruflichen Gründen auf der *Princess of Glory* einzuchecken. Allerdings arbeitet sie eher »freiberuflich«, denn Sarahs Tätigkeit ist Hochstapelei mit Schwerpunkt Heiratsschwindel. Und weil die Katze das Mausen nicht lässt, manövriert sie sich auch an Bord schnell in größte Schwierigkeiten. Doch zum Glück ist da noch Dieter – gemeinsam hecken sie einen raffinierten Plan aus, der am Ende nicht nur Sarahs Liebesglück beflügelt …

Dieter Bruns, Jahrgang 1945, war ehemals Personalvorstand eines großen Hamburger Medienunternehmens und verbringt seinen Unruhestand auf den sieben Weltmeeren.

Sara Brunetti alias Sara Galbani alias Sarah Wolf wurde 1988 in Pforzheim geboren. Ihre rasante Karriere als Hochstaplerin beendete sie auf Anraten von Dieter. Sie verwendet ihre lebhafte Phantasie nun nicht mehr für das Fälschen von Lebensläufen, sondern für die Belletristik.

»Lauter schöne Tage« ist das gemeinsame Debüt von Bruns & Brunetti. Unterstützt wurden sie dabei von einem prominenten deutschen Autorenpaar.

Bruns & Brunetti

LAUTER SCHÖNE TAGE

Roman

PIPER

Mehr über unsere Autoren und Bücher:
www.piper.de
Aktuelle Neuigkeiten finden Sie auch auf Facebook, Twitter und YouTube.

Ungekürzte Taschenbuchausgabe
August 2017

erschienen im Verlagsprogramm Pendo
Umschlaggestaltung: U1 berlin/Patrizia Di Stefano
Umschlagabbildung: imagezoo/Allen Bradley
Satz: Kösel Media GmbH, Krugzell
Gesetzt aus der Legacy Serif
Druck und Bindung: CPI books GmbH, Leck
Printed in Germany ISBN 978-3-492-31070-3

Das soll ab sofort mein Alltag sein? Hahn im Korb beim Tanztee um vier? In Puschen zum Bingo-Nachmittag? Nicht mit mir! Ich, Dieter Helge Bruns, habe noch viel mit meinem Leben vor. Sehr viel!

Dieter Bruns, 71 Jahre, Personalchef im Ruhestand

Irgendwann erwische ich schon noch mal das dicke Ende von der Wurst. Und dann habe ich ausgesorgt und wohne in einer Villa am Gardasee statt in einem Ein-Zimmer-Apartment in Pforzheim. Aber jetzt muss ich erst mal zusehen, dass ich Land gewinne. Im wahrsten Sinne des Wortes.

Sarah Wolf, alias Sara Galbani,
alias Sara Brunetti, 28 Jahre, Hochstaplerin

I

Papa, so schlimm ist es doch gar nicht.« Mareile lächelt mich aufmunternd an. »Die Musik ist ganz schön flott.«

Mit der Faszination des Grauens starre ich auf die Tanzfläche. Acht ältere Damen drehen sich zum Takt der *Capri-Fischer* pärchenweise im Kreis, während ihre frisch ondulierten Löckchen in zartem Lila auf und ab wippen. Offensichtlich gehen sie alle zum selben Friseur. Und offensichtlich haben sie auch den gleichen Musikgeschmack. »Wenn bei Capriii die rote Sonne im Meer versi-hinkt!«, schmettern sie gerade im Chor.

Aus den Augenwinkeln sehe ich, wie von links eine weitere Greisin mit ihrem Rollator schnurstracks auf mich zuhält. Die will doch wohl nicht? Die will!

»Junger Mann«, flötet sie kokett und zwinkert mir dabei auch noch vertraulich zu, »Damenwahl!«

Als ich nicht sofort reagiere, setzt sie sehr bestimmt und in unüberhörbarer Lautstärke hinzu: »Wenn ich bitten dürfte!«

Ich rette mich in einen Hustenanfall, stürze panisch ein

Glas Wasser hinunter und suche mit der Bemerkung, noch mal schnell wohin zu müssen, fluchtartig das Weite. »Bella, bella, bella Marieee!«, schallt es hinter mir aus den Lautsprechern. *Schneid mich ab, häng mich auf morgen früüüh!*, ergänze ich im Geiste.

Auf der Herrentoilette der Seniorenresidenz *Lebensruh* wasche ich mir ausgiebig die Hände. Vorsichtshalber binde ich mir auch meine Krawatte neu. Eigentlich saß sie perfekt, aber so kann ich ein wenig Zeit schinden, bevor ich zurück in den Speisesaal muss. Noch hege ich die vage Hoffnung, dass meine Verehrerin aufgibt. Wenn ich richtig Glück habe, ist sie sogar dement und hat mich gleich wieder vergessen. Vielleicht sollte ich aber auch den Notausgang suchen, abhauen und Mareile ihrem Schicksal überlassen.

Immerhin war es die glorreiche Idee meiner Tochter, dieses Altenheim zu besichtigen. »Du bist nicht mehr der Jüngste, Papa«, hatte sie vor ein paar Wochen am Telefon zu mir gesagt. »Seit Mamas Tod kommst du überhaupt nicht mehr richtig raus. Und stell dir vor, du stürzt die Treppe runter! Das merkt doch dann keiner!«

Nicht mehr der Jüngste! Pah! Empört schnaube ich mein Spiegelbild an. Schließlich bin ich erst einundsiebzig. Ein Mann im besten Alter sozusagen!

Mit dem Alleinsein hat Mareile allerdings nicht ganz unrecht. Sie selbst lebt ja in San Francisco, das ist für kurze Stippvisiten definitiv zu weit weg. Und seit meine Marianne vor zwei Jahren an Krebs gestorben ist, habe ich auch keine Lust mehr, mich ständig unters Volk zu mischen. Was soll ich auch als Witwer zwischen lauter Ehepaaren? Und dann immer diese mitleidigen Blicke, fürchterlich! Oder die guten Ratschläge à la »Mach doch mal ein bisschen Sport,

Dieter! Wie wär's denn mit Walken?«. Als ob es eine spaßige Angelegenheit wäre, mit zwei Stöcken durch den Wald zu wetzen!

Etwas mehr Bewegung täte mir aber tatsächlich ganz gut. In letzter Zeit habe ich um die Körpermitte doch etwas zugesetzt. Dabei war ich immer rank und schlank – von wegen *Ein Mann ohne Bauch ist wie ein Himmel ohne Sterne*! Ha! Mit Marianne bin ich früher zum Tanzen gegangen – Turniertanz, versteht sich, ziemlich professionell und auf einem hohen Niveau. Ohne angeben zu wollen, kann ich mit Fug und Recht von mir behaupten, dass ich wirklich ein sehr guter Tänzer bin!

Aufmunternd nicke ich meinem Spiegelbild zu und gebe mir einen Ruck. Ich kann ja nicht ewig hier im Waschraum rumstehen. Langsam gehe ich durch den langen Flur zurück. Sehr gediegenes Ambiente: Marmor, Seidentapeten, ein teures Beleuchtungskonzept – aber trotzdem dieser muffige Geruch, der einem die Kehle zuschnürt.

Zurück am Eingang zum Speisesaal linse ich erst einmal unauffällig um die Ecke. Mist! Rollator-Elli steht immer noch an unserem Tisch und hat Mareile in ein Gespräch verwickelt. Eine weitere Frau, ungefähr im Alter meiner Tochter, hat sich dazugesetzt. Angeregt plaudern die drei miteinander. Und die Tanzmäuse schubbern mittlerweile zu Peter Alexanders *Bambina* übers Parkett.

Ich überlege gerade, doch noch auszubüxen, da versetzt mir jemand einen Stoß in den Rücken und schubst mich unsanft in den Speisesaal. »Herr Bruns, nicht so schüchtern!«, dröhnt es hinter mir. »Unsere Damen beißen nicht.« Frau Kaluppke, die Leiterin dieses »Rentner-Paradieses für gehobene Ansprüche«, packt mich resolut am Arm und zerrt mich Richtung Tanzfläche.

Diese Frau war mir gleich unsympathisch. Irgendwie hatte sie etwas von einem Geier: groß, hager, gebogener Riesenzinken, ganz in Grau gekleidet. Geschlagene zwei Stunden hat sie Mareile und mich heute Morgen durchs Haus geführt und versucht, uns von den Annehmlichkeiten des Etablissements zu überzeugen. »Sie werden begeistert sein, Herr Bruns! Wir haben hier wirklich alles: einen Friseur, diverse Ärzte, ein Schwimmbad im Keller, eine kleine Wellness-Abteilung mit Sauna und Dampfbad, Physio, einen Fitness-Parcours im Park, eine Bibliothek, einen Kiosk und zwei Restaurants. Wenn Sie hier eingezogen sind, brauchen Sie *Lebensruh* nie wieder zu verlassen!«

Grausame Vorstellung, dachte ich nur und versuchte, die Hand von der Kaluppke abzuschütteln, die sie in meinen Arm gekrallt hatte. Als bräuchte ich Hilfe und müsste geführt werden, Unverschämtheit!

»Und dann unsere wunderbaren Events!«, schwadronierte Frau Kaluppke unbeirrt weiter und zog mich hinter sich her. »Einmal in der Woche veranstalten wir einen Kino-Nachmittag, nette Liebeskomödien und Heimatfilme – Sie werden es lieben! Außerdem basteln wir gemeinsam, gerade zu Ostern und im Advent sind diese Treffen sehr populär. Da finden Sie dann auch ganz leicht Anschluss, Herr Bruns.«

Ich versuchte mir vorzustellen, dass ich in Gesellschaft gestandener Damen und Herren Eier ausblies oder Laternen aus Tonpapier bastelte. Innerlich schüttelte es mich.

»Und dann ist da natürlich noch unser Tanztee, immer donnerstags, ab sechzehn Uhr bis zum Abendbrot. Ein Highlight, sage ich Ihnen! Jedes Mal eine Bombenstimmung! Aber davon können Sie sich ja nachher selber überzeugen.«

Frau Kaluppke schiebt mich nun entschlossen in das Epizentrum dieses Highlights, und bevor ich mich wehren kann, lande ich auch schon in den Armen von Rollator-Elli. »Da sind Sie ja endlich!«, ruft diese beglückt. »Wir waren kurz davor, uns Sorgen zu machen.« Dann sieht sie mich mitleidig an und fügt hinzu: »Ja, ja, die Prostata, nicht wahr? Das kenn ich noch von meinem verstorbenen Mann.«

Bevor ich erbost erwidern kann, dass mit meiner Prostata alles völlig in Ordnung ist, ertönt der nächste Song – *Ganz Paris träumt von der Liebe*, Catherina Valente. Die Dame packt beherzt meine Oberarme und beginnt, mit den Hüften zu wackeln.

»Verehrteste, ich bin nicht Ihr Rollator«, sage ich streng und übernehme die Führung. Augenblicklich gleiten wir geschmeidig durch den Saal – meine Angst, ein wenig aus der Übung zu sein, ist vollkommen unberechtigt. Die Musik geht vom Ohr direkt in die Beine, ich hatte schon fast vergessen, wie viel Spaß das Tanzen macht – selbst mit einer nur mäßig begabten Partnerin.

Als das Lied endet, stelle ich fest, dass Rollator-Elli nicht nur aus der Puste, sondern auch etwas wacklig auf den Beinen ist. Vorsichtig führe ich sie zu ihrer Gehhilfe zurück. »Vielen Dank für den Tanz«, sagt sie und lässt sich ächzend auf einem Stuhl nieder. »Es war mir ein Vergnügen«, erwidere ich lächelnd und setze mich wieder zu Mareile.

»Haben Sie das mal beruflich gemacht?«, fragt mich die fremde Frau an unserem Tisch interessiert.

»Bitte was?«

»Das Tanzen.«

»Nein, nein, ich war Personalchef in einem großen Pharmakonzern. Tanzen war immer nur ein Hobby, also der Turniertanz …«

»Wusst ich's doch!«, sagt die Frau triumphierend, »Sie haben das mal professionell betrieben. Das sehe ich doch gleich. Sie sind nämlich wirklich ein ausgezeichneter Tänzer!«

»Na ja«, wehre ich verlegen ab, »ein wenig eingerostet vielleicht. Trotzdem herzlichen Dank für das Kompliment, Frau … äh …«

»Entschuldigen Sie bitte, ich habe mich noch gar nicht vorgestellt«, sagt sie prompt. »Kieser mein Name, Sonja Kieser. Meine Mutter wohnt hier in *Lebensruh*, ich besuche sie gerade.« Und dabei deutet sie auf Rollator-Elli, die mir förmlich die Hand reicht.

»Gerda Kieser, sehr angenehm. Darf ich denn hoffen, dass Sie bald zu unserer kleinen, eingeschworenen Gemeinschaft gehören?«

Mein Blick schweift über diese *eingeschworene Gemeinschaft* – die Damen drehen sich gerade zu Fred Bertelmanns *Das blaue Meer und Du* im Kreis, während Rollator-Elli alias Gerda sich zu mir beugt und die Textzeile *Wir wollen niemals voneinander scheiden* in mein Ohr summt. Nur über meine Leiche! Unauffällig rücke ich mit meinem Stuhl ein wenig von ihr ab, und da offensichtlich eine Antwort von mir erwartet wird, frage ich zögerlich: »Wo sind denn die anderen Herren? Ich gehe doch davon aus, dass ich nicht der einzige Mann hier bin?«

»Keine Sorge, Herr Bruns!« Frau Kaluppke, die die ganze Zeit über eisern an unserem Tisch stehen geblieben ist, haut mir jovial auf die Schulter. »Unsere Herren haben's nicht so mit dem Tanzen. Von daher wären Sie ein echter Zugewinn für uns – und natürlich am Donnerstag der Hahn im Korb. Soll ich den Vertrag schon einmal fertig machen?«

Ruckartig stehe ich auf. »Äh, nein danke, noch nicht. Über diese Entscheidung möchte ich noch eine Nacht schlafen. Wir melden uns dann bei Ihnen, herzlichen Dank.«

Diese Antwort ist Frau Kaluppke überhaupt nicht recht, das sehe ich an ihrem kritischen Stirnrunzeln, auch Gerda sieht unzufrieden aus. Es ist höchste Zeit, den geordneten Rückzug anzutreten, bevor die beiden mich knebeln, fesseln und zum Bleiben zwingen können. Ich gebe Mareile einen kleinen Stoß und zische ihr zu: »Los, komm! Nichts wie raus hier.«

Nun runzelt meine Tochter die Stirn und blickt mich fragend an. Wahrscheinlich kann sie meinen überstürzten Aufbruch nicht ganz nachvollziehen, fügt sich aber ohne Widerworte und folgt mir nach draußen. Braves Kind!

»Was hast du es denn so eilig, Papa?«, japst sie, als wir durch den Park Richtung Ausgang eilen, der durch ein großes Stahltor gesichert ist. Die überlassen wirklich nichts dem Zufall, denke ich noch, als hinter uns eine Stimme ertönt: »Herr Bruns, Augenblick bitte!« Es ist Frau Kieser, die Jüngere, die bei uns am Tisch saß. Was will die denn noch – mich mit ihrer Mutter verkuppeln?

»Herr Bruns, so warten Sie doch!«, keucht sie, während sie zu uns aufschließt. Sie fingert in ihrer Handtasche und überreicht mir eine Visitenkarte. »Ich bin Event-Managerin und auf Kreuzfahrten spezialisiert. Einen Mann wie Sie könnte ich wirklich gebrauchen. Schauen Sie doch mal auf meine Homepage, da erfahren Sie mehr. Und dann melden Sie sich einfach bei mir.«

Während Frau Kieser wieder davontrabt, starre ich auf die Karte in meiner Hand:

Lauter schöne Tage
Event-Agentur
& Veranstaltungsmanagement auf hoher See

Sonja Kieser
www.schoene-tage.de

Verblüfft gucke ich ihr nach. Was hatte das denn jetzt zu bedeuten?

»Papa, bevor du kategorisch Nein sagst, schlaf doch tatsächlich mal eine Nacht drüber. So schlecht fand ich *Lebensruh* gar nicht.« Mareile wischt sich nachdenklich einen Kuchenkrümel vom Kinn, nach diesem unerquicklichen Ausflug habe ich sie erst einmal ganz gediegen zum Kaffee an der Hamburger Binnenalster eingeladen. »Die waren doch alle sehr nett da.«

»Nett! Wirklich eine sehr nette Versammlung von Scheintoten! Ha!« Ich lache übertrieben laut auf. »Die waren doch alle mindestens fünfzehn Jahre älter als ich und mit einem Bein quasi schon unter der Erde!«

»Jetzt übertreibst du aber. Zugegeben, ein bisschen älter waren sie schon. Aber ich bin sicher, dort gibt es auch Senioren in deinem Alter, mit denen du dann mehr anfangen kannst. Und du wärst dort so gut aufgehoben, hättest ganz selbstbestimmt deine eigene kleine Wohnung – und bei Bedarf jemanden, der sich um dich kümmert. Es zwingt dich ja keiner, an diesen Veranstaltungen teilzunehmen.«

»Ha! Dass ich nicht lache! Die Kaluppke, dieser Feger,

machte mir nicht den Eindruck, dass sie viel von Freiwilligkeit und Selbstbestimmtheit hält.«

»Ach, Papa ...« Mareile guckt mich bittend aus ihren großen braunen Kulleraugen an.

Doch heute klopft sie mich damit nicht weich. »Mein liebes Kind«, sage ich väterlich streng, »*Lebensruh* riecht nach Tod. Ich aber bin noch sehr lebendig und kann mich wunderbar um mich selbst kümmern. So einsam kann ich gar nicht werden, dass es mich in diese geriatrische Anstalt zieht. Und nur weil du ein schlechtes Gewissen hast, lasse ich mich nicht einfach abschieben!«

»Papa!«, ruft sie entrüstet, aber ich merke, dass mein kleiner Seitenhieb gesessen hat.

»Kindchen, du kannst doch nichts dafür, dass du so weit weg wohnst, das weiß ich doch. Und das ist ja auch völlig in Ordnung. Du hast dein eigenes Leben, deine Familie, deinen Job. Aber ich habe eben auch mein eigenes Leben und darüber bestimme nur ich allein. Wenn ich irgendwann mal nicht mehr so richtig kann, dann sage ich rechtzeitig Bescheid, versprochen. Und bis dahin lebe ich weiter in meinem Haus.«

Mein »eigenes Leben« holt mich zwei Tage später ein. Draußen schüttet es wie aus Kübeln, ein typischer norddeutscher Frühlingstag. Gartenarbeit entfällt somit, im Fernsehen läuft am Nachmittag nur Unsinn, zum Lesen habe ich keine Lust, die Wäsche habe ich schon gestern gemacht, am Morgen war die Putzfrau da und hat alles picobello hinterlassen. Ich habe absolut nichts zu tun.

Trübsinnig starre ich aus dem Fenster und überlege, ob ich essen gehen soll. Aber das macht ganz alleine auch keinen Spaß, Mareile ist gestern nach San Francisco zurückgeflogen, und ich weiß gerade niemanden, den ich mal eben so anrufen könnte. Da fallen mir plötzlich diese merkwürdige Sonja Kieser und ihr noch merkwürdigeres Angebot ein. *Schauen Sie doch mal auf meine Homepage ...*

Hektisch suche ich nach der Visitenkarte, finde sie in der Jackettasche, fahre den Computer hoch und gebe die Internetadresse ein. Ich scrolle nach oben und nach unten, klicke auf die verschiedenen Seiten und lese mich schlau. Sonja Kiesers Agentur arbeitet für diverse Kreuzfahrtlinien, national und international. Leise pfeife ich durch die Zähne, ich bin beeindruckt. Denn das, was sie anbietet, macht einen hochprofessionellen Eindruck – sie stellt Musicals und andere Shows auf die Beine, castet Tänzer und Schauspieler, richtet On-Bord-Seminare und Workshops aus. Nicht schlecht, Herr Specht!

Dann lande ich auf der Seite mit den Jobangeboten – und bleibe an einem hängen:

Gastgeber – Schwerpunkt Tanz (m/w)

Als Gastgeber an Bord sind Sie stets präsent, offen und charmant und schaffen somit das perfekte Urlaubsgefühl für unsere Gäste.

Sie bieten ein anspruchsvolles Tagesprogramm an (z. B. Tanzkurse in Standard, Latein und weiteren Tänzen), das Sie selbstständig organisieren und durchführen.

Sie suchen aktiv die Unterhaltung mit den Gästen und begeistern sie für das Angebot an Bord. Ihr umfangreiches Wissen über unseren Service macht Sie zu einem kompetenten Gesprächspartner.

Weiterhin gehört zu Ihrem abwechslungsreichen Aufgabenbereich die Betreuung verschiedener Abendver-

anstaltungen in unseren Bars und der bordeigenen Diskothek.
Sie verfügen über eine Ausbildung als Tanzlehrer oder fundierte Tanzkenntnisse in Gesellschaftstänzen.
Hervorragende kommunikative Fähigkeiten und eine hohe Menschenkenntnis zeichnen Sie aus. Ihre Englischkenntnisse sind gut.
Ein gepflegtes Erscheinungsbild, Teamorientierung sowie außerordentliches Engagement runden Ihr Profil ab.
Gehen Sie mit uns auf große Fahrt – zu den schönsten und sonnigsten Destinationen dieser Welt! Wir freuen uns auf Ihre Bewerbung.

Nachdenklich betrachte ich den Bildschirm. Das klingt nach richtiger Arbeit, einem Fulltime-Job. Und arbeiten wollte ich ja eigentlich nicht mehr, sondern in Ruhe meine freie Zeit genießen. Mal ganz davon abgesehen, dass mir meine Rente einen schönen Lebensabend beschert und ich nun wirklich kein Geld mehr verdienen muss.

Ich gucke erneut aus dem Fenster in den strömenden Regen. Es sieht nicht so aus, als würde es jemals wieder aufhören. Trotzdem pfeife ich noch immer – und zwar mittlerweile ziemlich gut gelaunt.

11

»Wann bekomme ich denn nun endlich mein Geld wieder?«

»Aber Liebling, das habe ich dir doch schon gesagt«, säusele ich, drücke Hans-Peters fleckige Hand und schaue ihm tief in die Augen. »Übermorgen wird die Kontosperrung aufgehoben, mein Anwalt in Rom hat eine Vollmacht und wird dir das Geld dann sofort zukommen lassen.«

»Das will ich hoffen«, antwortet Hans-Peter und säbelt missmutig an seinem Filetsteak herum.

»Ach, Liebling«, fahre ich unbeirrt fort, »ohne dich wäre ich einfach verloren gewesen. Du weißt ja gar nicht, wie viel es mir bedeutet, dass du mir so uneigennützig geholfen hast.« Bei diesen Worten streife ich unter dem Tisch einen meiner Pumps vom Fuß und krabbele mit meinen nackten Zehen unter Hans-Peters Hosenbein. »Danke für alles«, hauche ich.

Er nickt schon etwas versöhnlicher und schiebt sich ein übergroßes, nahezu rohes Stück Fleisch in den Mund, an dem er zufrieden herumkaut. Ich bekämpfe den aufkommenden Ekel, nippe an meinem Chardonnay und schenke Hans-Peter ein verzücktes Lächeln. »Was hältst du davon«, schlage ich vor, »wenn wir es uns heute Abend ein wenig gemütlich machen? Nur wir beide?« Meine Wimpern klimpern wie verrückt.

Hans-Peters Nicken verstärkt sich, seine Augen beginnen zu leuchten. Wusst ich's doch! Damit kriege ich sie immer alle. Wenn der Verstand sich erst einmal verabschiedet und der Unterleib das Kommando übernommen hat, läuft eigentlich alles wie von selbst.

»Und das Geld kommt wirklich noch diese Woche?«, ertönt Hans-Peters quengelnde Stimme erneut.

Meine Güte, ist der misstrauisch! Ein echt harter Brocken. »Vertraust du mir etwa nicht?«, frage ich sehr traurig, unterdrücke einen kleinen Schluchzer und wische mir mit der Serviette eine imaginäre Träne aus dem Augenwinkel. Dann werfe ich die Serviette auf den Tisch, meine langen braunen Haare theatralisch nach hinten und tue so, als ob ich mit der Fassung ringe. »Oh, wie kannst du nur so verletzend sein? Wie kannst du nur glauben, dass ich ...? Ich habe dir mein Herz geschenkt, und heute Nacht sollte auch mein Körper dir gehören! Und du ... du ...« Ich breche ab, fahre ruckartig mit meinem Fuß aus Hans-Peters Hose und stehe auf. »Entschuldige mich bitte einen Augenblick. Ich gehe mich kurz frisch machen.« Ich drehe mich auf dem Absatz um und stolziere quer durch das noble Restaurant des East-Hotels Richtung Treppe.

»Aber Sara, Liebes!«, ruft Hans-Peter mir hinterher. »So war es doch nicht gemeint. Ich wollte doch nur sicher sein, dass ...«

Im Waschraum überprüfe ich in aller Ruhe mein Make-up, ziehe mir sorgfältig die Lippen nach und tupfe einen

Tropfen von dem Parfum, das Hans-Peter mir geschenkt hat, hinter die Ohren. Ich drehe mich vor dem großen Spiegel und zupfe meinen engen dunkelblauen Bleistiftrock zurecht. Sitzt! Dann öffne ich einen weiteren Knopf meiner Bluse, sodass etwas von der teuren Spitze meines BHs hervorblitzt. Abschließend verschmiere ich dann noch die Wimperntusche um meine Augen, nun sieht es tatsächlich so aus, als ob ich geweint hätte. Perfekt! Ich werfe einen letzten Blick in den Spiegel und nicke mir aufmunternd zu. Avanti, Signora Galbani, den wickelst du jetzt noch ein letztes Mal um den Finger!

Doch als ich zu Hans-Peter zurückkehre, merke ich schnell, dass der sich gar nicht mehr um den Finger wickeln lassen will. Ich seufze innerlich und mache mich wieder an die Arbeit. »Liebling, ich kann dich ein bisschen verstehen«, beginne ich, »wir kennen uns ja erst seit sechs Wochen. Aber ich dachte, du vertraust mir genauso wie ich dir und du spürst auch diese tiefe Seelenverwandtschaft zwischen uns …« Jetzt müsste Hans-Peter eigentlich sagen, dass er mir natürlich vertraut. Macht er aber nicht. Er mustert mich nur schweigend. Kein gutes Zeichen.

»Nun gut«, fahre ich fort, »ich verzeihe dir. Und da mir so viel an dir liegt, schlage ich vor, dass wir heute Abend zusammen meinen Anwalt anrufen. Dann kann er dir bestätigen, dass alles seine Richtigkeit hat.« Ich unterbreche für einen herzzerreißenden Seufzer. »Auch wenn ich wirklich nicht nachvollziehen kann, warum du wegen einer solchen Kleinigkeit unsere Beziehung aufs Spiel setzt …«

Jetzt müsste Hans-Peter eigentlich sagen, dass er auf keinen Fall unsere Beziehung aufs Spiel setzen möchte und deshalb selbstredend darauf verzichtet, mit meinem Anwalt zu sprechen. Macht er aber auch nicht. »Sara, Liebes«, sagt er stattdessen, »das ist ein sehr guter Vorschlag. Daran hatte ich auch schon gedacht. Und wenn es dir nichts ausmacht, würde ich auch gern mit deinem Vater telefonieren.«

So ein Mist! »Selbstverständlich, Schatzi«, flöte ich, »das ist doch überhaupt kein Problem. Wenn du darauf bestehst ...«

Hans Peter nickt entschlossen, offensichtlich besteht er darauf. Und ich fühle mich auf einmal sehr müde. Vielleicht sollte Signorina Galbani mal ein wenig ausspannen und möglichst bald eine Reise machen. Eine sehr weite Reise – und eine sehr lange Reise ...

III

Beeindruckt blicke ich zu dem Koloss auf, der sich vor mir im Hafenbecken auftürmt. Ich muss den Kopf in den Nacken legen, denn die *Princess of Glory* hat zwölf Decks und wirkt so imposant wie ein ganzer Hochhausblock. Ich bin ein wenig aufgeregt, das ist immerhin meine erste Kreuzfahrt.

Schon als kleiner Junge habe ich davon geträumt, einmal Kapitän auf hoher See zu sein. Zugegeben, Astronaut und Baggerfahrer wollte ich auch mal werden. Aber als echter Hamburger habe ich die Sehnsucht nach dem Meer wahrscheinlich schon mit der Muttermilch eingetrichtert bekommen.

Mit Marianne hätte ich deswegen auch gerne eine solche Reise unternommen. Aber leider wurde sie so schnell seekrank, dass ihr Gesicht schon bei einer Fahrt mit dem Ruderboot auf der Alster grün angelaufen ist. Also haben wir immer Urlaub in den Bergen gemacht oder am Strand. Denn ohne meine Marianne wäre ich natürlich nirgendwohin gefahren!

Ich seufze und stapfe dann schnell die Gangway hinauf,

bevor die Erinnerungen mich erdrücken können. Etwas ratlos schaue ich mich um. Der Zettel in meiner Hand sagt mir, dass ich mich bei meiner Ankunft auf Deck 3 melden soll. Dort liegen Restaurant, Bar und Nachtclub – meine neuen Wirkungsstätten. Aber wo ist denn dieses verflixte Deck 3?

Da ich beim Loslaufen immer noch auf meinen Zettel starre, stoße ich frontal mit einer jungen Frau zusammen – einer attraktiven Brünetten, schätzungsweise Ende zwanzig, die sich nun mit schmerzverzerrtem Gesicht ihr rechtes Schienbein reibt. Ich muss sie mit meiner Reisetasche voll erwischt haben – ihrer guten Laune scheint das allerdings keinen Abbruch zu tun. »Nicht so eilig, junger Mann!«, ruft sie lachend und sehr sympathisch, wirft ihre glänzenden braunen Haare nach hinten und schenkt mir einen ganz bezaubernden Augenaufschlag.

»Oh, äh, entschuldigen Sie bitte«, stammle ich. »Ich habe Sie überhaupt nicht gesehen.«

»Na, na, na«, sagt sie tadelnd und macht dabei mit ihren perfekt rot geschminkten Lippen einen entzückenden Schmollmund. »Muss ich Ihnen das etwa übel nehmen, dass Sie mich übersehen?« Der Schmollmund wird zu einem Lächeln.

»Entschuldigung, so habe ich das natürlich nicht gemeint«, stottere ich verlegen. »Ich war nur in Gedanken. Ich bin nämlich auf der Suche nach Deck 3, ich soll mich dort zum Dienstantritt melden.«

»Ach Sie arbeiten hier?« Schlagartig verschwindet ihr Lächeln und offensichtlich auch ihr Interesse an mir. Denn sie stöckelt davon und ruft mir nur noch zu: »Dann noch viel Erfolg bei der Suche!« Schwups, weg ist sie. Merkwürdige Person.

»Hallo?«, wende ich mich kopfschüttelnd an einen vorbeieilenden Steward, »können Sie mir sagen, wie ich zu Deck 3 komme?«

»Selbstverständlich, der Herr. Hier vorne immer geradeaus, dann den Gang rechts runter, den Fahrstuhl linker Hand nehmen und aufs Knöpfchen für Deck 3 drücken. Das Restaurant öffnet allerdings erst in einer halben Stunde.«

»Danke, aber ich möchte gar nichts essen. Ich soll dort bei Frau Meyerdiercks vorstellig werden.«

»Ah, ein Kollege!«, ruft der Steward erfreut und schüttelt mir euphorisch die Hand. »Du gehörst also zur Crew!«

»Nun ja, sozusagen«, erwidere ich irritiert, weil ich so urplötzlich von einem wildfremden Menschen geduzt werde.

»Ich bin übrigens der Peter«, stellt sich mein neuer Freund vor und schnappt sich meine Reisetasche. »Komm, ich bring dich schnell runter. Hier verläuft man sich leicht, wenn man sich nicht auskennt.«

»Danke. Ich heiße übrigens Dieter, Dieter Bruns«, sage ich und stolpere hinter ihm her.

Auf dem Weg erfahre ich, dass Peter auch einer der zahlreichen Hosts, also Gastgeber, auf dem Schiff ist. Er ist hauptsächlich zuständig für die Landausflüge und das kulturelle Tagesprogramm. »Museen, Galerien, Amphitheater, das Übliche eben«, erzählt er mir. »Und was ist dein Job?«

Ich hüstele etwas verlegen und erkläre, dass ich tagsüber Tanzkurse geben werde und abends nach dem Dinner als Begleitung für allein reisende Damen oder solche, deren Männer zwei linke Füße haben, zur Verfügung stehe.

»Ach«, kichert Peter, »du bist also unser neuer Herzensbrecher ...«

»Wie bitte?«, frage ich ziemlich perplex.

»Dein Vorgänger war ein echter Schwerenöter. Der hat die Damen wirklich sehr intensiv betreut, wenn du verstehst, was ich meine ...« Peter zwinkert mir vertraulich zu. »Gab etwas Ärger mit einem der Gatten, dem diese Tanzeinlagen wohl zu weit gingen. Ich denke, das ist der Grund, warum unser Don Juan nicht wieder engagiert wurde. Also sieh dich ein bisschen vor und sei immer schön diskret ...« Peter zwinkert schon wieder.

»Ich bin nur als Tanzlehrer verpflichtet. Und ich habe nun wirklich nicht vor ...«, will ich gerade loslegen, da klopft mir Peter jovial auf die Schulter. »Schon gut, Dieter. War nur ein Spaß.«

Das will ich schwer hoffen. Meine Job-Beschreibung klang jedenfalls anders ...

»Herr Bruns, glauben Sie mir«, hatte Sonja Kieser von der Agentur *Lauter schöne Tage* am Telefon im Brustton der Überzeugung zu mir gesagt, »das ist eine hochseriöse Geschichte! Sie sind laut Arbeitsvertrag sogar dazu angehalten, etwaige Avancen der weiblichen Gäste sofort im Keim zu ersticken. Mit der gebotenen Höflichkeit und etwas Fingerspitzengefühl, versteht sich.«

Neugierig hatte ich sie angerufen, um mich nach Details zu ihrem Angebot zu erkundigen, und gleichzeitig meine Bedenken geäußert. »Verstehen Sie mich nicht falsch, Frau Kieser, aber Ihre Anzeige lässt, nun ja, schon einige Fragen offen. Wie meinen Sie das denn mit dem außerordentlichen Engagement? Ich hoffe doch, Sie suchen keinen Gigolo ...«

Was folgte, war ein mehrminütiger entrüsteter Monolog über das Renommee ihrer Agentur, ihren einwandfreien Leumund, ihre über jeden Verdacht erhabenen Geschäftspraktiken, ihre langjährige Erfahrung im Event-Management und und und ... »Wissen Sie was, Herr Bruns?«, schlug sie zum Ende des Gesprächs wieder versöhnlichere Töne an, »kommen Sie doch einfach bei mir vorbei. Dann können wir all Ihre Fragen klären, und ich kann Ihnen ganz genau sagen, was Sie als potenzieller Host auf einem Kreuzfahrtschiff erwartet. Passt es Ihnen morgen um sechzehn Uhr?« Natürlich passte es, ich hatte ja sowieso nichts Besseres vor.

Am Abend klingelte das Telefon ein weiteres Mal, und ich ging unvorsichtigerweise ran, ohne auf die Nummer im Display zu achten, da ich dachte, Mareile würde sich aus San Francisco melden.

»Herr Bruns, wie schön, dass ich Sie erreiche!«, schallte es mir aus dem Hörer entgegen. Mist, die Kaluppke aus dem *Lebensruh*! »Wir wollten ja schnellstmöglich miteinander telefonieren«, dröhnte es weiter.

Wollten wir das? Daran konnte ich mich gar nicht erinnern.

»Sie glauben ja gar nicht, was hier vor mir liegt, Herr Bruns!«

»Äh, was denn?«

»Ihr Vertrag, frisch aus dem Drucker! Wann möchten Sie denn vorbeikommen und ihn unterschreiben?«

»Aber, Frau Kaluppke«, antwortete ich vorsichtig, »ich habe mich doch noch gar nicht entschieden.«

Ihre Stimmlage wechselte von freundlich-aufdringlich zu missmutig-drohend. »Herr Bruns, Sie wollten eine Nacht darüber schlafen. Das haben Sie ja nun getan. Ich kann Ihnen auch nicht ewig einen Platz frei halten. Was glauben Sie denn, wie lang unsere Warteliste ist! Ich weiß auch wirklich nicht, was es da so lange zu überlegen gibt. Nach einer Einrichtung wie *Lebensruh* müssen Sie lange suchen. Ein Platz bei uns ist wie ein Sechser im Lotto, Herr Bruns!« Und dann fügte sie noch hinzu: »Gerda hat auch schon nach Ihnen gefragt …«

Eine bessere Entscheidungshilfe hätte sie mir gar nicht geben können. »Herzlichen Dank für Ihre Mühe und die Zeit, die Sie sich für mich genommen haben, Frau Kaluppke«, sagte ich bestimmt, »aber ich muss Ihr Angebot leider ablehnen.« Dann legte ich schnell auf und freute mich noch ein wenig mehr auf den Termin bei Sonja Kieser.

Diese führte mich am nächsten Tag stolz durch ihre Agentur und deutete auf die zahlreichen Fotografien an den Wänden. »Sämtliche Aidas, die *Queen Mary II*, die *Princess of Glory*, *Cunard-Lines* – wir sind auf allen Kreuzfahrtschiffen von Rang und Namen vertreten.«

Staunend betrachtete ich die Bilder der Luxus-Liner und war wirklich beeindruckt. Daneben hingen Gruppenfotos von fröhlichen, braun gebrannten Menschen in schicken Uniformen, die in die Kamera winkten. »Das sind alles meine Mitarbeiter«, erklärte Sonja Kieser stolz, »die meisten davon seit Jahren. Und das ist schon etwas Besonderes in unserer Branche, da herrscht üblicherweise eine hohe Fluktuation. Daran können Sie sehen, dass die Arbeitsbedingungen wirklich tipptopp sind. Und die Bezahlung übrigens auch.«

»Nun ja«, erwiderte ich verhalten, »Geld verdienen muss ich eigentlich keines mehr.«

»Das habe ich mir schon fast gedacht, Herr Bruns.« Frau Kieser lächelte. »Wer sich eine Wohnung in *Lebensruh* leisten kann, hat mit Sicherheit ausgesorgt. Aber als ich Sie dort gesehen habe, habe ich mich schon gefragt, was Sie da eigentlich wollen. Unter uns, Herr Bruns, für ein Seniorenheim sind Sie doch viel zu vital!«

Meine Rede! Genau so sah ich das auch. Und so langsam bekam ich den Eindruck, dass diese Sonja Kieser eine Frau ganz nach meinem Geschmack war.

»Kommen Sie, Herr Bruns, wir setzen uns, und ich erzähle Ihnen mal in Ruhe, was genau ich eigentlich mit Ihnen vorhabe und was Sie bei *Lauter schöne Tage* erwarten würde.«

Sie führte mich in ihr geschmackvoll in Braun- und Rottönen eingerichtetes Büro und erzählte davon, wie schwer es sei, geeignete Tänzer zu finden. »Sie verstehen, Herr Bruns, das müssen ja Damen und Herren mit einem gewissen Bildungshintergrund sein, die Renoir und Chagall nicht für exotische Cocktail-Variationen halten. Schließlich hat das Publikum auf Kreuzfahrtschiffen ein überdurchschnittlich hohes Niveau. Und die Gäste wollen ja nicht nur tanzen, sondern sich auch gut unterhalten können!«

Ich nickte verständnisvoll, Frau Kieser seufzte schwer. »Tänzer gibt es zwar wie Sand am Meer, aber die meisten sind zu jung für diesen Job. Ich kann ja keinen Zwanzigjährigen auf unsere betagten weiblichen Gäste loslassen. Wie sähe das denn aus! Der Host sollte sich schließlich immer auch in die Lebenswirklichkeit seines Gastes einfühlen können.«

Ich nickte wieder und erfuhr dann, was genau zu meinen Aufgaben als Host gehören würde: Fünf Tage in der Woche sollte ich vormittags einen Tanzkurs für Fortgeschrittene geben, abends würde meine Rolle als Gastgeber vorsehen, bei Tisch gepflegte Konversation zu betreiben und anschließend bereitwillige Damen zum Tanz zu führen. »Und da ist dann wirklich Takt gefragt, Herr Bruns, und das meine ich jetzt nicht im musikalischen Sinne.« Frau Kieser klopfte bei diesen Worten energisch mit einem Kugelschreiber auf die Tischplatte. »Einerseits dürfen Sie die dazugehörenden Männer nicht brüskieren, sondern sollten sich ausschließlich auf die Damen konzentrieren, deren Gatten zur Gattung der ausgewiesenen Tanzmuffel gehören. Und andererseits dürfen sie bei den alleinstehenden Damen niemals irgendwelche Begehrlichkeiten wecken. Dazu gehört auch, dass Sie niemanden bevorzugen. Also einer bestimmten Dame mehr Aufmerksamkeit schenken als den anderen.«

Nach ihren Ausführungen fragte Sonja Kieser mir dann Löcher in den Bauch – über meine frühere Tätigkeit, meine persönlichen Lebensumstände, meine Familie. Nachdem ich ihre Fragen beantwortet hatte, nickte sie zufrieden. »Herr Bruns, Sie sind nahezu prädestiniert für diese Aufgabe! Und ich verspreche, der Job wird Ihnen Spaß machen. Es ist ein bisschen wie bezahlter Urlaub, Ihre Arbeitszeit ist wirklich überschaubar. Wenn Sie keine Kurse geben, können Sie jederzeit an den Landausflügen teilnehmen, kostenlos versteht sich, und zwar an den schönsten Plätzen dieser Erde!«

Alles in allem klang das wirklich gut. Ich bat mir noch eine kleine Bedenkzeit aus und ging beschwingt nach Hause. Dort erwarteten mich auf meinem Anrufbeantworter drei Nachrichten von Frau Kaluppke, die anscheinend gar nicht daran dachte, ihr potenzielles Opfer so schnell wieder aufzugeben. Nachricht eins: Wir hätten da gestern wohl ein kleines Missverständnis gehabt. Sie bitte um Rückruf. Nachricht zwei: Ob ich es mir nicht noch einmal überlegen wolle? Sie bitte um Rückruf. Nachricht drei: Sie würde sich jetzt auch mit meiner Tochter in Verbindung setzen. Die würde mich schon zur Vernunft bringen. Und warum ich eigentlich, verdammt noch mal, nicht zurückrufen würde?

Ich griff zum Hörer und wählte. »Frau Kieser«, sagte ich, »wissen Sie was? Ich bin Ihr Mann!«

Mareile zeigte sich nicht sonderlich begeistert von meinem neuen Job. »Ich halte das für eine ausgemachte Schnapsidee, Papa. Du wolltest doch nicht mehr arbeiten, sondern deinen Ruhestand genießen.«

»Das ist ja gar nicht wie Arbeit«, widersprach ich, »das ist ja mehr wie bezahlter Urlaub!«

»Ich finde, das klingt irgendwie komisch. Schließlich sollst du dir da die Nächte um die Ohren schlagen. Außerdem ist das doch viel zu anstrengend für dich. Stell dir vor, du bekommst einen Schwächeanfall ...«

»Einen Schwächeanfall? Ich? So ein Quatsch. Ich fühle mich so fit wie schon lange nicht mehr. Und selbst wenn, an Bord gibt's schließlich auch Ärzte. Mir kann überhaupt nichts passieren. Ende der Diskussion. Ich steche in See!«

Doch bevor ich in See stechen konnte, musste ich noch einen zweiwöchigen Workshop bei *Lauter schöne Tage* absolvieren, der für neue Mitarbeiter obligatorisch war. Dort erfuhr ich alles über das Leben und die Abläufe auf einem Kreuzfahrtschiff, wie man seine jeweiligen Kurse selbst organisierte und ausrichtete, ich frischte meine Englischkenntnisse auf, machte einen Erste-Hilfe-Kurs und lernte sogar, wie man ein Rettungsboot zu Wasser lässt.

Frauen, Kinder und Rentner zuerst, sprach ich mir Mut zu und fühlte mich ausreichend gewappnet für die große Fahrt.

»So, Dieter, da sind wir auch schon.« Peter reißt mich aus meinen Gedanken und schiebt mich aus dem Fahrstuhl. Er öffnet eine Tür mit der Aufschrift *Staff only* und deutet auf einen Haufen Menschen, der sich in dem kleinen fensterlosen Raum versammelt hat. »Bis später, Dieter. Wir sehen uns.« Und schon eilt er fröhlich pfeifend wieder davon.

Aus der Meute löst sich eine junge, sehr durchtrainiert wirkende Frau mit einem blonden Lockenkopf. Sie trägt Sportklamotten. »Du musst der Dieter sein!«, ruft sie. »Herzlich willkommen an Bord!«

»Okay, und wer sind Sie?«, frage ich.

»Ich bin die Anja, Anja Meyerdiercks. Aber wir duzen uns hier alle. *One family, one spirit*, Dieter.«

»Angenehm«, erwidere ich und weiß nicht so recht, was ich von diesem *spirit*-Dingsbums halten soll. Ich komme auch gar nicht dazu, weiter darüber nachzudenken, denn Anja stellt mir schon die anderen Anwesenden vor, die – genau wie ich – alle zur Entertainment-Crew gehören. Die Namen kann ich mir jetzt unmöglich merken, aber ich schüttele nacheinander dem Musical-Ensemble, der polnischen Ballettgruppe, zwei Sängern, drei Fitness-Animateuren und einem Zauberer die Hand. Alle wirken wahnsinnig gut gelaunt, und ich stelle fest, dass ich mit Abstand der Älteste bin.

»Jetzt suchst du dir erst mal deine Sachen raus, je zwei Garnituren für tagsüber und für abends«, sagt Anja und zeigt auf mehrere Klamottenberge, die sich auf den Tischen türmen. »Nee, Dieter, links sind die Cancan-Kostüme, die sind nicht für dich«, korrigiert sie mich, als ich mich verwirrt durch die Paillettenröckchen wühle. »Rechts sind deine Outfits.«

Erleichtert wende ich mich den anderen Stapeln zu und

suche mir die passenden Kleidungsstücke in zweifacher Ausfertigung. Tagsüber werde ich eine weiße Bundfaltenhose und ein weißes Poloshirt tragen, dazu gibt es passende weiße Lederschuhe und einen dunkelblauen Baumwollpullover. Poloshirt und Pulli sind mit dem *Princess-of-Glory*-Schriftzug bestickt, sodass man mich gleich als Mitglied der Crew ausmachen kann. Gar nicht schlecht, finde ich, die Zusammenstellung macht einen gediegen maritimen Eindruck.

Für den Abend steht mir ein dunkelblauer Anzug zur Verfügung, das Jackett hat tatsächlich goldene Knöpfe, auf die ein Anker geprägt ist, ebenfalls goldig prangt das *Princess of Glory*-Zeichen auf der linken Brustseite. Dazu ein schickes weißes Hemd, dunkelblaue Fliege und Schuhe in passendem Farbton. Nicht schlecht, Herr Specht! Ich kann nur hoffen, dass ich die richtigen Größen erwischt habe. Meine Einkaufstouren habe ich früher immer mit Marianne gemacht. Dementsprechend schlecht kenne ich mich mit Kleidergrößen aus. Aber wenn etwas nicht passt, kann ich es bestimmt noch umtauschen.

»Aaaach-tung!« Anja klatscht zwei Mal auffordernd in die Hände, und sofort verstummt das aufgeregte Geschnatter ringsum. »Ihr habt jetzt eine Dreiviertelstunde Zeit, um eure Kabinen zu beziehen und euch einzukleiden. Dann treffen wir uns wieder hier und halten unser erstes Team-Meeting ab, das ungefähr drei Stunden dauern wird. Anschließend habt ihr dreißig Minuten zur freien Verfügung, und dann geht's ab an die Arbeit!«

Nach bezahltem Urlaub klingt das jetzt nicht gerade. Das hatte ich mir irgendwie anders vorgestellt …

IV

Ein bisschen eng ist es ja schon hier. Da bin ich eigentlich Besseres gewöhnt. Aber ich muss mein Geld ein wenig zusammenhalten, viel ist nicht mehr übrig. Deswegen habe ich für die vierwöchige Kreuzfahrt auf der *Princess of Glory* nur eine kleine Außenkabine ohne Balkon gebucht. Immerhin kann ich aufs Meer schauen, das ist schon mal was. Und diesen Blick habe ich mir nach den Strapazen der letzten Wochen wirklich verdient!

Mein Abgang bei Hans-Peter war alles andere als elegant. Und ziemlich überstürzt noch dazu. Ein paar Tage nach unserem gemeinsamen Lunch im *East* konnte ich ihn noch hinhalten. Aber selbst der Einsatz meiner allersündigsten Dessous, Sturzbäche an Tränen und gesäuselte Liebesschwüre konnten das Ruder nicht mehr rumreißen. Zum Schluss rief er fast im Stundentakt an und blökte: »Ich will mein Geld zurück, Sara. Und zwar dalli!«

Meine Güte, wie kann man wegen der Lächerlichkeit von zwanzigtausend Euro nur so einen Aufstand machen! Die paar Penunzen zahlt der doch sonst aus der Portokasse. Aber irgendwie bin ich auch selbst schuld. Schließlich hat mir Hans-Peter ja gleich zu Anfang unserer Beziehung erzählt, dass er früher Geschäftsführer eines Inkasso-Unternehmens war. Kein Wunder, dass er den Braten so schnell gerochen hat. Zum Schluss hat er mir sogar mit der Polizei gedroht. »Ich zeig dich an, du falsches Luder!«, schrie er in den Hörer. »Glaub bloß nicht, dass du so davonkommst, du Betrügerin!«

Eine Betrügerin, ich? Ich würde mich eher als freischaffende Künstlerin und Gesellschafterin der gehobenen Art bezeichnen. Denn es ist schon eine Kunst, das ständige Lamento von Typen wie Hans-Peter zu ertragen, denen sonst keiner mehr zuhört. Außerdem bekommen meine Klienten ja durchaus eine Gegenleistung für ihr Geld: viel Aufmerksamkeit, gute Gespräche, zärtliche Zuwendung. Und wenn ich mich mit ihnen in der Öffentlichkeit zeige, erhöht meine Anwesenheit natürlich ihren sozialen Status, das sehe ich immer sofort an den Blicken ihrer Kumpel oder anderer Männer. Toller Hecht, denken die dann, wie hat er das nur geschafft, dieses scharfe Teil klarzumachen? Tja, und ich finde eben, dass all diese Dinge auch ihren Preis haben sollten.

Selbstredend habe ich nach dem Telefonat mit Hans-Peter sofort meine Sim-Karte entsorgt und in einer Nacht-und-Nebel-Aktion das schicke East-Hotel verlassen. Dann bin ich erst mal in einer kleinen Pension in Hamburg-Wilhelmsburg abgetaucht. Vier Wochen habe ich mich kaum auf die Straße getraut, und wenn, dann nur mit Kopftuch, Sonnenbrille und im Schlabberlook. Das ist sonst überhaupt nicht mein Stil, fürchterlich!

Am liebsten hätte ich Hamburg sofort verlassen. Nur wohin? Zurück nach Hause, in mein winziges Ein-Zimmer-Apartment in Pforzheim? Dazu hatte ich nun wirklich keine

Lust. Außerdem hatte ich das ungute Gefühl, dass Hans-Peter nicht so schnell aufgeben und mir dicht auf den Fersen bleiben würde. Und dass es nur eine Frage der Zeit war, bis er meine wahre Identität endeckte.

Deshalb habe ich diese Kreuzfahrt gebucht. Irgendwie fand ich, dass zwischen Hans-Peter und mir der Komfortabstand möglichst mehrerer Weltmeere liegen sollte. Sicher ist sicher, auf einem Schiff findet der mich nie! Natürlich habe ich nicht unter meinem römischen Alias Sara Galbani eingecheckt, so blöd bin ich nicht. Auf der *Princess of Glory* bin ich jetzt Sara Brunetti aus Palermo. Meinen echten Vornamen behalte ich möglichst immer, dann muss ich mich nicht großartig umstellen und reagiere auch sofort, wenn mich ein potenzielles Opfer anspricht.

Potenzielle Opfer für eine verführerische Südländerin gibt es hier an Bord sicher ausreichend, wahrscheinlich habe ich sogar die Qual der Wahl. Das ist natürlich ein weiterer Grund für meinen Aufenthalt auf diesem Luxus-Liner. Ich werde jetzt endlich mal Nägel mit Köpfen machen und mir einen richtig dicken Fisch an Land ziehen, nicht so einen Erbsenzähler wie Hans-Peter!

Think big, Sara, habe ich mir gesagt. Mit diesem Vagabunden-Dasein muss endlich Schluss sein. Klar, eine Zeit lang war es nett, in den Epizentren der betagten Schickeria auf Beutezug zu gehen – heute Baden-Baden, morgen Côte d'Azur, übermorgen Kitzbühel.

Aber nach fünf Jahren habe ich ganz schön verbrannte Erde hinterlassen, ich muss vorsichtig sein. Soweit ich weiß, hat mich bis jetzt noch keiner der Herren angezeigt. Es war ihnen wahrscheinlich peinlich, dass sie einer Hochstaplerin auf den Leim gegangen sind. Und die Summen, die ich erwirtschaftet habe, waren auch eher überschaubar, mal hier dreißigtausend, mal dort fünfzehntausend. Also nichts, was meine Klientel in den finanziellen Ruin getrieben hätte.

Doch nach dieser schrecklich ermüdenden Erfahrung mit Hans-Peter plane ich nun meinen finalen Coup. Ich will schließlich irgendwann in einer Villa am Gardasee sitzen und nicht im Kittchen! So ein Kreuzfahrtschiff scheint mir da der rechte Ort, um auf die Suche nach einem Financier zu gehen.

Jetzt packe ich erst einmal in Ruhe meine Sachen aus und begebe mich dann zum Willkommens-Aperitif an die Poolbar auf dem Sonnendeck. Dort kann ich sicherlich schon erste Sondierungsgespräche führen. Und dann schnappe ich mir diesen netten Steward, Peter heißt er, glaub ich zumindest. Der hat mich vorhin zu meiner Kabine gebracht und wurde von mir mit einem fürstlichen Trinkgeld entlohnt. Es ist immer gut, Verbündete zu haben, die einem zuarbeiten. Denn wer hier von den Gästen richtig Schotter hat und wer nur auf dicke Hose macht, das wissen doch am ehesten die Angestellten. Da klopf ich bei diesem Peter mal vorsichtig auf den Busch, der kann mir da sicher weiterhelfen.

Diesmal werde ich nämlich strategisch vorgehen und nicht nur meinem Instinkt vertrauen. Der lässt mich in letzter Zeit leider etwas im Stich. Vorhin, bei meiner Ankunft zum Beispiel. Da hat mich doch fast dieser senile Volltrottel über den Haufen gerannt. Der sah schon ziemlich nach Geld aus. Und normalerweise habe ich dafür einen sehr feinen Riecher. Bingo, Sara!, habe ich mir gesagt, dein kleiner Ausflug fängt ja richtig gut an. Und dann war der Typ nur einer von den Angestellten!

Also werde ich diesmal vorsichtshalber mit Netz und doppeltem Boden operieren. So was wie mit Hans-Peter, das passiert mir kein zweites Mal!

V

Majestätisch schiebt sich die *Princess of Glory* durch den Fluss Richtung Elbmündung. Irgendwann in der Nacht wird sie das offene Meer erreichen. Morgen werden wir den ganzen Tag auf See sein und übermorgen dann unseren ersten Ausflugshafen erreichen – Tallin in Estland. Anschließend geht es nach St. Petersburg, dort bleiben wir sogar zwei Tage! Und dann schippern wir langsam zurück über Stockholm und Kopenhagen Richtung Heimat. Herrlich, Dieter Bruns auf großer Fahrt! Ich bin richtig aufgeregt.

Fast wolkenlos spannt sich der Abendhimmel über dem Schiff, am Horizont plumpst die untergehende Sonne als glutroter Ball in die Felder. Ich stehe auf dem Sonnendeck, genieße die Aussicht und nippe an meinem Hugo, irgend so ein neumodischer Drink, der gerade total in ist, wie mir der Barmann versichert hat. Schmeckt gar nicht so schlecht, finde ich. Nur der Name ist ein bisschen gewöhnungsbedürftig. Wer nennt denn ein Getränk bitte sehr *Hugo*? Da hätte man ja auch gleich *Dieter* nehmen können …

Ich atme tief durch, diese kleine Verschnaufpause habe

ich mir nach meinem ersten Team-Meeting redlich verdient. Über drei Stunden hockte ich mit den anderen in der kleinen, fensterlosen Kabine und lauschte Anjas Ausführungen. Darüber, was von uns erwartet, was verlangt wird, was verboten ist und was erlaubt. Das meiste davon wusste ich schon, das hatte ich nämlich in meinem Workshop bereits gelernt. Was ich allerdings noch nicht wusste, ist, dass ich mich jeden Morgen um sieben Uhr fünfzig zum Morgen-Appell einfinden muss. Da wird dann besprochen, was tagsüber so anliegt. Dabei ist das Programm ja quasi in Stein gemeißelt. Ich weiß wirklich nicht, was es da noch groß zu besprechen gibt.

Außerdem sollen wir uns auch jeden zweiten Tag vor dem Abendessen zusammensetzen. »*Team-Happening*, fürs Wir-Gefühl. Damit wir alle schön im *Flow* bleiben, Dieter«, hat mir Anja erklärt. »Du weißt ja: *one spirit, one family*!« Für mich klingt das ein wenig nach Sekte. Und diese Anja ist wirklich ganz schön zackig, ein bisschen zu viel Kommandoton nach meinem Empfinden. Na ja, ich werde mir diese Geschichte mit dem *Team-Happening* mal ansehen. Vielleicht ist das ja gar nicht so schlecht. Und wahrscheinlich ist es auch gar nicht verkehrt, einen Ansprechpartner an Bord zu haben. Im Gegensatz zu meinen neuen Kollegen bin ich trotz meines fortgeschrittenen Alters nämlich der blutige Anfänger. Die anderen sind alle gestandene Kreuzfahrer und haben schon auf etlichen Schiffen und Routen gearbeitet.

Deshalb haben sie sich wahrscheinlich auch nicht über ihre Kabinen gewundert. Ich dagegen schon. Natürlich war mir klar, dass ich als Mitarbeiter nicht in einer Suite mit Außenterrasse und Deckchairs untergebracht werde. Aber damit habe ich nun wirklich nicht gerechnet! Meine Kabine ist winzig, vielleicht zwölf, maximal vierzehn Quadratmeter groß, das Bad verdient kaum den Namen Nasszelle, die sonstige Einrichtung ist an Schlichtheit kaum zu übertreffen, ein spartanisches Bett, ein Wandschrank, ein kleiner Schreibtisch mit einem Sesselchen davor. Zum Glück gibt es einen Fernseher. Den werde ich auch brauchen, denn vor meinem Miniatur-Bullauge baumelt ein Rettungsboot.

Dabei haben wir es noch gut getroffen, wenn ich Pablo, dem Zauberer, glauben darf. Der brach nämlich in wieherndes Gelächter aus, als er bemerkte, wie ich fassungslos mein neues Zuhause inspizierte. »Guck nicht so böse«, sagte er und gab mir einen aufmunternden Knuff in die Seite. »Sei lieber froh, dass du nicht zur Crew gehörst. Deren Kabinen solltest du mal sehen! Unsere sind Luxus dagegen.«

»Aber wir sind doch Teil der Crew, oder nicht?«, fragte ich verblüfft.

»Nee, wo denkst du hin!«, belehrte mich Pablo. »Wir sind Staff, nicht Crew.« Und dann klärte er mich über die feinen Hierarchie-Unterschiede der Kreuzfahrtschiffe auf: Ganz oben stehen Kapitän und Offiziere, also die Führungskräfte von der Nautik bis zum Hotelbetrieb. Danach kommt der Staff, das sind alle, die in den Bereichen Spa, Fitness, Entertainment und Animation arbeiten, also wir. Und ganz unten rangiert die Crew – Servicekräfte und technische Mitarbeiter, also das Fußvolk. Letztere dürfen, wenn sie dienstfrei haben, noch nicht mal die Mannschaftsdecks verlassen und müssen sich in der Crew-Bar und -Messe aufhalten. Und sie haben auch keine Einzelkabinen, sondern teilen sich zu zweit eine Unterkunft.

So gesehen hat Pablo natürlich recht. Ich bin ein echtes Glückskind! Besonders, weil ich mich zu jeder Zeit frei auf der *Princess of Glory* bewegen darf. Ansonsten wäre ich auch sofort wieder von Bord gegangen. Besser gesagt: gesprungen! Denn als ich all diese Details, die mir die gute Sonja Kieser wohlweislich verschwiegen hat, erfuhr, hatten wir schon längst abgelegt.

Ein Blick auf die Uhr sagt mir, dass ich nun langsam zur Tat schreiten sollte. Es ist halb sieben - höchste Zeit, mich zum Restaurant durchzufragen, denn ich bin noch immer etwas orientierungslos, und gleich beginnt das Dinner. Als ich mir den Weg durch die Gäste bahne, entdecke ich die junge Dame, die ich vor ein paar Stunden fast zu Fall gebracht habe. Sie sieht sehr elegant aus - dunkelblaue Marlenehose, darüber ein Woll-Twinset in zartem Rosé, Perlenkette mit passenden Ohrsteckern. Ihre langen Haare hat sie hochgesteckt und zu einem raffinierten Knoten geschwungen. Sie unterhält sich gerade mit Peter, dem Steward, flüstert etwas vertraulich in sein Ohr und nickt mir, als sie mich erkennt, hoheitsvoll zu. Ich nicke mindestens so arrogant zurück. Pfff, was denkt die denn, wer sie ist? Madame Pompadour?

Ich eile weiter und finde das Restaurant erstaunlicherweise auf Anhieb. Da ich viel zu früh dran bin, mache ich noch einen Schwenker auf die Herrentoilette, um den Sitz meines Anzugs zu überprüfen. Ich drehe und wende mich vor dem großen Spiegel und bin sehr zufrieden. Mein neues Outfit passt perfekt. Ich sehe tadellos aus, richtig schnieke! Und ich bilde mir ein, dass man mich fast für den Kapitän halten könnte, nur die goldenen Epauletten auf den Schultern fehlen. Ich schneide ein paar Grimassen und versuche, das milde Lächeln eines alten Seebären aufzusetzen, der schon die ganze Welt bereist hat und durch nichts mehr zu erschüttern ist. Käpt'n Bruns, alles klar zum Entern? Aye, aye, Sir!

Die Tür zum Waschraum öffnet sich, und ein Herr mittleren Alters in einer scheußlichen karierten Hose – ich tippe mal auf Amerikaner – mustert mich erstaunt bei meinen Posen. Ich lächele ihn verlegen an, hüstele und sehe zu, dass ich Land gewinne. Ein Kellner führt mich zu meinem Tisch, an dem bereits ein Ehepaar sitzt. Insgesamt besteht unsere kleine Essensgemeinschaft aus sechs Personen, das habe ich schon von Anja erfahren: eine ältere alleinstehende Frau, ein Herr, der mit seiner Mutter reist, ebendieses Ehepaar und meine Wenigkeit. Mein Job ist es natürlich, mich den Damen zu widmen und gepflegt Konversation zu betreiben. Das sollte mir nicht allzu schwerfallen.

»Immer hereinspaziert in die jute Stube, wa!«, dröhnt es mir entgegen. Der Mann, der eben noch saß und in die Karte vertieft war, ist aufgesprungen, streckt mir seine Pranke entgegen und haut mir mit der anderen krachend auf die Schulter. »Karl-Heinz Schulz«, brüllt er, »aber nenn Se mich ruhich Kalle, dat machen alle so. Und dat ist die Elvira, die jehört zu mir, wa!«

»Angenehm«, entgegne ich und versuche möglichst unauffällig, meine Schulter von seiner Hand zu befreien. »Wenn ich mich kurz vorstellen darf: Mein Name ist Dieter Bruns, und ich bin Ihr Gastgeber. Ich freue mich sehr, Sie kennenzulernen.«

»Wat sind Se?«

»Ihr Gastgeber, äh, Ihr Host. Ich gehöre sozusagen zur Mannschaft, und falls Sie irgendwelche Fragen oder Wünsche haben, können Sie sich gern jederzeit an mich wenden.«

»Wat es nich' alles jibt! Dat is' ja 'ne dolle Jeschichte.« Kalle strahlt mich begeistert an.

»Hör'n Se mal«, schaltet sich nun Elvira mit einem spitzen Unterton ein, »ick hab dat Jefühl, dat mit unserer Klospülung wat nich' stimmt. Da steht dat Wasser drinne. Nich' dass wa morjen früh inne Scheiße schwimmen!«

So viel also zum Thema gepflegte Tischgespräche! Ich räuspere mich. »Also, dafür bin ich streng genommen nicht zuständig. Aber ich werde selbstverständlich sehen, was ich für Sie tun kann.«

Kalle hat sich nun wieder gesetzt, ich nehme mir den Platz, der am weitesten von den beiden entfernt ist – was bei einem runden Tisch allerdings kaum einen Unterschied macht –, und mustere die beiden. Ihn schätze ich auf Mitte bis Ende fünfzig mit ziemlichem Übergewicht, die Knöpfe an seinem Hemd drohen jeden Moment aufzuspringen. Die Hemdsärmel sind aufgekrempelt, am rechten Handgelenk protzt eine dicke goldene Rolex. Sein Jackett hat er schon vor dem Essen ausgezogen und über die Stuhllehne gehängt. Auf seinem Kopf türmen sich lauter kleine Löckchen. Ist das etwa eine Dauerwelle?

Elvira dagegen ist rappeldürr, sonnenbankgegerbt und über und über mit Goldschmuck behängt. Sie trägt ein Cocktailkleid mit einem fürchterlichen knalligen Blumenmuster. Während sie sich eine Strähne ihres gelblich blondierten Pagenkopfes hinters Ohr streicht, bleckt sie ihr Pferdegebiss und bekräftigt noch einmal: »Dat mit dem Klo, dat jeht so nich'!«

Zu meiner großen Erleichterung bleibt mir eine Antwort erspart, denn nun bringt der Kellner die nächsten Gäste zu uns – einen in seinem braun glänzenden Anzug sehr attraktiv wirkenden Mittdreißiger, der eine Dame in den Sechzigern aufmerksam durch die Tischreihen führt. Das müssen Mutter und Sohn sein. Formvollendet deutet der Sohn einen knappen Diener an. »Guten Abend«, sagt er mit einem sympathischen Lächeln, »ich bin Max Dürrheimer, und das ist meine Frau Mutter, Elisabeth Dürrheimer. Wenn wir uns zu Ihnen setzen dürften?«

Na, wenigstens einer, der Manieren hat! Überhaupt macht der junge Mann einen sehr netten Eindruck. Irgendwie hat er mit seiner leicht verstrubbelten Kurzhaarfrisur etwas Lausbubenhaftes. Und er kümmert sich rührend um seine Mutter. Galant zieht er ihren Stuhl zurück, und als sie sich setzt, schiebt er sie behutsam wieder zurück. »Sitzt du auch gut, Mama?«, fragt er besorgt. »Nicht, dass du Zug bekommst! Soll ich dir nicht doch lieber deinen Schal holen?«

»Nein, nein, Max, danke. Es ist alles in Ordnung!«, zwitschert Elisabeth Dürrheimer fröhlich und blinzelt vergnügt in die Runde. Sie ist etwas rundlich, aber genau an den richtigen Stellen. Ihr kurzes graues Haar ist sorgfältig frisiert, ihr Schmuck dezent und ihr dunkelblaues Kostüm äußerst schick. Irgendwie klassisch hanseatisch und gleichzeitig elegant. Die Frau hat wirklich Klasse!

Nachdem wir uns einander alle vorgestellt haben, reißt Kalle das Gespräch wieder an sich und klärt uns über seine beruflichen Tätigkeiten auf. »Ick mach in Wurst, verstehn Se? Fleisch is' ein Stück Lebenskraft, dat is' meene Devise. Nur mit Jemüse im Bauch schaff'n Se nix wech. Der Mensch braucht Schwein, wa.«

»Wie interessant«, sagt Elisabeth Dürrheimer und zwinkert mir verschmitzt zu. »Erzählen Sie doch mehr!«

Ich zwinkere heimlich zurück und lausche dann Kalles langatmigen Ausführungen. Er ist Fleischfabrikant aus dem Brandenburgischen und hat sich dort ein wahres Wurst-Imperium aufgebaut. »Gehen Se ma' in' Supermarkt. Kasseler, Aalrauch-Mett, Schwarzwälder Schinken, janz ejal, wat – allet von mir! Und allet vom Allerfeinsten. An Kalles Wurst kommt keener vorbei!« Mit großer Geste verteilt er jetzt sogar seine Visitenkarten. »Wenn Se ma' wat brauchen, rufen Se einfach an. Schick ich Ihnen rübber. Zum Einkaufspreis, versteht sich, so unter Kreuzfahrt-Kumpels, wa!«

»Kalle«, geht Elvira dazwischen, »sei nich' immer so freijiebich! Wissen Se, wenn ick nich' uffpass wie'n Schießhund, dann verschenkt der Kalle noch ma' Haus und Hof! Aber von nix kommt nix, sach' ich immer.«

Wir anderen drei nicken verständnisvoll, während Kalle dröhnend lacht. »Darf ich Ihnen noch etwas Wasser nachschenken, Frau Dürrheimer?«, frage ich, um der Unterhaltung mal eine etwas andere Richtung zu geben. Doch die Angesprochene reagiert überhaupt nicht, sondern lächelt versonnen vor sich hin. »Frau Dürrheimer?«, frage ich noch einmal und schwenke die Wasserflasche sacht vor ihren Augen hin und her.

Sie zuckt leicht zusammen. »Ach, das bin ja ich!«, sagt sie dann. »Wasser? Oh ja, sehr gern, danke.«

Vielleicht ist sie schon etwas schwerhörig. Bevor ich weiter über ihre Reaktion nachdenken kann, serviert der Kellner uns die Vorspeise – einen *Spinat- und Orangensalat mit karamellisierten Parmesan-Pecannüssen*, wie ich der Menükarte entnehme.

»Jibbet och noch Fleisch?«, will Kalle wissen.

»Bedaure, der Herr. Heute ist Fischtag.«

»Na, wenn wa da ma' satt werden. Und nich', dass ich übber Nacht Kiemen krieje!« Kalle schnauft empört.

Noch immer ist der letzte Platz an unserem Tisch verwaist. Ich überlege, ob es eigentlich auch zu meinen Aufgaben gehört, dass sich alle pünktlich zum Essen einfinden. Es kann ja gut sein, dass die fehlende Dame verzweifelt auf dem Schiff herumirrt und das Restaurant nicht findet. Ich winke den Kellner zu mir. »Sollten wir mit dem Essen nicht noch etwas warten? Es fehlt ja noch ein Gast ...«

»Nein, nein, Signorina Brunetti verspätet sich etwas. Sie lässt sich entschuldigen und ausrichten, dass Sie ruhig schon anfangen sollen.«

»Wer nich' kommt zur rechten Zeit, der muss sehn, wat übrich bleibt«, räsoniert Kalle.

Signorina?, wundere ich mich. Ich dachte eigentlich, dass sich noch ein älteres Semester zu uns gesellt. Aber wer weiß? Vielleicht werden betagte, alleinstehende Frauen in Italien ja auch mit »Signorina« angesprochen. Die Italiener können manchmal ziemlich altmodisch sein.

Signorina Brunetti feiert ihren großen Auftritt pünktlich zum zweiten Gang – einer *Symphonie vom geeisten Lachs mit Shrimps-Ceviche.* »Wat is' datt denn?«, fragt Kalle mit großen Augen, und es ist nicht ganz klar, ob er das überschaubare Häufchen auf seinem Teller meint oder die Erscheinung, die sich in diesem Moment unserem Tisch nähert. Signorina Brunetti ist niemand Geringeres als Madame Pompadour! Als ich die junge Frau von heute Morgen erkenne, ist mir auch schnell klar, warum sie sich verspätet hat. Es hat sicherlich ein wenig Zeit gekostet, sich so herauszuputzen. Sie trägt ein, nun ja, ich glaube, man nennt das »kleines Schwarzes«, das wirklich sehr klein ist, mit einem wunderschönen Dekolleté. Ihre hohen Schuhe betonen vorteilhaft die langen, schlanken und gebräunten Beine. Ihre Mähne hat sie wieder herabgelassen, sie wird nur im Nacken von einer geschmackvollen Silberspange zusammengehalten. Ihre braunen Augen sind dezent geschminkt, ihr Kirschmund leuchtet dunkelrot. Ich muss zugeben, Signorina Brunetti sieht einfach umwerfend aus. Nach meinem Geschmack ist ihr Kleidchen ein bisschen zu knapp, aber sie wirkt trotzdem nicht billig. Max Dürrheimer und ich springen von unseren Stühlen, während Kalle sitzen bleibt und sie sprachlos anstiert. Es fehlt nur noch, dass er anfängt zu sabbern. Elvira guckt auch schon ziemlich sauer.

Als unsere Nachzüglerin mich sieht, zuckt ihre rechte Augenbraue in die Höhe; ihr Blick wandert weiter über Elvira und Kalle hinweg und bleibt dann an Max und seiner Mutter hängen. »Sara Brunetti«, haucht sie mit dunkler Stimme und kokettem Augenaufschlag. »Entschuldigen Sie bitte, dass ich so unhöflich bin und mitten ins Essen platze, aber ich habe noch mit meinem Vater in Palermo telefoniert. Die Verbindung auf dem Schiff ist nicht die allerbeste.«

Signora Brunetti spricht erstaunlicherweise ein einwandfreies Deutsch, völlig fehlerfrei und ohne jeden Akzent. Sie setzt sich, schlägt grazil ihre Beine übereinander und nippt vornehm an ihrem Weinglas, das Kalle ihr schon eilfertig bis zum Rand voll geschenkt hat.

»Kalle, iss weiter«, zischt Elvira, »dat wird ja sonst kalt!«

Der schaut verdattert auf seinen geeisten Lachs, schaufelt sich dann aber widerspruchslos mehrere Gabeln hintereinander in den Mund. Ich muss grinsen und bemerke, dass auch Elisabeth Dürrheimer verstohlen in sich hineinkichert.

»Palärmo«, nuschelt Kalle mit vollem Mund, »dat is' in Italien, wa?«

Signorina Brunetti nickt gnädig und wendet sich sofort wieder Max Dürrheimer zu. Da hat sie die Rechnung aber ohne Kalle gemacht. »Sie ham jetzt aber nix mit der Mafia zu tun, wa?«, fragt er und lacht dann wiehernd los. Kalle hat wirklich einen eigenartigen Humor.

Alle lachen aus Höflichkeit mit, nur Elvira kneift die Lippen zusammen und versetzt ihrem Gatten unter dem Tisch einen Tritt. Achtung, wütende Ehefrau – Dieter, das ist dein Einsatz! »Sie sprechen ja wirklich ein ganz ausgezeichnetes Deutsch«, versuche ich das Gespräch in seichtere Gewässer zu lenken. »Haben Sie das in der Schule gelernt?«

Sara Brunetti nickt mir dankbar zu. »Ich bin in der Schweiz auf ein Internat gegangen. Neben Italienisch und Französisch war Deutsch dort eine der Unterrichtssprachen. Später habe ich dann in Hamburg Kunstgeschichte studiert und lange Jahre dort gelebt. Außerdem wurde bei uns zu Hause in meiner Kindheit auch oft Deutsch gesprochen, da meine Großmutter rheinländische Vorfahren hat«, erzählt sie mit ihrer dunklen Stimme, greift nach dem Brotkorb und berührt dabei aus Versehen Max Dürrheimers Hand. »Scusi«, murmelt sie verschämt.

Dürrheimer junior hat Sara bei ihren Ausführungen aufmerksam betrachtet, ich kann seinen Blick nicht so richtig deuten. »Kunstgeschichte«, stammelt er nun und wird sogar ein bisschen rot, der italienische Charme scheint schon zu wirken. »Das ist ja wirklich ein schönes Fach! Darf ich fragen, was Sie mit diesem Studiengang beruflich machen?«

Nun läuft Signorina Brunetti unter ihrer Sonnenbräune zartrosa an. »Also, ich bin freie Kunsthistorikerin und erstelle im Auftrag von Denkmaleigentümern spezielle Fachgutachten«, haucht sie. »Das klingt jetzt erst einmal nicht so spannend, aber ich liebe meine Arbeit. Ich will Sie jedoch wirklich nicht mit Details langweilen ...«

»Sie langweilen mich kein bisschen!«, ruft Max Dürrheimer enthusiastisch. »Ich interessiere mich nämlich sehr für Gemälde, wenn auch nur als Laie. Kunst ist ja mittlerweile eine der sichersten Geldanlagen überhaupt. Ich verstehe nur leider viel zu wenig davon. Vielleicht haben Sie als Expertin da sogar den einen oder anderen Tipp für mich?«

»Es wäre mir ein Vergnügen«, gurrt die Expertin.

Alter Schwede, beziehungsweise alter Italiener, an unserem Tisch brizzelt es aber gewaltig! Nur Kalle ist von den zarten Banden, die hier gerade geknüpft werden, vollkommen unbeeindruckt. Fachgutachten, Gemälde und Denkmäler sind wahrscheinlich nicht so sein Ding. Als jetzt auch noch der Ober den Hauptgang serviert – *Gegrillter Thunfisch Gremolata* – wirft er entnervt seine Serviette auf den Tisch und steht auf. »Ick brauch jetzt ma' 'ne Wurst, wa!«, schimpft er und stapft davon.

VI

Ein richtig dicker Fisch – und dazu noch so ein leckerer! Ich versuche mir nichts anmerken zu lassen, schlage schnell die Augen nieder und freue mich im Stillen über mein Glück. Der Tipp vom Steward ist offensichtlich Gold wert, im wahrsten Sinne des Wortes!

Ihm habe ich es nämlich zu verdanken, dass ich jetzt an diesem Tisch sitze. Eigentlich war der Platz für eine Seniorin aus Bottrop reserviert. Aber dann habe ich erfahren, dass hier ein milliardenschwerer Industriellenerbe speist, der angeblich auch noch Single ist und in Begleitung seiner Mutter reist. Es hat mich nur wenig Überredungskunst und ein paar Scheinchen gekostet, Peter davon zu überzeugen, dass ich an diesem Tisch doch viel besser aufgehoben bin als die Bottroperin. Tja, Vitamin B ist eben alles!

Zuerst habe ich einen Schreck bekommen, da ich dachte, dass dieser fürchterliche Trampel aus dem Osten der Auserkorene ist. Aber Glück muss der Mensch haben! Er ist es nicht. Mein Goldesel heißt Max Dürrheimer und ist so schnuckelig, dass ich ihn knutschen könnte. Endlich mal einer, der nicht demnächst in der Geriatrie endet. Und dann sieht er auch noch so gut aus – kurze blonde Haare, Lachfältchen um die blauen Augen, breite Schultern. Eigentlich genau mein Typ, aber ich bin ja nicht zum Spaß hier.

Was ich mich allerdings schon frage: Warum ist so einer denn nicht längst unter der Haube? Bei ihm müssten die Mädels doch Schlange stehen! Irgendeine Macke wird er wohl haben – und die finde ich auch noch raus. Obwohl es mir ja ehrlich gesagt egal sein kann, ob Max Dürrheimer noch gerade tickt oder nicht. Denn sobald sein Bankkonto zu meinen Gunsten um ein paar Millionen leichter ist, heißt es für mich ja sowieso: Ab durch die Mitte und Arrivederci, ciao, ciao!

Einen Pferdefuß hat die Sache allerdings – die Mutter! Wie soll man in Ruhe flirten, wenn Mami ihrem Sohnemann dabei ständig über die Schulter schaut? Doch die werde ich auch noch irgendwie los, schließlich bin ich Profi. Wenigstens macht sie einen ziemlich harmlosen Eindruck. Scheint schon etwas tüddelig zu sein, die Gute. Ich glaube, sie hat irgendwas mit den Ohren. Jedes Mal, wenn dieser Dieter Bruns sie anspricht, reagiert sie überhaupt nicht. Und in der nächsten Sekunde hört sie dann wieder ganz ausgezeichnet. Hmm, vielleicht ist sie auch gar nicht schwerhörig, sondern es handelt sich um die ersten Anzeichen von Alzheimer und Konsorten. Egal, die Rentnerin will beschäftigt werden. Und eigentlich sollte es bei dem riesigen Freizeitangebot hier an Bord doch kein Problem sein, sie mal für ein paar Stunden loszuwerden. Da lass ich mir schon noch was einfallen!

»Signorina Brunetti, noch etwas Wein?«

»Pardon?« Dieter Bruns reißt mich aus meinen Gedanken und will irgendetwas von mir. Nur was?

»Möchten Sie noch etwas Wein trinken?«

»Nein, danke. Ich habe ja noch ein Schlückchen.«

»Aber vielleicht einen Digestif zum Dessert? Oder einen Kaffee?«

»Sehr aufmerksam von Ihnen, aber nein danke. Ich trinke kaum Alkohol. Und so spät noch Kaffee, da finde ich ja gar nicht in den Schlaf«, antworte ich artig und schenke ihm ein freundliches Lächeln. Puh, ist der Mann fürsorglich!

»Ihre Heimatstadt ist ja wirklich wunderschön ...«

»Bitte was?«

»Palermo!« Dieter Bruns guckt mich irritiert an. »Sie sagten doch, Sie kämen aus Palermo ...«

»Genau, Palermo, ein wunderschönes altes Städtchen, so voller Geschichte und Geschichten«, schwärme ich schnell und hoffe, dass sich das Thema damit erledigt hat.

»Ja, ja«, seufzt er nun, und ein kleiner Schatten legt sich auf sein Gesicht, »da war ich einmal vor zwanzig Jahren mit meiner ... Nun ja, jedenfalls erinnere ich mich noch sehr lebhaft an diesen Besuch, besonders an das Teatro Massimo, das hat mich wirklich beeindruckt!«

»Genau!«, rufe ich wieder und versuche, dabei sehr stolz zu klingen. »Unser Opernhaus an der Piazza Sett'Angeli! Das ist immerhin das größte in ganz Italien.« Wie gut, dass ich fast zehn Reiseführer über Palermo gelesen und quasi auswendig gelernt habe. Es geht doch nichts über eine wasserdichte Vita. »Waren Sie auch schon einmal in Palermo?«, wende ich mich jetzt wieder Max Dürrheimer zu.

»Nein, bisher noch nicht«, antwortet er und fügt schnell hinzu: »Aber was nicht ist, kann ja noch werden ...«

»Ach, dann müssen Sie mich aber unbedingt vorher anrufen! Ich kann Ihnen da einige sehr gute Hotels und Restaurants empfehlen, echte Geheimtipps.«

»Sehr gern«, sagt Max Dürrheimer und läuft schon wieder rot an, »aber dafür müsste ich erst einmal Ihre Telefonnummer haben …«

»Na, das ist doch überhaupt gar kein Problem«, gurre ich und schaue ihm tief in die Augen. »Die gebe ich Ihnen natürlich gern!« Ich fingere meinen Montblanc-Füller aus der Handtasche, schnappe mir eine Serviette, beginne zu schreiben – und gerate ins Stocken. Mist! Mir fällt meine neue Handynummer nicht ein. Zum Glück kommt mir Dieter Bruns unwissentlich zu Hilfe.

»Ich weiß ja nicht, was die Damen und Herren nach dem Essen noch vorhaben«, sagt er und zieht damit die Aufmerksamkeit der anderen auf sich. »Aber in unserer bordeigenen Diskothek spielt heute Abend eine Liveband. Und es darf natürlich getanzt werden! Vielleicht haben Sie ja Lust, mich zu begleiten?«

»Also ich habe leider zwei linke Füße«, meint Max Dürrheimer entschuldigend. »Für mich ist das wirklich nichts. Aber wie sieht's denn mit dir aus, Mama?«

»Ach, ich tanze für mein Leben gern!«, ruft Elisabeth Dürrheimer begeistert. »Da komme ich natürlich mit!«

»Würden Sie mir denn die Freude machen, mich an die Bar zu begleiten, auch wenn Sie keinen Alkohol trinken?«, fragt mich Max Dürrheimer.

»Ach, wissen Sie, ein Gläschen Champagner geht eigentlich immer …«, antworte ich vergnügt und jubiliere innerlich. Langsam wird mir dieser Dieter Bruns fast sympathisch. Denn mit seinem Vorschlag hat er genau ins Schwarze getroffen – Mutti beschäftigt, Sohn fest an meiner Angel.

»Wissen Se wat?«, krakeelt da Elvira Schulz, deren bessere Hälfte auf Wurst-Suche verschollen ist, und zeigt mit ihrem knochigen Zeigefinger auf mich: »Da nehm' Se mich ma' mit! Wo 'ne Bar is', is' unter Jarantie och meen Kalle!«

Nun gut, ich unterdrücke einen Seufzer, man kann nicht alles haben ...

VII

Irgendetwas an diesem italienischen Fräulein kommt mir spanisch vor! Jedenfalls kann ich mit Bestimmtheit sagen, dass das Opernhaus von Palermo nicht an der Piazza Sett'Angeli liegt. Ich habe nämlich ein Elefantengedächtnis und bin mir tausendprozentig sicher: Das Teatro Massimo ist an der Piazza Verdi! Das müsste Signorina Brunetti doch wissen, es ist schließlich ihre Heimatstadt. Und noch dazu als studierte Kunsthistorikerin! Na ja, vielleicht hat sie sich auch nur versprochen.

Ich freue mich jedenfalls auf den weiteren Abend. Und ganz besonders darüber, dass ich Familie Schulz los bin! Diese Elvira ist ein Sauertopf, wie er im Buche steht. Wirklich, eine unangenehme Person! Zum Glück geht sie mit den anderen beiden an die Bar, und ich muss sie nicht auch noch zum Tanz bitten. Das hätte mir gerade noch gefehlt.

Ich weiß, ich weiß, ich soll keine Dame bevorzugen, aber die Aussicht, nur mit Frau Dürrheimer das Tanzbein zu schwingen, macht mir richtig gute Laune. Das ist wirklich eine sehr nette Frau, wenn mich mein erster Eindruck nicht täuscht. Und der täuscht mich so gut wie nie. Aber wo steckt sie denn eigentlich?

Ich entdecke sie vor den Waschräumen, ganz ins Gespräch mit ihrem Sohn vertieft.

»Lissie, du musst ein bisschen besser aufpassen ...«, höre ich Max Dürrheimer gerade noch sagen, als ich mich den beiden nähere. Lissie? Wieso nennt er seine Mutter auf einmal Lissie? Und worauf soll sie aufpassen?

Ich räuspere mich diskret, und die beiden fahren wie ertappt auseinander und starren mich erschrocken an. Was haben die denn bloß? Doch Elisabeth Dürrheimer fängt sich sofort wieder und ruft: »Ah, da sind Sie ja!« Dann hakt sie sich bei mir unter und fragt: »Wollen wir?«

»Wir wollen!«, sage ich entschlossen und dirigiere sie Richtung Diskothek.

»Viel Spaß, Mama!«, ruft der Sohn noch hinterher.

Also doch *Mama*. Wahrscheinlich habe ich mich eben verhört.

Die Diskothek hat einen sehr gediegenen Charme und orientiert sich mit ihrer Einrichtung klar an einem älteren Publikum. Keine zuckenden bunten Scheinwerfer, keine Glitzerkugeln, die von der Decke baumeln. Dafür viel gedämpftes Licht, das aus kleinen Lämpchen auf den Tischen scheint, und mit Teak vertäfelte Wände. Es wirkt sehr gemütlich. Auf der großen Bühne am anderen Ende des Raums hat sich schon eine sechsköpfige Kombo versammelt und stimmt ihre Instrumente. Im Hintergrund läuft dezenter Jazz vom Band.

»Frau Dürrheimer«, setze ich an und will sie fragen, ob wir uns einen freien Tisch suchen oder irgendwo dazusetzen wollen, da bemerke ich, dass sie schon wieder diesen abwesenden Blick hat – als ob ich mit einer dritten Person anstatt mit ihr sprechen würde. »Frau Dürr-hei-mer!«, rufe ich laut und deutlich in ihr Ohr.

»Herr Bruns?« Sie schaut mich erstaunt an. »Was brüllen Sie denn so? Ich bin doch nicht schwerhörig!«

»Entschuldigung, die Musik ist so, äh, laut. Ich dachte, sonst verstehen Sie mich nicht.«

»Schon gut, das macht ja nichts. Schauen Sie mal, dort in der Ecke ist ein freier Tisch. Nehmen wir den?«

Wir nehmen ihn und studieren die Getränkekarte. »Wissen Sie was?«, sagt Elisabeth Dürrheimer. »Mir ist ein bisschen nach Feiern zumute. Ob wir uns wohl ein Fläschen Chablis teilen sollten? Ich lade Sie ein.«

»Das kommt überhaupt nicht infrage!« Ich schaue sie streng an. »Natürlich bestellen wir eine Flasche Chablis. Aber nur auf meine Rechnung!«

»Entschuldigung, Herr Bruns, ich wollte Sie nicht brüskieren«, stammelt Frau Dürrheimer verlegen. »Aber ich dachte, nun ja ... Sie arbeiten doch auf dem Schiff ... Und vielleicht können Sie sich das gar nicht ...«

»Machen Sie sich mal keine Sorgen, meine Liebe. Das kriege ich schon hin«, sage ich, und dann erkläre ich ihr ganz entspannt, dass ich zwar als Gastgeber auf der *Princess of Glory* angeheuert habe, aber dass ich es eigentlich gar nicht mehr nötig habe, noch zu arbeiten, und wirklich nicht mittellos bin.

»Aber wenn Sie nicht mehr arbeiten müssen, warum tun Sie es dann?«, fragt Elisabeth Dürrheimer verblüfft.

»Nun ja, ich bin auf der Suche nach einem Abenteuer«, sage ich spontan. Oh je, das könnte sie aber jetzt in den falschen Hals bekommen! Deshalb verbessere ich mich schnell. »Nein, nein, Abenteuer ist der falsche Begriff. Ich suche nur Abwechslung vom Alltag. Ich möchte neue Menschen kennenlernen, neue Erfahrungen sammeln, mich neuen Herausforderungen stellen, meinen Lebensabend insgesamt etwas interessanter gestalten.« Das klingt gut, finde ich. Jedenfalls besser als: *Ich bin einsam, ich langweile mich und zu Hause fällt mir die Decke auf den Kopf.*

Elisabeth Dürrheimer nickt verständnisvoll. »Ja, da haben Sie völlig recht. Wenn man mal etwas Neues ausprobiert, dann bleibt auch der Geist frisch.«

Der Kellner kredenzt unseren Chablis, wir stoßen an, und Elisabeth Dürrheimer kichert. »Zum Wohl, Herr Bruns!« Und dann fügt sie noch ein wenig geheimnisvoll hinzu: »Auch für mich ist diese Fahrt ein einziges großes Abenteuer! Und bis jetzt amüsiere ich mich prächtig.«

»Das freut mich sehr, Frau Dürrheimer«, sage ich ein bisschen steif, weil ich nicht sicher bin, wie sie das jetzt eigentlich meint.

»Ach, wissen Sie was? Jetzt lassen wir mal dieses förmliche *Frau Dürrheimer* und *Herr Bruns* weg! Immerhin sitzen wir die nächsten Wochen im selben Boot. Nennen Sie mich doch einfach Elisabeth.«

»Sehr gern! Elisabeth, darf ich bitten?«, entgegne ich forsch, denn genau in diesem Augenblick beginnt die Band zu spielen – einen langsamen Walzer, gerade gut zum Aufwärmen. Ich führe meine Tanzpartnerin aufs Parkett, und grazil gleiten wir dahin. Alle Achtung! Die tanzt gar nicht schlecht. Natürlich nicht so gut wie meine Marianne, das ist klar, da reicht keine ran. Aber Elisabeth hat den Rhythmus im Blut und ganz offensichtlich große Freude am Tanzen – ihre Wangen leuchten rot, und ihre Augen strahlen.

»Hach«, prustet sie, als wir uns nach drei Liedern eine

Pause gönnen, »das hat Spaß gemacht! Sie sind ja ein echter Profi, Dieter!«

»Gelernt ist gelernt«, gebe ich, nicht ganz unbescheiden, zurück.

Sie prostet mir erneut kichernd zu, und ich überlege gerade, wie ich es am geschicktesten anstelle, etwas mehr über sie zu erfahren, ohne sie plump auszufragen, da taucht unser Kellner auf, hüstelt diskret und raunt in mein Ohr: »Die amerikanische Dame von Tisch sieben lässt anfragen, ob Sie für einen Tanz frei wären.«

Nein, bin ich eigentlich nicht, aber ich habe wohl keine Wahl. Dienst ist Dienst, und Schnaps ist Schnaps. »Die Pflicht ruft«, sage ich zu Elisabeth. »Wenn Sie mich einen Moment entschuldigen würden?«

»Ungern. Aber Hauptsache, Sie kommen wieder und geben mir keinen Anlass zur Eifersucht«, sagt sie schelmisch. Na, das ist ja eine ganz Kesse!

»Keine Sorge! Für Sie, meine Liebe, halte ich selbstverständlich immer mehrere Plätzchen auf meiner Tanzkarte frei«, gebe ich mutig zurück und fühle mich für einen Augenblick wie ein kleiner Schwerenöter.

Die Dame von Tisch sieben ist eine Amerikanerin in den fortgeschrittenen Siebzigern. Und sie kann leider überhaupt nicht tanzen. Wie ein Brett liegt sie in meinen Armen, ich muss sie fast schon über die Tanzfläche schieben. Aus den Augenwinkeln sehe ich, dass Elisabeth lacht und unseren Anblick anscheinend äußerst amüsant findet. Zum Glück geht der Dame von Tisch sieben schon nach einem Stück die Puste aus.

Nachdem ich sie zu ihrem Platz geleitet habe und zu meinem zurückgeeilt bin, stelle ich mit Schrecken fest, dass wir Zuwachs bekommen haben. Kalle Schulz hat sich breitbeinig neben Elisabeth gefläzt, neben ihm sitzt, stocksteif und mit verkniffenem Mund, Elvira. »Na, Herr Schulz«, begrüße ich ihn, »haben Sie denn noch Ihre Wurst bekommen?«

»Nä!«, sagt er enttäuscht. »Da war nüscht zu mach'n. Wenn wa übermorjen anlanden, muss ick erst ma' wat koofen. Sonst fall ick hier noch vom Fleisch.«

Letzteres bezweifle ich zwar, wenn ich mir die eiserne Reserve um seine Körpermitte herum ansehe, behalte den Gedanken aber für mich.

»Hören Sie«, meint Elvira nun zu mir, »Sie denken noch an uns're Kloschüssel, wa?«

»Ununterbrochen«, antworte ich süffisant, der Chablis ist mir etwas zu Kopf gestiegen.

Elvira nickt gnädig. »Na, dann is' jut.«

Im weiteren Verlauf des Abends führt uns Kalle in die Geheimnisse des Pökelns und der Fleischkonservierung ein und spricht dabei ordentlich dem Cognac zu. »Vom Einspritzen halt' ich jar nüscht«, erklärt er mit schwerer Stimme. »Dat jute, alte Trockenpökeln, dat isset! Aber dat braucht eben seine Zeit, verstehen Se?«

Elisabeth und ich nicken verständnisvoll, Elvira aber reicht's. »Kalle!« zischt sie, »du hast jenuch. Abmarsch!«

Der arme Kalle erhebt sich schwankend und wird von seiner Gattin unsanft Richtung Ausgang geknufft. Keine Frage, wer im Hause Schulz die Hosen anhat!

Elisabeth und ich wagen noch das eine und andere Tänzchen, und nachdem wir unsere Flasche geleert haben, begleite ich sie zu ihrer Kabine. »Also das war wirklich ein sehr netter Abend«, verabschiedet sie sich von mir. »Herzlichen Dank für die angenehme Gesellschaft, Dieter. Ich hoffe doch, wir können das wiederholen!«

»Das hoffe ich auch. Und es wird mir ein großes Vergnügen sein!«, sage ich und spüre ein leichtes Glühen in meinem Gesicht.

Lautes Hämmern an meiner Kabinentür weckt mich. Was soll das denn, in aller Herrgottsfrühe? Ich ziehe mir die Decke über den Kopf und drehe mich auf meiner schmalen Pritsche auf die andere Seite.

»Diiiiie-ter!!!«, brüllt irgendwer draußen auf dem Gang.

»Schon gut, schon gut«, murmele ich verschlafen und stehe missmutig auf. Autsch! Das war zu schnell, mein Rücken zwackt. Ich bin eben doch keine zwanzig mehr! In gebückter Haltung schlurfe ich zu meiner Kabinentür und öffne sie einen Spalt. Davor steht Anja und guckt mich böse an. »Dieter! Wo bleibst du denn? Wir warten alle auf dich. Es ist sieben Uhr siebenundfünfzig!«

Oh Gott, wie spät ist es? Ich werfe einen Blick auf meine Uhr und stelle entsetzt fest, dass ich tatsächlich verschlafen habe! Das ist mir in meinem bisherigen Arbeitsleben noch nie passiert. Wie peinlich! Ich stottere eine Entschuldigung und schiebe noch schnell hinterher, dass das sicherlich nicht wieder vorkommt.

»Das hoffe ich doch!«, schnauzt Anja mich an. »Die anderen waren alle pünktlich. Das ist echt nicht gut für den *spirit*, wenn einer dauernd aus der Reihe tanzt!«

Was heißt denn hier dauernd? Ich glaube, der jungen Dame muss ich gleich mal den Marsch blasen. Doch bevor ich den Mund aufmachen kann, blökt Anja: »Jetzt aber zack, zack, Dieter! Acht Uhr dreißig Frühstück in der Offiziersmesse.« Sie macht auf dem Absatz kehrt und joggt davon.

Na, mein erster offizieller Arbeitstag geht ja gut los! Ich

wasche mich hastig, zum Rasieren bleibt keine Zeit mehr, dann streife ich meine Kleidung über und eile zu besagter Messe. Da sitzt die ganze Truppe schon an einem langen Tisch und schnattert fröhlich durcheinander. Am Kopfende thront Anja, die Mutter der Kompanie, und guckt mich missbilligend an. »Na, Dieter«, begrüßt mich Pablo, der Zauberer, »harte erste Nacht gehabt?«

»Entschuldigung«, sage ich in die Runde, »da habe ich wohl ein wenig verschlafen. Ich hoffe, ihr seid mir nicht böse.« Und weil ich finde, dass das reichen muss, um den *spirit* wiederherzustellen, setze ich mich schnell und lange kräftig zu. Seeluft macht ja bekanntlich Appetit.

Nach dem Frühstück begebe ich mich auf eines der oberen Decks, denn dort liegt meine neue Wirkungsstätte. Sie entpuppt sich als eine Art Gymnastikraum mit einer großen verglasten Front zur Seeseite. Hier werde ich ab heute also meine Tanzkurse geben. Gar nicht so übel!

In einer der Ecken steht eine kleine Musikanlage samt CD-Stapel, den ich als Allererstes inspiziere. Alle CDs sind sorgfältig beschriftet: *Langsamer Walzer*, *Wiener Walzer*, *Foxtrott*, *Slowfox*, *Quickstep*, *Lateinamerikanische Tänze*, lese ich auf den Hüllen. Wunderbar! Es ist alles da, was ich brauche. Jetzt muss ich nur noch auf meine Kursteilnehmer warten, dann kann es losgehen.

Die erste Person, die erscheint, ist eine alte Bekannte. Vorsichtig steckt die Dame von Tisch sieben ihren Kopf zur Tür herein und zwitschert: »Oh, am I too late?«

Ich versichere ihr, dass sie ganz und gar nicht zu spät ist. Eher deutlich zu früh, aber das behalte ich aus Höflichkeit natürlich für mich. Nach und nach füllt sich der Raum, um kurz nach zehn zähle ich sechs Damen und einen Herrn. Die Frauen schätze ich vom Alter her auf irgendetwas zwischen Mitte fünfzig und Mitte siebzig. Mein einsamer Geschlechtsgenosse senkt den Altersdurchschnitt deutlich, er sieht aus wie Anfang vierzig, vielleicht hat er sich aber auch nur gut gehalten. Anscheinend ist er Südländer, seine schwarzen, gewellten Haare trägt er zurückgegelt, sein Teint ist dunkel und sein weißes Hemd etwas zu weit geöffnet. Ob er sich verirrt hat? Na ja, das wird sich gleich aufklären.

Ich stelle mich kurz vor und bitte meine Kursteilnehmer, es mir gleichzutun. Die Frauen zwitschern aufgeregt durcheinander, die Namen fliegen mir nur so um die Ohren – Maggie, Sabine, Ursula, Gudrun, Heather und Angelika. Die kann ich mir unmöglich alle sofort merken! Zuletzt stellt sich der Südländer vor. Er schmeißt sich in Pose, streckt seine behaarte Brust vor, bleckt seine blendend weißen Zähne und schmettert: »Ich bin Rodriguez!« Fehlt nur noch, dass er abschließend *Olé* ruft. Sein feuriges Entrée verfehlt trotz eindeutig schwäbischen Dialekts nicht seine Wirkung. Die ersten Damen kichern schon. Rodriguez grinst selbstgefällig und sonnt sich in der Aufmerksamkeit.

Ich finde allerdings, dass dieser Lackaffe nun genug posiert hat, und teile die Anwesenden in Paare auf. Rodriguez bekommt von mir Maggie zugewiesen, die Dame von Tisch sieben. Da soll er mal sehen, wie weit er mit seinem Charme kommt. Ich selbst schnappe mir Angelika, wahrscheinlich die Jüngste im Bunde, eine etwas dralle Rothaarige. Dann starte ich die erste CD – *Wiener Walzer* – und gleite mit Angelika im Arm durch den Gymnastikraum. »Hach«, haucht sie verzückt in mein Ohr, »Sie tanzen aber gut!«

»Meine Dame!«, erwidere ich. »Alles andere wäre auch kontraproduktiv. Ich bin schließlich der Tanzlehrer.«

Aber auch Angelika tanzt ganz ordentlich, sodass ich in Ruhe die anderen Paare beobachten und eruieren kann, wem ich was beibringen muss. Zufrieden registriere ich, dass Rodriguez sich ziemlich an Maggie abarbeitet. Stocksteif liegt sie in seinen Armen, während er albern mit dem Hintern wackelt. Bei diesem Anblick fangen die Frauen schon wieder an zu kichern. Rodriguez scheint das eher zu ermutigen, jetzt schwingt er seine Hüften mit Schmackes hin und her und wird mit lautem Kreischen belohnt.

Ja, wo sind wir denn hier? Es ist an der Zeit, diesem Gockel deutlich zu zeigen, wer hier der Hahn im Hühnerstall ist. »Contenance, die Damen, bitte etwas mehr Contenance!«, rufe ich, klatsche in die Hände und finde, dass ich mich ein bisschen wie Anja anhöre. »Und das gilt auch für Sie, mein Herr! Wir tanzen einen Walzer und keine Rumba! Also, schön langsam und mit etwas mehr Körperspannung bitte, eins, zwei, drei, eins, zwei, drei ...«, belle ich und sehe Rodriguez strafend an.

Er kuscht, und für den Rest der Tanzstunde reißt er sich einigermaßen zusammen. Leider muss ich zugeben, dass dieser schwäbische Latino sehr gut tanzen kann. Was mich zu der Frage bringt, was er überhaupt in meinem Kurs will. Wirklich etwas beibringen kann ich ihm nämlich nicht, er beherrscht alle Standardtänze aus dem Effeff. Für meinen Geschmack hält er seine wechselnden Tanzpartnerinnen ein wenig zu dicht an sich gepresst, die Damen haben aber offenbar nichts dagegen.

Als er am Ende der Stunde erhobenen Hauptes Richtung Poolbar verschwindet, rechts Angelika untergehakt und zu seiner Linken Gudrun, schwant mir so langsam etwas. Ich glaube, der ist hier, um Frauen anzubaggern! Merkwürdig, überlege ich, die sind doch nicht wirklich in seiner Altersklasse. Da wäre er im Capoeira-Workshop eindeutig besser aufgehoben. Na, diesen komischen Vogel werde ich auf alle Fälle im Auge behalten. Niemand wildert ungestraft in Dieter Bruns' Revier!

VIII

Oh Mann, ist der süß! Versonnen schaue ich aus meinem Bullauge aufs glitzernde Meer. Der gestrige Abend mit Max Dürrheimer war wirklich ein voller Erfolg! Okay, zuerst hat uns diese Elvira Schulz mit ihrem Gesabbel über verstopfte Kloschüsseln und fettige Wurst genervt. Und das direkt nach dem Essen, echt unappetitlich! Aber zum Glück ist ihr Göttergatte relativ schnell aufgetaucht, und der hatte schon mächtig Schlagseite. Irgendwie kann ich ihn verstehen. Wenn ich mit so jemandem wie Elvira verheiratet wäre, würde ich mir wahrscheinlich auch einen antrinken.

Na ja, jedenfalls hat sich die anstrengende Brandenburgerin ihren Kalle dann ganz fix geschnappt, wahrscheinlich weil der seine Augen nicht von meinem Ausschnitt abwenden konnte, und die beiden sind abgezockelt. Freie Bahn für Signorina Brunetti! Und ich bin echt zur Höchstform aufgelaufen – was einem bei Max Dürrheimer auch wirklich nicht schwerfällt. Der Mann sieht nicht nur blendend aus, er hat auch noch Humor und ist ein richtig toller Gesprächspartner. Über Gott und die Welt haben wir uns unterhalten, und zwar so gut, dass ich dabei fast vergessen habe, warum ich eigentlich an Bord bin.

Aber ich bin ja nicht umsonst Profi, nach und nach habe ich ihm einiges entlocken können, ohne allzu neugierig zu wirken. Und jetzt weiß ich mit Sicherheit, dass Max Dürrheimer der fetteste Fisch ist, der jemals in mein Netz geschwommen ist. Seine Familie fertigt Schrauben, schon in vierter Generation. Zuerst war ich ein bisschen enttäuscht, weil ich dachte, da sitzt nur so ein Handwerks-Heini vor mir. Aber dann hat sich herausgestellt, dass er der Erbe eines echten Imperiums ist. Die Firma Dürrheimer verkauft Schrauben, Dübel und Nägel in die ganze Welt! Die haben quasi ein Monopol auf diesen Kram. Egal wo und egal was gerade gebaut wird – Häuser, Maschinen, Autos, auf allen Kontinenten, da steckt unter Garantie ein Dürrheimer'scher Dübel drin! Max meinte sogar – wir sind natürlich schon beim *Du* –, dass die *Princess of Glory* nur von seinen Schrauben zusammengehalten wird. Wahnsinn!

Die Kreuzfahrt hat er übrigens seiner Mutter geschenkt, mal eben so, zur Aufmunterung. Die Arme ist nämlich vor einem halben Jahr von ihrem Mann verlassen worden. Der hat sich nach knapp vierzig Jahren Ehe einfach so mit seiner Sekretärin vom Acker gemacht. Der Klassiker schlechthin! Einen wirklich geknickten Eindruck macht die Dürrheimer ja nicht. Aber Max hat gesagt, dass die Ehe wohl nie so richtig glücklich war und seine Mutter vielleicht sogar ganz froh ist, ihren Mann endlich und ohne teure Scheidung los zu sein. Die Firma gehört nämlich ihr, ihr Großvater hat sie aufgebaut und ihr Ex nur eingeheiratet. Und als gestandene Unternehmerstochter war sie damals schon klug genug, einen perfiden Ehevertrag aufzusetzen. Bei böswilligem Verlassen und Untreue gibt's zum Beispiel keinen Cent. Echt clever!

Na ja, jedenfalls war die Geschichte über seine Eltern eine gute Gelegenheit, ganz elegant seine weiteren Familienverhältnisse abzuklopfen. »Und wie sieht es bei dir aus?«, habe ich sehr schüchtern gefragt. »Hast du deine Herzensdame schon gefunden?«

Da hat Max ganz schwer und auch irgendwie bitter geseufzt. »Weißt du, Sara«, hat er nach einer kleinen Pause geantwortet, »es ist ja nicht so, dass ich keine Beziehung führen will. Ich sehne mich schon nach einer Partnerin, mit der ich mein Leben teilen und auch irgendwann eine Familie gründen will. Aber einerseits bin ich beruflich eben total eingespannt und arbeite oft bis spät in die Nacht. Und andererseits habe ich bisher die Erfahrung gemacht, dass die allermeisten Frauen mehr an meinem Geld als an mir interessiert sind ...«

Richtig traurig geguckt hat er bei diesen Worten. Das war gleich die nächste Steilvorlage für mich. »Ach, ich verstehe dich nur zu gut!«, habe ich ein wenig theatralisch gerufen. »Ich weiß ganz genau, was du meinst ...« Und dann habe ich ihm meine ganze traurige Lebens-, Liebes- und Leidensgeschichte anvertraut:

Signorina Brunetti, also ich, bin an Bord der *Princess of Glory*, um über die Trennung von meinem Verlobten hinwegzukommen, der mich nach Strich und Faden belogen hat und mich wie eine Weihnachtsgans ausnehmen wollte. Denn auch ich stamme aus einer wohlhabenden Familie – nicht so reich wie die Dürrheimers, versteht sich, das wäre auch zu dick aufgetragen –, aber eben schon begütert, sodass ich mir um mein finanzielles Auskommen keine Sorgen machen muss. Meine Familie ist in der Möbelbranche tätig, wir besitzen mehrere kleine, aber sehr feine Designmanufakturen in und um Palermo.

Und so habe ich bei einem Geschäftsessen meines Vaters den Windhund Luigi kennengelernt, einen Holzhändler aus dem westitalienischen Fano. Der hat mir dann in aller Form den Hof gemacht, und da mein Vater auch fand, dass Möbeldesign und Holzhandel gut zusammenpassen, habe ich mich eben, ganz braves italienisches und streng erzogenes Töchterchen, von Luigi umgarnen lassen. Was natürlich niemand ahnen konnte: Über Luigi kreiste der Pleitegeier, und er sah durch die Verbindung mit mir die Chance, auf einen Schlag all seine Schulden loszuwerden.

Natürlich hat mein Vater, der alte Fuchs, das irgendwann herausbekommen, und nicht nur das, sondern auch, dass Luigi gleich mehrere Geliebte hatte. Und deshalb hat er ihn dann mit Schimpf und Schande vom Hof gejagt hat, um die Ehre seiner ältesten Tochter zu retten. »Ich weiß wirklich nicht, wie ich jemals wieder einem Mann vertrauen soll«, habe ich zu Max gesagt und dabei einen kleinen Schluchzer unterdrückt.

Mit dieser Geschichte habe ich einen Volltreffer ins Schwarze gelandet, denn Max hat die Story sofort geschluckt.

Gleich und gleich gesellt sich gern, lautet nämlich meine Devise. Und ein ähnliches Schicksal verbindet: Tisch deinem Gegenüber etwas auf, das ihm bekannt vorkommt, und er stellt weiter keine dummen Fragen. Die Nummer mit der Seelenverwandtschaft funktioniert eigentlich immer.

Max war ganz schön betroffen. »Sara, das tut mir so leid für dich«, hat er geflüstert und mir noch schnell ein zweites Glas Champagner bestellt. Der weiß wirklich, was sich gehört.

»Ach, Max«, habe ich seufzend geantwortet, »mein Liebeskummer hält sich eigentlich in Grenzen. Denn ich habe mich ja nur meinem Vater zuliebe auf Luigi eingelassen. Aber dass ich diesem Schurken so auf den Leim gehen konnte, das hat mich wirklich in meinen Grundfesten erschüttert!«

Bei dem Gedanken an meine bühnenreife Vorstellung muss ich kichern. Ich war wirklich sehr überzeugend. So überzeugend, dass Max beschlossen hat, meinen Glauben an die Menschheit und insbesondere an die Männerwelt wiederherzustellen. Er hat mir versprochen, mich auf dieser Reise ein bisschen abzulenken und mich aufzumuntern. Deshalb muss ich mich jetzt auch sputen. Wir sind zum Frühstück verabredet und wollen danach gemeinsam das Schiff erkunden. Es läuft, Signorina Brunetti, es läuft wirklich wie geschmiert!

IX

Prost, Dieter!, sage ich zu mir selbst und gönne mir meinen ersten Hugo des Tages auf dem Pooldeck. Normalerweise trinke ich so früh noch nichts. Aber ich finde, eine kleine Belohnung habe ich mir nach meiner ersten Tanzstunde verdient. Man lebt schließlich nur einmal!

»Mensch, Dieter, das lass mal bloß nicht die Anja sehen!« Pablo gesellt sich zu mir und bestellt sich ein Wasser.

»Was denn?«, frage ich verwundert.

»Na, dass du um diese Zeit schon Alkohol trinkst! Das hat sie nämlich überhaupt nicht gern.«

»Also weißt du«, antworte ich entrüstet, »erstens betrinke ich mich nicht hemmungslos. Und zweitens geht das diese junge Dame gar nichts an. Das wäre ja noch schöner!«

»Hast ja recht.« Pablo grinst versöhnlich. »Aber nicht, dass es später heißt, ich hätte dich nicht gewarnt ... Oh, guck mal, da drüben! Ist das nicht dieser Karlo Hagerwelt?« Pablo stößt mir mit seinem Ellebogen in die Rippen und deutet aufgeregt nach rechts. Dort schlendert gerade ein spindeldürres Männlein heran, ganz in Schwarz gekleidet, eine überdimensionierte dunkle Sonnenbrille auf der Nase, mit langem, schlohweißen Haar. Neben ihm trippelt ein muskulöser Jüngling mit Schmalztolle und Schmachtblick und redet ununterbrochen auf ihn ein.

»Karlo wer?«, frage ich und mustere interessiert dieses ungleiche Paar. Irgendwie kommt mir der schmächtige Mann auch bekannt vor. Ich weiß bloß nicht genau, woher ich ihn kennen könnte..

»Hagerwelt«, raunt Pablo mir zu, denn jetzt gehen die beiden direkt an uns vorbei. »Dieser berühmte Designer. Der ist doch dauernd im Fernsehen!«

Stimmt, ich glaube, ich habe ihn schon mal in einer Talkshow gesehen. Und wohl nicht nur ich. Auch die anderen Gäste tuscheln miteinander und schauen dem Gespann nach. Ich muss zugeben: Ich bin ein wenig beeindruckt. Das hätte ich nun nicht gedacht, dass sich echte Berühmtheiten auf einem Kreuzfahrtschiff tummeln. Was wohl meine Marianne dazu gesagt hätte? Die hat beim Arzt im Wartezimmer so gern in diesen Hochglanz-Magazinen geblättert und war, was die Schönen und Reichen anbelangte, immer auf dem neuesten Stand. Das hätte ihr gefallen: ihr Dieter mit Karlo Hagerwelt an der Poolbar!

»Achtung, Feind naht!«, zischt Pablo mir plötzlich zu und reißt mich aus meinen Gedanken. Ich sehe gerade noch rechtzeitig, wie Anja direkt auf uns zujoggt. Schnell stürze ich wie ertappt meinen Hugo hinunter und stelle das Sektglas unauffällig hinter meinen Rücken.

»Dieter«, keucht sie, »die *family* braucht dich. Der Trainer unserer Balletttruppe ist erkrankt und heute auf keinen Fall einsatzfähig. In zwei Stunden haben die Mädchen Generalprobe! Sie sind völlig aufgelöst, das gibt echt ganz schlechte *vibrations*, verstehst du?«

Ich verstehe nicht wirklich, nicke aber trotzdem. Nach meiner morgendlichen Verspätung scheint mir widerspruchslose Zustimmung eine gute Strategie.

»Ich meine, du bist schließlich der Tanzlehrer, du musst jetzt einspringen!«

»Aber beim Ballett kenne ich mich überhaupt nicht aus«, antworte ich ziemlich perplex.

»Das macht nichts, Dieter. Du schaffst das schon. Es geht hauptsächlich darum, die Truppe zusammenzuhalten, damit der *spirit* nicht flöten geht, verstehst du? Ich danke dir!« Und schon joggt sie weiter.

Du meine Güte, ich und Ballett! Doch ein wenig fühle ich mich auch gebauchpinselt, dass Anja mir diese Aufgabe zutraut. Nun gut, denke ich bei mir, dann wollen wir doch mal sehen, was wir tun können. Aber vorher werde ich noch einen kleinen Rundgang übers Schiff machen, ich habe ja weiter noch gar nichts von den Attraktionen an Bord gesehen, es wird also höchste Zeit. Und wer weiß, vielleicht treffe ich noch ein paar Berühmtheiten!

Ich verabschiede mich von Pablo und spaziere zunächst einmal über das sogenannte Sportdeck. Es gibt richtige Tenniscourts, einen Basketballplatz und ein Areal mit mehreren Netzen, an denen man seinen Golfabschlag verbessern kann. Natürlich befinden sich auch mehrere Pools, ein riesiger Jacuzzi und Tischtennisplatten auf dem Deck. Also Langeweile kommt hier an Bord wirklich nicht auf – es sei denn, man ist ein echter Sportmuffel.

Ich umrunde den Bug, wende mich nach links und entdecke zwei bekannte Gesichter. Vor mir spazieren – gemächlichen Schrittes und in ein angeregtes Gespräch vertieft – Signorina Brunetti und Dürrheimer junior. Das italienische Fräulein hat sich, wie ich finde, sehr vertraulich bei Max Dürrheimer eingehakt. Dafür, dass die beiden sich erst gestern Abend kennengelernt haben, sind sie aber schon ganz schön dicke! Ich schließe zu den beiden auf und begrüße sie mit einem gut gelaunten »Guten Morgen, die Herrschaften! Ich hoffe, Sie haben die erste Nacht an Bord wohlgeruht«.

»Ach, Herr Bruns!«, freut sich der Junior. »So schnell sieht man sich wieder! Ich habe ganz ausgezeichnet geschlafen, vielen Dank.«

Madame Pompadour freut sich nicht ganz so sehr, mich zu sehen, aber immerhin ringt sie sich ein Lächeln ab und nickt mir huldvoll zu. Schon verstanden! Anscheinend störe ich das intime Tête-à-deux, und Madame möchte wohl, dass ich mich schnell wieder verabschiede. Das habe ich auch vor, aber erst noch eine wirklich wichtige Frage: »Herr Dürrheimer, wie geht es denn Elisa ... äh, Ihrer Frau Mutter?«

Max Dürrheimer grinst sich einen. »Die hatte heute Morgen ein wenig Kopfschmerzen. Aber natürlich hat sie vehement abgestritten, dass das irgendetwas mit der Flasche Wein zu tun haben könnte, die sie gestern Nacht mit Ihnen zusammen gezwitschert hat ...«

»Oh, dann«, stottere ich etwas verlegen, »dann schaue ich wohl besser mal nach ihr.«

»Das machen Sie mal, Herr Bruns«, antwortet Max Dürrheimer und grinst schon wieder. »Sie finden sie auf dem Sonnendeck. Ich glaube, Mama freut sich schon darauf, Sie wiederzusehen ...«

Wie meint er das denn jetzt? Immer noch leicht peinlich berührt, sage ich den beiden Lebwohl, werfe einen Blick auf meine Uhr und eile davon. Etwas Zeit habe ich noch, bevor ich den *spirit* auf Vordermann bringen muss. Auf dem Sonnendeck blicke ich suchend umher und entdecke Elisabeth in einem Liegestuhl, fest in eine karierte Decke gemummelt. Sie sieht tatsächlich etwas blass um die Nase aus. Doch ich weiß, was sie jetzt wieder auf die Beine bringt! Schnell sprinte ich zur nächsten Bar und ordere einen Hugo.

»Bitte sehr, die Dame«, schnarre ich mit Oberkellner-Stimme, »Ihr Drink!«

Elisabeth macht vorsichtig ein Auge auf und richtet sich abrupt auf, als sie mich erkennt. »Dieter!«, ruft sie fröhlich, greift sich dann aber an den Kopf. »Aua«, jammert sie, »wissen Sie, was ich glaube? Der Chablis gestern, der war schlecht! Anders ist doch dieses Kopfweh gar nicht zu erklären ...«

»Dann sollten wir heute Abend besser einen Chardonnay trinken, was meinen Sie?«, entgegne ich.

Elisabeth nickt und beäugt misstrauisch das Glas in ihrer Hand. »Ist da etwa Alkohol drin? Also, ich weiß nicht, ob ich den jetzt schon wieder vertrage ...«

»Trinken Sie, meine Liebe«, sage ich mit väterlicher Strenge, »dann geht es Ihnen gleich besser.«

Sie nippt erst vorsichtig an ihrem Glas und nimmt dann einen zweiten, herzhaften Schluck. »Mmmh, der ist aber lecker! Wie heißt denn diese Medizin, Herr Doktor?«

»Darf ich vorstellen: Das ist *Hugo*«, erkläre ich.

»Hugo? Komischer Name für ein Getränk. Aber schmecken tut's!«

Wir plaudern ein wenig über das Wetter, das Schiff und den morgigen Ausflug nach Southampton, und je mehr sich Elisabeths Glas leert, desto lebendiger wird sie. Als sie schließlich ausgetrunken hat, ruft sie vergnügt: »So, das hat wirklich gutgetan! Und was stellen wir zwei Hübschen jetzt an?«

»Bedaure, meine Teure, aber ich habe leider ganz unerwartet zu tun. Ich muss als Ersatztrainer für die Ballettgruppe einspringen.«

»Ach, wie schade!« Elisabeth sieht sehr enttäuscht aus, und irgendwie freut mich das ein bisschen. »Sie scheinen ja ein echtes Multitalent zu sein. Sie haben noch gar nicht erwähnt, dass Sie auch Ballett tanzen ...«

»Nein, nein«, wehre ich sofort ab, weil mir Männer in Strumpfhosen schon immer suspekt waren, »ich tanze kein Ballett. Und ehrlich gesagt kenne ich mich in diesem Genre auch überhaupt nicht aus. Mein Job ist es eher, die Moral der Truppe zu stärken.«

»Ach so.« Elisabeth lächelt verschmitzt. »Na, das sollte für Sie ja kein Problem sein. Vielleicht bringen Sie Ihren Tänzerinnen einfach ein paar Hugos mit ...«

»Keine schlechte Idee!«, sage ich lachend, und dann muss ich mich zu meinem großen Bedauern schon wieder von ihr verabschieden. Aber zum Glück sehe ich Elisabeth ja spätestens beim Dinner wieder!

Im dunklen Theater werde ich schon erwartet. Aufgeregt schnattern die jungen Damen durcheinander, verstummen aber schlagartig, als ich durch die Saaltür schlüpfe. Nur um dann alle gleichzeitig auf mich einzureden. Ich verstehe kaum ein Wort, denn das Deutsch der Polinnen ist nicht besonders gut. »Aber, aber!«, sage ich mahnend. »Bitte immer schön der Reihe nach!«

Eine große dürre Blondine tritt vor und ruft mit Tränen in den Augen: »Wir schaffen nie! Alles ist verloren!«

»Nichts ist hier verloren«, versuche ich sie zu beruhigen. »Das kriegen wir schon gemeinsam hin.«

»Nein, nein«, beharrt sie. »Miroslav hat gesagt, wir alle dumm. Alle unfähig. Wir schaffen nie!«

»Wer ist denn gleich noch mal Miroslav?«, hake ich interessiert nach.

»Ist Choreograf.«

»Also der, der heute krank ist?«

»Ist nicht krank. Hat Depression.«

»Ach Gott, der Ärmste! Hat er das öfter?«

»Immer!«, sagt die Blondine, und die anderen Mädchen nicken bekräftigend.

»Na, dann ist er ja daran gewöhnt und erholt sich hoffentlich schnell wieder. Und solange, meine Damen, werde ich ihn hoffentlich würdig vertreten! Am besten fangen wir gleich mal an, und Sie zeigen mir, was Sie bisher geprobt haben«, sage ich sehr bestimmt. Irgendwie habe ich das sichere Gefühl, dass eine klare Ansage und ein strukturiertes Vorgehen hier hilfreich sein könnten.

Es scheint zu wirken. Immerhin ist die zehnköpfige Truppe nun mucksmäuschenstill und schaut mich erwartungsvoll an. Super, Dieter, und nun? Ich überlege kurz, klatsche dann auffordernd in die Hände, das hat ja heute Morgen schon einmal geklappt, und rufe: »Husch, husch, auf die Bühne!«

Wie von der Tarantel gestochen sprinten die Mädchen los, erklimmen die Bretter, die die Welt bedeuten, und gehen offensichtlich in ihre Ausgangspositionen. Dort verharren sie und warten dann auf etwas. Nur auf was? Jetzt bloß keine Schwäche zeigen, denk nach, Dieter ... Natürlich, die Musik! Was fehlt, ist ganz klar Musik. Ich räuspere mich vernehmlich und frage laut: »Wo ist denn der CD-Player? So kann ich nun wirklich nicht arbeiten!«

Eine zarte Brünette tritt schüchtern hervor und deutet nach rechts in die Ecke. Dort stehen zahlreiche Geräte, die sehr nach Hightech und vor allem sehr kompliziert aussehen. Gemessenen Schrittes nähere ich mich der Anlage und betrachte verwirrt die zahlreichen Knöpfe, Schalter und Tasten. Dann entdecke ich unterhalb eines Schalters zum Glück das *Play*-Zeichen und drücke beherzt drauf. Und sofort donnert die Musik los. Schon nach wenigen Takten erkenne ich das Stück. Schwanensee!

Gott sei Dank hat Marianne damals auf dem Abonnement für die Hamburger Staatsoper bestanden. Ich war damals nicht besonders wild drauf und bin sogar manchmal weggedämmert, aber jetzt kommt mir mein im Schlaf erworbenes Wissen zugute. Problemlos erkenne ich alles – nach *Schwanensee* folgt *Romeo und Julia*, dann *Dornröschen*, *Ein Sommernachtstraum* und zum Schluss *Der Nussknacker*. Der depressive Miroslav liebt es offenbar klassisch. Für meinen Geschmack ist die Auswahl ein bisschen sehr elegisch für das Entertainment-Programm auf einem Kreuzfahrtschiff, doch soweit ich es beurteilen kann, tanzen die Mädchen sehr gut. Nur am Ende, beim *Nussknacker*, hakt es irgendwie. Da kommen sie aus dem Tritt, eine stolpert sogar und fällt hin.

»Sehr gut!«, rufe ich den Mädchen trotzdem zu. »Wirklich sehr, sehr gut. Wir machen gleich mal einen zweiten Durchlauf.« Aber der macht die Sache auch nicht besser, ebenso wenig wie der dritte. *Der Nussknacker* bleibt ein Stolperstein.

Ich merke, wie die positive Stimmung auf der Bühne kippt. Die polnischen Tänzerinnen werden zusehends unruhiger, einige beschimpfen sich sogar wüst, andere brechen unvermittelt in Tränen aus. Bevor die Situation weiter eskalieren kann, brülle ich energisch: »Ruhe!« Und dann treffe ich die einsame Entscheidung, den *Nussknacker* aus dem Programm zu nehmen. Der ist doch sowieso viel zu weihnachtlich, der passt doch gar nicht hierher! Und glücklicherweise kommt er am Ende der Show, sodass ich ihn problemlos ausblenden kann. Wenn der gute Miroslav genesen ist, kann er ihn ja gern wieder in die Show integrieren. Aber solange ich hier das Sagen habe, fliegt *Der Nussknacker* raus, basta!

Die Truppe ist vollauf zufrieden mit meiner Entscheidung. Wir proben ein letztes Mal, und siehe da, auf einmal ist alles gut. Keine stolpert, keine fällt hin, perfekt! Die Mädchen umringen mich aufgeregt und reden wieder alle durcheinander, aber diesmal sprühen sie nur so vor guter Laune. Eine der jungen Damen drückt mir in ihrem Überschwang sogar einen feuchten Kuss auf die Wange. Und ich komme mir vor wie ein Raubtier-Dompteur, der es geschafft hat, wilde Bestien zu zähmen. Um zehn Uhr nach dem Dinner soll die Show beginnen, und ich versichere der Truppe, dass ihr Interims-Choreograf selbstredend dabei sein wird.

Um Viertel vor zehn bin ich fast so aufgeregt wie meine Balletttänzerinnen, die anscheinend zur Hysterie neigen und kurz vorm Hyperventilieren sind. Ich stehe in der Garderobe hinter der Bühne, gemeinsam mit den leicht bekleideten Mädchen, die sich auf Polnisch um die Kleidungsstücke zanken. Meine Versuche, die aufgeheizte Atmosphäre durch beruhigende Worte herunterzukühlen, haben leider nur mäßigen Erfolg. Schwer verwirrt mustere ich dabei die Outfits. Die jungen Damen haben sich in hautenge, tief dekolletierte Glitzerbodys in Neonfarben gezwängt, dazu tragen sie mit Pailletten bestickte Miniröckchen, kaum breiter als Gürtel, und schwarze halterlose Strümpfe, die an Strapsen befestigt sind. Für eine klassische Ballettrevue scheinen mir diese Fummel allerdings mehr als ungeeignet zu sein. Sie sehen aus, als wollten sie gleich ihre Dienste in einem Puff anbieten.

»Äh, seid ihr sicher, dass ihr die richtigen Kostüme anhabt?«, frage ich vorsichtig.

»Sicher.« Die dürre Blonde zuckt mit den Achseln. »Miroslav hat ausgesucht. Hat gesagt, ist Kontrapunkt für Show. Ist Kunst. Miroslav ist großes Künstler, du verstehst?«

Nein, ich verstehe nicht, was diese Geschmacklosigkeit mit Kunst zu tun haben soll, aber ich sage lieber nichts mehr dazu. Denn erstens kann ich mir ja keine neuen Tutus aus den Rippen schneiden und zweitens will ich die Tänzerinnen so kurz vor ihrem Auftritt nicht noch weiter verunsichern. Also wünsche ich allen viel Glück und schlüpfe, nachdem ich dem Tontechniker noch kurze Anweisungen gegeben habe, zu Elisabeth in den Zuschauerraum.

Zu meiner großen Freude begleitet sie mich nämlich. Beim Dinner habe ich sie gefragt, ob sie nicht mitkommen möchte, und sie war gleich Feuer und Flamme. Zum Glück fand das Abendessen heute ohne das Ehepaar Schulz statt, sonst hätten wir die vielleicht noch mitschleppen müssen. Aber Kalle ist laut Elvira ein wenig wackelig auf den Beinen und muss von ihr in der Kabine gepflegt werden. Ich tippe mal auf akuten Wurst-Entzug. Signorina Brunetti hat sich direkt nach dem Dessert den Junior geschnappt, die beiden sind mit unbekanntem Ziel verschwunden. Immerhin hat Max seine Mutter vorher noch anstandshalber gefragt, ob er sich nicht lieber um sie kümmern solle. »Geht ihr nur!«, hat Elisabeth lachend abgewehrt. »Ich bin bei Herrn Bruns schließlich in den allerbesten Händen.«

»Das finde ich auch!«, hat das italienische Fräulein nur gemeint, und – schwups – weg waren sie.

Das Licht im Theater geht aus, die Musik setzt ein – und meine Mädchen geben alles. Jeder Schritt, jede Pirouette sitzt, die Show ist ein voller Erfolg, am Ende gibt es sogar Standing Ovations. Auch Elisabeth ist begeistert, zwischendrin flüstert sie mir nur einmal zu: »Toll, Dieter! Nur die Kostüme sind ein bisschen gewöhnungsbedürftig.«

»Ein künstlerischer Kontrapunkt«, raune ich zurück.

Nach der Vorstellung schießt Anja auf mich zu und klopft mir anerkennend auf die Schulter. »Super, Dieter! Das hast du echt gut hinbekommen.«

»Ach, das ist doch gar nicht mein Verdienst«, wehre ich ab. »Die Truppe ist eben einfach gut.«

»Keine falsche Bescheidenheit!«, sagt Anja und haut mir noch einmal kräftig auf den Rücken. »Aber an einer Sache musst du noch arbeiten. Die Show ist ein bisschen kurz, findest du nicht? Da lass dir mal die nächsten Tage etwas einfallen. Machst du schon, ich zähl auf dich!«

Wie meint sie das denn jetzt? Was soll ich mir denn einfallen lassen? Das artet hier ja langsam richtig in Stress aus!

X

Sooo ein Tag, so wunderschööön wie heute! So ein Tag, der dürfte niihiie vergeeeeehn! Beschwingt drehe ich mich in meiner Kabine um die eigene Achse, für einen größeren Ausfallschritt reicht der Platz leider nicht. Völlig außer Atem lasse ich mich auf den Stuhl vor meiner Ankleidekommode fallen und betrachte meine glühenden Wangen im Spiegel. Ich muss zugeben: Ich bin ziemlich aus dem Häuschen.

Und das ist kein Wunder, denn gerade eben wurde ich von einem äußerst charmanten und wahnsinnig attraktiven Mann geküsst. Da kann man schon mal kurz durchdrehen! Vor allem, wenn dieser Mann kein Geringerer als Max Dürrheimer ist. Der Fisch hängt sozusagen fest am Haken. Während ich mein rotes Gesicht mustere, frage ich mich allerdings: Wer von uns beiden ist eigentlich der Fisch – und wer der Haken?

Der Tag ist wirklich mehr als gut gelaufen. Am Vormittag sind Max und ich zu einer ausgiebigen Exkursion über das Schiff aufgebrochen: Decks hoch, Decks runter, kreuz und quer. Nach zwei Stunden taten mir die Füße weh! Deshalb haben wir dann an der Poolbar ein ausgiebiges Päuschen gemacht und schön in der Sonne gelegen. Max ist ja so aufmerksam! Kaum hatte ich meinen ersten Drink zu Ende geschlürft, ist er auch schon losgeeilt, um mir einen neuen zu besorgen. Und dann noch einen, und ein Clubsandwich, und eine Decke, und einen Sonnenschirm. Richtig verwöhnt wurde ich.

Und dabei haben wir uns auch noch ausgezeichnet unterhalten, über Gott und die Welt. Max ist sooo lustig, ich kann mich gar nicht erinnern, wann ich das letzte Mal so viel gelacht habe. Hans-Peter, der alte Knacker, lebte ja eher in einer spaßbefreiten Zone. Wenn ich mir da mal einen kleinen Scherz erlaubt habe, hat er nur die Augenbrauen hochgezogen, fürchterlich! Aber Max und ich liegen in Sachen Humor ganz auf einer Linie.

Irgendwann bog so ein merkwürdiger Typ um die Ecke, klein, klapperdürr, lange weiße Haare, ganz in Schwarz gekleidet, sogar schwarze Lederhandschuhe mit abgeschnittenen Fingerkuppen hatte er an, wie albern. Aber er kam mir sofort bekannt vor, ich wusste bloß nicht, wo ich ihn schon mal gesehen hatte.

»Mensch, guck mal«, raunte Max mir zu. »Das ist doch dieser Designer – Karlo Hagerwelt!«

»Stimmt«, flüsterte ich zurück. »Was macht der denn hier?«

»Vielleicht soll er ein paar der Gäste neu einkleiden. Nötig hätten die's jedenfalls«, sagte Max und deutete auf ein Grüppchen Amerikaner in scheußlich karierten Hosen. »Aber bevor die in seine Slim-Jeans passen, müssten sie erst mal dreißig Kilo abnehmen ...«

Ich prustete los und verbiss mich in meine Decke.

»Und sieh dir den mal an!« Nun zeigte Max ganz unverhohlen auf einen jungen Mann, der offensichtlich zu Karl

Hagerwelt gehörte. »Wenn man dem noch ein schickes Halsband umlegt, könnte er glatt als Schoßhündchen durchgehen.«

»Iiih, bist du gemein«, kicherte ich und konnte gar nicht wieder aufhören.

Gegen Mittag verabschiedete sich Max von mir. »Entschuldige, Sara, aber ich muss jetzt mal nach meiner Mutter sehen. Schließlich habe ich sie zu dieser Reise überredet. Da kann ich sie nicht die ganze Zeit allein lassen.«

Innerlich grollte ich zwar ein wenig, aber ich antwortete trotzdem zuckersüß: »Natürlich, Max. Wir sehen uns ja später.«

Zum Abschied hauchte er mir sogar ein Küsschen auf die Wange – nur um nach einer knappen halben Stunde wieder aufzutauchen. »Mama hat sich ein bisschen hingelegt und möchte ihre Ruhe haben. Damit sie – wie sie es ausdrückt – heute Abend wieder fit ist, um mit Herrn Bruns das Tanzbein zu schwingen ...«

Als Antwort seufzte ich nur wohlig und räkelte mich auf meinem Deckchair. Die Zwischenzeit hatte ich nämlich genutzt, um mich schnell in meinen Bikini zu werfen. Mit einem koketten Augenaufschlag reichte ich ihm die Sonnencreme und fragte: »Wärst du so nett, mir den Rücken einzucremen?«

Natürlich war Max so nett und verpasste mir auch gleich noch eine kleine Nackenmassage. Ich seufzte wieder, diesmal aus vollem Herzen, und gurrte: »Danke, der Herr. Ich hoffe, ich kann mich irgendwann einmal revanchieren ...«

»Das wird sich sicher einrichten lassen«, murmelte er und wurde wieder ein bisschen rot dabei.

Herrje, dachte ich, der ist aber auch zu niedlich!

Der Tag mit Max verging wie im Flug. Irgendwann guckte

ich auf die Uhr und stellte erstaunt fest, dass es schon Zeit wurde, sich fürs Dinner fertig zu machen. Ich verabschiedete mich von Max und schwebte mit einem gekonnten Hüftschwung von dannen.

Für den Abend wählte ich ein rotes bodenlanges Abendkleid, vorne züchtig hochgeschlossen, dafür hinten mit einem mörderisch tiefen Rückendekolleté. Als ich die Treppe zum Restaurant herunterschritt, bemerkte ich an den Blicken der umsitzenden Herren, dass das Kleid seine Wirkung auch dieses Mal nicht verfehlte. Max schenkte mir einen langen, bewundernden Blick. »Du siehst einfach toll aus, Sara«, stammelte er ein wenig atemlos zur Begrüßung.

»Diesem Kompliment kann ich mich nur anschließen«, meinte auch Herr Bruns, der schon aufgesprungen war, um mir meinen Stuhl zurechtzurücken.

Dann widmete er sich sofort wieder seiner Tischdame, Max' Mutter, und versuchte gar nicht erst, mir ein Gespräch aufzuzwingen. Zum Glück blieben wir beim Dinner unter uns, das Paar aus Brandenburg ließ sich entschuldigen, und ich glaube, wir waren alle heilfroh, wenigstens an diesem Abend weiteren Wurst-Storys zu entgehen.

»Mama«, wandte sich Max später an seine Mutter, »soll ich dich morgen beim Landgang eigentlich begleiten?«

»Ach, weißt du ...« Elisabeth Dürrheimer kicherte verlegen. »Sei mir nicht böse, aber Dieter, äh, ich meine, Herr Bruns, hat mich schon gefragt, ob ich ihm beim Ausflug nach Tallinn nicht Gesellschaft leisten möchte. Wenn es dir also nichts ausmacht ...«

Max runzelte die Stirn und schien tatsächlich ein wenig beleidigt zu sein. »Nun ja, natürlich ist das okay für mich. Ich dachte nur ...«

»Vielleicht möchte Signorina Brunetti sich das Städtchen

ja auch anschauen«, warf Dieter Bruns ein. »Dann könnten Sie beide ja ...«

Fast hätte ich diesem Bruns einen dicken Schmatzer auf die Stirn gedrückt. Der könnte glatt als mein Assistent anfangen! Ich hatte nämlich schon die ganze Zeit überlegt, wie ich es möglichst geschickt anstelle, den Sohnemann für den Landgang von seiner Mutter loszueisen. Und Max schluckte den Köder sofort. »Es wäre mir wirklich ein großes Vergnügen, wenn du mich morgen begleitest«, sagte er zu mir und – leicht schmollend – in Richtung Elisabeth Dürrheimer: »Sonst sterbe ich ja noch an Vereinsamung.«

»Das kann ich auf keinen Fall zulassen«, antwortete ich schelmisch. »Natürlich komme ich mit!«

»Toll!«, rief Max enthusiastisch. »Du kannst mir bestimmt ganz viel über die Stadt erzählen, die ganzen Baustile und so. Da habe ich ja morgen meine ganz persönliche Fremdenführerin dabei.«

»Äh, na klar, hauptsächlich alles neoklassizistisch«, schwadronierte ich, »und ein wenig Spätgotik.« Dieter Bruns warf mir bei dieser Bemerkung einen sehr langen, sehr intensiven Blick zu und legte die Stirn in Falten. Insgeheim betete ich, dass ich in der Nacht irgendwo auf diesem Kahn noch einen Internetanschluss finden würde, um mich ein bisschen über Tallinn schlau zu lesen.

»Und?«, rief ich euphorisch, um das Gespräch wieder in seichtere Fahrwasser zu lenken, »was machen wir vier Hübschen denn jetzt mit dem angebrochenen Abend?«

»Sie müssen entschuldigen, aber ich feiere heute meine große Premiere als Choreograf, und Elisabeth, äh, Frau Dürrheimer, ist so liebenswürdig, mich ins Theater zu begleiten. Möchten Sie sich uns vielleicht anschließen?«, fragte Dieter Bruns nun, und seine Stirn glättete sich wieder.

»Hmm, Theater ist nicht unbedingt meine größte Leidenschaft. Da bin ich ein bisschen Kulturbanause«, sagte Max zweifelnd. »Oder möchtest du gern, Sara?«

»Nein, nein«, wehrte ich ab, »nach dem opulenten Essen ist mir eher nach einem Spaziergang an der frischen Luft.«

Damit war das auch geklärt. Als sich die beiden von uns verabschiedeten, warf Dieter Bruns mir einen verschwörerischen Blick zu. Ich war mir nicht ganz sicher, hatte aber das Gefühl, dass er mir sogar zugezwinkert hat. Schnell zwinkerte ich zurück. Wahrscheinlich war er heilfroh, seine Elisabeth ganz für sich allein zu haben.

Max und ich schlenderten auf eines der oberen Decks, stellten uns an die Reling, tranken ein Gläschen Champagner und betrachteten schweigend den wolkenlosen Sternenhimmel. Irgendwann legte er vorsichtig seinen Arm um mich. »Nicht, dass du frierst«, flüsterte er dabei in mein Ohr.

»Jetzt nicht mehr«, flüsterte ich zurück und kuschelte mich an ihn. Nach einer kleinen Ewigkeit löste ich mich aus seiner Umarmung. »Es ist schon spät, Max«, sagte ich leise. »Und die Seeluft macht ziemlich müde ...«

»Du hast recht«, antwortete er. »Morgen wird bestimmt auch ein anstrengender Tag.« Mit diesen Worten brachte er mich ganz galant zu meiner Kabine.

Und dort ist es passiert. Direkt vor der Tür. Max Dürrheimer hat mich geküsst. Ganz zart nur. Wie ein Hauch. Mitten auf den Mund. Und dann ist er mit einem »Schlaf schön, Sara« davongestolpert.

Ruhig Blut, Signorina Brunetti, beschwöre ich mein Spiegelbild. Mach bloß keine Dummheiten! Gefühle sind hier fehl am Platz. Wenn du dieses Ding durchziehen willst, brauchst du einen klaren Kopf – und keine Schmetterlinge im Bauch!

XI

Tallinn, wir kommen! Voller Vorfreude schreite ich die Gangway hinunter, Elisabeth, die sich bei mir eingehakt hat, dicht neben mir. Sie hat sich für den Landgang fein gemacht und sieht in ihrem blauweiß gestreiften Sommerkleid wirklich sehr adrett aus. Wir haben beschlossen, einfach so herumzubummeln und die verschiedenen Sehenswürdigkeiten, wie die alte Stadtmauer, die Nikolai-Kirche und das berühmte Rathaus mit dem »Alten Thomas« auf der Turmspitze, auf eigene Faust zu erkunden. Falls uns das nicht reicht, können wir hinterher immer noch eine Stadtführung anschließen. Aber wir wollen es erst einmal gemütlich angehen – nach dem ganzen Stress, der mich heute Vormittag schon überrollt hat.

Mein morgendlicher Tanzkurs drohte mir nämlich beinahe zu entgleiten. Und das habe ich niemand anderem als diesem Lackaffen Rodriguez zu verdanken. Ich weiß ja nicht, was der gestern noch mit Gudrun und Angelika angestellt hat. Jedenfalls kam es zwischen den Damen fast zu Handgreiflichkeiten, weil jede sich den Latin Lover unter die

Nägel reißen wollte. Ich musste meine ganze Autorität aufbieten, um die Eifersüchteleien zu unterbinden, und habe kurz entschlossen Rodriguez dazu verdonnert, sich ab sofort und ausschließlich Maggie zu widmen. Wie gut, dass morgen kein Kurs stattfindet! Da können sich die erhitzten Gemüter erst einmal beruhigen.

Elisabeth lauscht gut gelaunt meinen Ausführungen über den aufgeblasenen Gockel in meinem Hühnerstall, als wir auf einmal unsanft zur Seite gedrängelt werden. Ein großer, hagerer Mann rennt auf der Gangway an uns vorbei, er trägt eine schwarze Jeans und trotz des guten Wetters einen schwarzen Rollkragenpulli; auf seinem Kopf thront ein albernes Baseball-Käppi, das er sich tief ins Gesicht gezogen hat. Hektisch schiebt der Typ sich an uns vorbei, murmelt irgendetwas Unverständliches und stößt auch noch mit seinem Rollkoffer, den er hinter sich herzieht, gegen meine Schienbeine. Mann, da hat es aber einer eilig. Ist der etwa auf der Flucht?

Kopfschüttelnd sehe ich ihm hinterher – Manieren kann man sich eben nicht kaufen ... Doch ich habe keine Zeit, weitere Gedanken an diesen ungehobelten Menschen zu verschwenden, weil mich Elisabeth jetzt über den Pier zieht und Richtung Städtchen strebt. Derweil blättert sie in einem kleinen Heft, das an Bord der *Princess of Glory* auslag. »Oh Dieter, wussten Sie, dass es in Tallin eine der ältesten Apotheken Europas gibt, in der noch immer Arzneien verkauft werden?«

»Nein, Verehrteste, das wusste ich bisher nicht.«

»Ach, und schauen Sie. Hier steht, dass von der alten Stadtmauer nur noch das Vortor erhalten ist. Da steht ein Kanonenturm, der doch tatsächlich *Dicke Margarete* genannt wird!«, ruft sie aufgeregt und sieht mich von schräg unten bittend an.

»Meine Liebe, ich könnte mir nichts Schöneres vorstellen, als mit Ihnen zusammen diese beleibte Dame zu besuchen. Also, wo geht's lang?«, antworte ich vergnügt.

Und so zieht mich Elisabeth mit einem beachtlichen Tempo kreuz und quer durch die Stadt – vorbei an der *Dicken Margarete*, hinein ins estnische Seefahrtsmuseum und auch in das Haus der sogenannten Schwarzenhäupterbruderschaft, einer Gilde unverheirateter deutschstämmiger Kaufleute. Nach dreieinhalb Stunden bin ich redlich geschafft und habe das Gefühl, dass meine Füße gleich zu qualmen beginnen.

»Was halten Sie von einem Päuschen, verbunden mit einem kleinen Imbiss?«, erkundige ich mich vorsichtig bei Elisabeth.

»Oh ja!«, ruft sie begeistert. »Ich dachte schon, Sie fragen nie!«

Zum Glück müssen wir nicht lange suchen, in einer kleinen Straße finden wir in einem schönen Jugendstilhaus das gemütliche *Restoran Rataskaevu*. Drinnen ist es richtig urig, die Wände sind aus altem rotem Backstein, das Licht ist gedämpft, und den Holzboden schmückt ein originelles Muster. Wir suchen uns einen kleinen, hellen Holztisch aus, studieren die Speisekarte und ordern dann im Ofen gebackenen Lachs für Elisabeth und ein knuspriges Hühnerbrüstchen für mich, dazu natürlich zwei original estnische Biere, wir wissen schließlich, was sich hier gehört. Als die nette Bedienung die Teller herbeibalanciert, klappen uns die Kinnladen herunter. Die Portionen sind wirklich gewaltig!

Staunend betrachtet Elisabeth den Berg Fleisch auf meinem Teller und grinst. »Vom *Rataskaevu* müssen wir unserem Freund Kalle erzählen«, sagt sie. »Das hier wäre ein Paradies für ihn!«

»Aber nicht, dass er aus Versehen Fisch bestellt«, meine ich. »Kalle kann bestimmt kein Estnisch ...«

Sie kichert noch einmal und haut dann ordentlich rein. »Mmmh!«, murmelt sie genüsslich. »Das ist ja lecker! Schmeckt Ihres auch so gut?«

Ich kann nur bestätigend nicken, denn ich habe den Mund voll. Meine Hühnerbrust ist klasse, das Fleisch saftig, perfekt gewürzt und butterzart. So lässt es sich leben!

Das opulente Mahl verlangt nach mehr Flüssigkeit, deshalb bestellen wir noch mehr Bier. Und die Kellnerin bringt ohne viel Federlesens einfach einen Zwei-Liter-Humpen, den sie uns krachend auf den Tisch stellt.

»Ach herrje!«, meint Elisabeth. »Wenn wir das ausgetrunken haben, müssen Sie mich wahrscheinlich zum Schiff zurücktragen.«

»Das wäre mir ein außerordentliches Vergnügen!«, antworte ich lachend und schenke ihr großzügig nach.

Wir prosten uns zu, und dann wechsle ich spontan das Thema, weil mich diese Sache schon länger umtreibt. »Was halten Sie eigentlich von Signorina Brunetti?«, frage ich Elisabeth ziemlich unvermittelt.

Sie stutzt ein wenig und kaut dann nachdenklich an ihrem Lachs herum. »Hm«, sagt sie zögernd. »Ich weiß nicht so recht, ich kenne die junge Dame ja nicht. Aber auf den ersten Blick finde ich sie recht sympathisch. Und sie ist so hübsch. Kein Wunder, dass mein Sohn gerne Zeit mit ihr verbringt.«

»Da kann ich Ihnen nur zustimmen. Die junge Dame ist

wirklich eine blendende Erscheinung. Und das meine ich gleich im doppelten Sinne …«

»Wieso?« Elisabeth sieht mich erstaunt an.

»Na ja«, sage ich vorsichtig. »Irgendwie habe ich das Gefühl, dass mit dieser Signorina etwas nicht stimmt. Gestern zum Beispiel, als Ihr Sohn vorschlug, sie solle ihn in die Stadt begleiten. Da sagte sie doch etwas über die Architektur Tallinns, Neoklassizismus oder etwas Ähnliches. Ich habe aber bis jetzt kein einziges Gebäude in diesem Stil gesehen. Sie etwa?«

Elisabeth schüttelt verneinend den Kopf.

»Da müsste sich Signorina Brunetti als studierte Kunsthistorikerin doch eigentlich besser auskennen. Das kommt mir ziemlich merkwürdig vor!«, fahre ich fort und ertappe mich dabei, dass ich wie ein Oberlehrer mahnend einen Zeigefinger in die Luft halte.

»Na, na«, meint Elisabeth beschwichtigend. »Das muss ja gar nichts bedeuten. Jeder irrt sich einmal, auch eine Kunsthistorikerin. Signorina Brunetti kann schließlich nicht alles wissen.«

Irgendwie habe ich gerade das Gefühl, dass Elisabeth mich nicht so richtig ernst nimmt. Jedenfalls scheint das Thema für sie nicht weiter von Bedeutung zu sein, denn sie widmet sich wieder mit Feuereifer ihrem Teller.

»Nun gut«, sage ich leicht missmutig, »ich wollte es ja nur einmal erwähnt haben. Ich dachte, es würde Sie interessieren, mit wem Ihr Sohn da so verkehrt.«

Elisabeth lächelt mich verschmitzt an. »Glauben Sie, Dieter, das tut es auch. Mehr, als Sie denken … Aber machen Sie sich bitte keine Sorgen. Max weiß ganz genau, was er tut.« Bei diesen Worten zwinkert Sie mir beruhigend zu – ein bisschen so, als wüsste Sie etwas, das ich nicht weiß.

Während ich noch darüber grüble, was das wohl sein könnte, hat meine Ausflugsgefährtin schon wieder ihr Bierglas erhoben und prostet mir erneut zu: »Prost, Dieter! Auf uns und auf diesen wunderbaren Tag! Was stellen wir denn nun als Nächstes an?«

»Gute Frage …«, antworte ich und schiebe meine Bedenken bezüglich Signorina Brunetti zur Seite. Insgeheim befürchte ich nämlich, dass Elisabeth vorhat, mich weiter kreuz und quer durch die estnische Hauptstadt zu schleifen. Und ich überlege fieberhaft, wie ich dieses Los möglichst geschickt abwenden kann, denn meine Füße schmerzen von der ganzen Rennerei immer noch.

»Wissen Sie was, Dieter?«, unterbricht Elisabeth meinen Gedankengang. »Ich finde, wir sind genug gelaufen. Was halten Sie davon, wenn wir jetzt einen Sightseeing-Bus entern und uns ganz gemütlich herumkutschieren lassen?«

»Das halte ich für eine ausgezeichnete Idee«, sage ich begeistert und seufze innerlich erleichtert auf.

Nachdem wir bezahlt und von der Bedienung erfahren haben, dass die Stadtrundfahrten am Viru-Platz starten, machen wir uns gestärkt auf den Weg dahin – zum Glück ist der Platz ganz in der Nähe. Wir klettern auf das Sonnendeck eines knallroten Doppeldecker-Busses und ergattern zwei Plätze ganz vorn. Während wir auf die Abfahrt warten, lasse ich meinen Blick über den Platz schweifen und entdecke diesen rüden Gesellen, der uns vorhin am Schiff so unsanft beiseitegeschubst hat. Er steht vor einem Andenkengeschäft, zieht an einem Zigarettenstumpen, tritt ihn aus und eilt nebst Rollköfferchen ins Innere des Ladens.

Komisch, überlege ich, irgendwie macht der Typ den Eindruck, als ob er das Weite sucht. Na ja, vielleicht ist das seine erste Kreuzfahrt, und er hat festgestellt, dass er schnell seekrank wird, und möchte dem Schiff schnellstmöglich entkommen.

Der Bus setzt sich in Bewegung, während Elisabeth und ich zu unseren Kopfhörern greifen. Dann kommt es, wie es kommen muss: Unser Gefährt schaukelt gemächlich, die Stimme aus dem Kopfhörer surrt herrlich monoton, und die Sonne brennt mir warm auf den Kopf. Ich schließe langsam die Augen, bilde mir aber ein, den Ausführungen aus dem Kopfhörer weiterhin höchst aufmerksam zu lauschen.

So kann man sich irren. Denn plötzlich werde ich davon wach, dass jemand behutsam meine Schulter tätschelt. Ich schrecke hoch und sehe, dass der Bus wieder auf dem Viru-Platz steht. »Was? Wie?«, murmele ich verwirrt. »Wir sind doch gerade erst losgefahren. Was machen wir denn schon wieder hier?«

Elisabeth bricht in schallendes Gelächter aus. »Mitnichten, mein lieber Dieter!«, ruft sie prustend und wischt sich die Lachtränen von den Wangen. »Sie haben tief und fest über zwei Stunden geschlafen. Und zwar so tief, dass Sie es nicht mal gemerkt haben, dass ich Sie ab und an gezwickt habe ...«

»Aber warum haben Sie mich denn gezwickt?«, frage ich verwirrt.

»Nun ja ...« Elisabeth schmunzelt. »Sie haben angefangen, ein klitzekleines bisschen zu schnarchen. Und das fand der Herr, der hinter uns saß, wohl nicht so schön. Jedenfalls hat er von Zeit zu Zeit sehr erbost gehüstelt ...«

»Ach du meine Güte«, stammle ich peinlich berührt. »Warum haben Sie mich denn nicht einfach geweckt?«

»Weil Sie absolut nichts verpasst haben! Die Tour war ziemlich langweilig – um nicht zu sagen: richtiggehend einschläfernd!« Sie kichert. »Und Sie haben so selig geschlummert. Das habe ich nicht übers Herz gebracht.«

Ich räuspere mich verlegen. Unmöglich, in Gesellschaft einer Dame einfach einzuschlafen! Was soll Elisabeth nur von mir denken? Nicht, dass Sie mich jetzt für so einen alten, tattrigen Knacker hält, der sich kaum noch alleine auf den Beinen halten kann!

»Kommen Sie, Dieter!«, sagt sie nun und schreitet forsch voran. »Wir haben für heute wirklich genug gesehen. Ab aufs Schiff – dieses ganze estnische Bier muss ich jetzt erst mal mit einem Hugo herunterspülen ...«

Zurück an Bord verabschiedet sich Elisabeth kurz von mir. Der Wind hat aufgefrischt, und sie möchte sich etwas Wärmeres überziehen. Ich verspreche ihr, dass gleich der weltbeste Drink auf sie warten wird – irgendwie muss ich die Schmach von eben ja wiedergutmachen. Doch kaum stehe ich an der Bar, ertönt hinter mir ein nahezu hysterisches »Diiiiiiieter!«. Erschrocken drehe ich mich um. Anja rast im Schweinsgalopp auf mich zu und krallt sich in meinem Arm fest.

»Wo warst du denn den ganzen Tag?«, brüllt sie mich an.

»Entschuldige, aber ich bin nicht schwerhörig«, entgegne ich möglichst ruhig. »Ich hatte Landgang, wie du weißt ...«

»Sorry«, jammert sie, hält aber meinen Arm weiter umklammert. »Es ist eine Katastrophe! Die reinste Katastrophe! Wir sind komplett aufgeschmissen!«

»Was ist denn passiert?«, frage ich nur mäßig interessiert, weil ich finde, dass die gute Anja dazu neigt, aus jeder Mücke einen Elefanten zu machen.

»Miroslav hat sich unerlaubt von der Truppe entfernt!«,

blökt sie. »Stiften gegangen ist der, stell dir das mal vor! Hat einfach seine Sachen gepackt und ist abgehauen, der Schweinehund!«

»Oh!«, entfährt es mir, und dann schwant mir plötzlich etwas. »Sag mal, wie sieht der eigentlich aus, dieser Miroslav?«, frage ich zaghaft, denn ich unterbreche Anja gerade nur ungern, so in Rage ist sie.

»Wie er aussieht? So'n großer Dünner, immer schwarzer Rolli an und Käppi auf dem Kopf. Aber das ist doch auch scheißegal! Weil wir ihn sowieso nie wiedersehen.«

»Hm ...«

»Was das für den Zusammenhalt der *family* bedeutet, kannst du dir ja vorstellen. Der ganze *spirit* ist im Arsch!«

»Hm ...«

»Aber zum Glück«, Anja seufzt tief, »haben wir ja dich. Ab sofort bist du offiziell bis zum Ende der Reise für die Tanztruppe zuständig. Ich habe schon mit Frau Kieser in Hamburg telefoniert und ihr erzählt, wie wahnsinnig gut du dich in der Gruppe einbringst. Ist auch alles überhaupt kein Problem. Sie setzt deinen neuen Vertrag als Choreograf auf und faxt ihn rüber.«

»Moooment mal ...«, wende ich zaghaft ein, aber Anja unterbricht mich einfach.

»Du hast drei Tage Zeit, um ein anständiges Programm auf die Beine zu stellen. Ein bisschen was mit Schmiss, verstehst du, nicht so ein lahmer Mist wie der von Miroslav. Leg dich ruhig richtig ins Zeug.«

»Aber ich weiß gar nicht ...«

»Dieter!« Anja guckt mir fest in die Augen, lässt dafür aber endlich meinen Arm los. »Sieh es als Chance! Das ist die Herausforderung deines Lebens! An dieser Aufgabe kannst du nur wachsen. Du machst das schon! Ich schwör dir: Damit kommst du hier auf dem Schiff ganz groß raus …« Dann macht sie auf dem Absatz kehrt und hoppelt davon.

Ich stehe da wie vom Donner gerührt. Irgendwie habe ich gerade das Gefühl, dass nicht der *spirit*, sondern eher ich komplett im Arsch bin …

XII

Also Tallinn ist ja eher nichts für mich. Zu viel Geschichte, zu wenig Gucci. Und dann überall dieses Kopfsteinpflaster, in dem man mit den Absätzen hängen bleibt, fürchterlich! Als Max und ich heute Vormittag losgezogen sind, um das Städtchen zu erobern, war ich außerdem so hundemüde, dass mir beim Gehen fast die Augen zugefallen sind. Schließlich habe ich die halbe Nacht in der Internet-Lounge der *Princess of Glory* verbracht, um mich über dieses Tallinn schlauzulesen – Einwohnerzahl, Sehenswürdigkeiten, Historie, Baustile und so weiter und so fort …

Dabei war Max weniger an meinem neu erworbenen Wissen interessiert als daran, mir tief in die Augen zu schauen. Da war ich fast ein wenig beleidigt, wo ich mir doch die Nacht um die Ohren geschlagen habe, nur um ihn zu beeindrucken. Aber auch nur fast. Nachdem wir pflichtschuldigst das Rathaus, die Dicke Margarete und das Seefahrtsmuseum besichtigt hatten, fand Max jedenfalls, dass es allerhöchste Zeit für eine Pause war.

»Ich habe ziemlichen Durst«, stöhnte er. »Wie sieht's bei dir aus?«

»Och, ein leckerer Milchkaffee könnte bestimmt nicht schaden. Und vielleicht noch ein kleines Stückchen Kuchen dazu …«

»Kuchen?«, fragte Max. »Du bist doch schon süß genug!« Und dabei wurde er mal wieder so ganz niedlich rot.

Da ich merkte, dass auch meine Ohren zu brennen begannen, hakte ich mich schnell bei ihm unter und zog ihn hinter mir her. In einer Seitengasse entdeckten wir ein kleines, plüschiges Café, in dessen wunderschön begrünten Hinterhof wir sogar draußen sitzen konnten. Dieses romantische Plätzchen hatten wir sogar fast für uns alleine. Nur einer der anderen Tische war noch besetzt, und da saß ausgerechnet ein frisch verliebtes Pärchen, das überhaupt nicht die Finger voneinander lassen konnte.

Das Rumgeknutsche in unserer direkten Nachbarschaft machte Max und mich ziemlich verlegen, also steckten wir beide demonstrativ unsere Nasen in die Speisekarten und taten so, als ob würden wir das Rumgeschlecke gar nicht bemerken. Nach ein paar Minuten musste ich dann aber kichern, weil die Situation ja doch irgendwie komisch war, und flüsterte Max zu: »Haben die eigentlich kein Zuhause?«

»Wo die Liebe hinfällt …«, sagte Max, grinste mich frech an, und dabei wanderte seine Hand wie zufällig über den Tisch und blieb auf meiner rechten liegen.

Als dann endlich die Kellnerin kam, war ich immer noch so verwirrt, dass ich nur ein unverständliches Gestammel herausbrachte. Max hat dann einfach für mich mitbestellt und weiter gegrinst.

Mit einem »Du entschuldigst mich kurz?« entzog ich ihm meine Hand, stand auf und schlenderte betont lässig in Richtung Toiletten. Irgendwie hatte ich das Gefühl, dass ein bisschen kaltes Wasser nicht schaden könnte, um wieder einen kühlen Kopf zu bekommen. Auf dem engen Klo habe ich dann erst mal tief durchgeatmet, den Hahn aufgedreht und mir den Strahl über die Handgelenke laufen lassen. Und angefangen, mein Spiegelbild zu beschimpfen. »Mensch, Sara, jetzt reiß dich mal zusammen! Du bist schließlich kein Teenager mehr«, zischte ich mir selbst zu. »Der Mann ist Butter in deinen Händen, du musst nur noch zugreifen!«

Das half ein wenig. Ich nickte mir aufmunternd zu. Es war höchste Zeit für Phase zwei. Phase eins – Beute in die Falle locken – war schließlich erfolgreich abgeschlossen. Zielstrebig ging ich zu unserem Tisch zurück und ließ mich mit einem kleinen Seufzer auf meinen Stuhl sinken. Ich blickte Max fest in die Augen und leitete Phase zwei ein: »Ach, Max, ich habe mich lange nicht mehr so wohlgefühlt. Und das liegt hauptsächlich daran, dass ich dich kennengelernt habe. Nur ...« Gekonnt brach ich ab, ließ meine Augen sinken und starrte auf meinen Kuchen, der mittlerweile serviert worden war. Dann seufzte ich ein weiteres Mal, diesmal etwas tiefer und noch bedeutungsschwerer.

Die Show zog sofort. Erneut griff Max nach meiner Hand und fragte leicht irritiert: »Sara, was hast du denn?«

Ich hypnotisierte weiter meinen Kuchen, der wirklich oberlecker aussah, und flüsterte leise: »Versteh mich bitte nicht falsch, aber ich ... ich weiß nicht so recht, wie ich mit dieser Situation umgehen soll ...«

»Wie meinst du das?«

»Als du mich letzte Nacht ... geküsst hast ...« Das »geküsst hast« hauchte ich sehr verschämt in Richtung Teller. »Also, das ... das war sehr, sehr schön ... zu schön ...«

»Zu schön?«, wiederholte Max fragend.

»Ach, wie soll ich dir das nur erklären ...« Erneuter Seufzer. »Wir kennen uns doch erst so kurze Zeit. Das geht alles so schnell ... viel zu schnell ... Und das macht mir ... ein bisschen Angst ...«

»Angst? Aber wovor hast du denn Angst?«

So, Signorina Brunetti, Beute ins Visier nehmen und Betäubungspfeil abschießen! Ich hob meinen Blick und versenkte meine Augen wieder in denen von Max. »Ich weiß, es war ja nur ein Kuss. Aber normalerweise küsse ich niemanden, den ich nur ein paar Tage kenne. Das ist nicht meine ... meine Art. Ich habe Angst, dass du einen ganz falschen Eindruck von mir bekommst. Und was mir noch mehr Angst macht, ist, dass dir dieser Kuss nicht so viel bedeutet wie mir und dass meine Gefühle wieder verletzt werden ...« Und noch ein Seufzer, diesmal ganz tief.

»Sara, wo denkst du hin!« Max schien regelrecht empört und drückte meine Hand noch ein bisschen fester. »Nichts liegt mir ferner, als dich zu verletzen! Ich finde doch auch, dass ...«

»Schsch ...«, machte ich nun und legte ihm meinen Zeigefinger sanft auf die Lippen. »Max, du musst jetzt nichts sagen, was du später bereust. Ich wollte nur, dass du weißt, wie es um mich steht. Ich erwarte nicht, dass es dir ähnlich geht, wirklich nicht. Und jetzt lass uns wieder das Thema wechseln, sonst werde ich noch sentimentaler!« Mit diesen Worten widmete ich mich endlich dem verlockenden Kuchen. Er schmeckte wirklich fantastisch!

Phase zwei scheint erfolgreich anzulaufen. Nach unserem Cafébesuch bummelten wir langsam zurück zum Schiff. Max war auf dem Weg ungewöhnlich schweigsam, ich konnte förmlich sehen, wie es hinter seiner Stirn arbeitete. An Deck verabschiedete ich mich von ihm mit einem sehr zarten Kuss auf seine Wange und sagte mit leichter Melancholie in der

Stimme, dass ich ein wenig erschöpft sei und mich ausruhen würde.

Ich glaube, der Betäubungspfeil wirkt. Jedenfalls müsste es mit dem Teufel zugehen, wenn er mir nicht in den nächsten Tagen seine tief empfundenen Gefühle gesteht. Und dann sind wir, schwuppdiwupp, bei Phase drei ...

XIII

Eins-zwei-drei, eins-zwei-drei, uuuuuuund Drehung ... Aua! Ein stechender Schmerz im Knie reißt mich unsanft aus dem Schlaf. In meinem Traum gerade eben glitt ich noch ausgesprochen elegant mit Elisabeth über das Parkett eines strahlend weißen Tanzsaals, richte ich mich ruckartig in meinem Bett auf und stöhne dabei laut auf. Was, um Himmels willen, ist denn mit meinem Bein los?

Vorsichtig versuche ich, mein rechtes Knie zu beugen, und beiße mir dabei auf die Lippen, weil es so wehtut. Das fühlt sich gar nicht gut an. Als ich mein Bein abtaste, merke ich, dass das Kniegelenk geschwollen und heiß ist. Komisch. Derartige Beschwerden hatte ich noch nie, so von jetzt auf gleich. Ob ich falsch gelegen habe? Oder habe ich mir gestern Nacht beim Tanzen das Knie verdreht, ohne es zu merken? Zugegeben, ich war nicht mehr ganz nüchtern – wir alle haben dem Rotwein ordentlich zugesprochen.

Bei dem Gedanken an den letzten Abend muss ich trotz meines desolaten Zustands sofort grinsen. Was war das nett! Nach dem Dinner hatte Max Dürrheimer die Idee, dass wir vier – also er, seine Frau Mama, Signorina Brunetti und ich – uns einen gemütlichen Abend in der Tanzlounge machen. Zuerst mussten wir natürlich Kalle und Elvira loswerden. Aber das war weiter kein Problem, denn Max erzählte den beiden, dass auf dem Schiff ein bayrischer Abend stattfände – mit Leberkäse, Weißwurst und Speck. Da ist Kalle natürlich sofort losgestürmt, und Elvira hinterher.

»Ein bayrischer Abend?«, fragte ich interessiert. »Wo denn?«

»Keine Ahnung.« Max grinste und zuckte mit den Schultern. »Ehrlich gesagt habe ich mir den gerade ausgedacht. Das ist nicht unbedingt die feine Art, aber ich denke, in diesem Fall heiligt der Zweck die Mittel.«

Da konnte ich ihm nur zustimmen, denn das Dinner mit dem Brandenburger Ehepaar war wieder mehr als anstrengend gewesen. Kalle mäkelte an seinem Essen herum und räsonierte fortwährend, dass man bei diesem Fraß ja nur krank werden könne und dass es kein Wunder sei, dass er sich den Magen verdorben habe. Elvira dagegen unterhielt uns mit einer ausführlichen Schilderung dessen, was ein Schiffstechniker alles zutage gefördert habe, als er versuchte, das Toiletten-Problem in ihrer Kabine zu lösen. Igitt! Nicht nur mir war dabei der Appetit vergangen.

Mein Knie schmerzt wirklich höllisch. Ich versuche, mich vollständig aufzurichten und irgendwie aus meiner engen Koje zu kommen – mit mäßigem Erfolg. Ich brauche geschlagene fünfzehn Minuten, allein, um in meine Hose zu schlüpfen. Also irgendetwas stimmt hier ganz und gar nicht! In diesem Zustand kann ich jedenfalls keinen Tanzkurs geben – und schon gar nicht Anja unter die Augen treten. Wie ich meinen weiblichen Drill-Sergeant einschätze, fackelt sie nicht lange und erschießt mich einfach – wie ein Pferd mit gebrochenem Bein.

Es bleibt mir nichts anderes übrig, ich muss wohl den Bordarzt aufsuchen. Also sehe ich auf dem Schiffsplan nach, der auf meinem kleinen Schreibtisch liegt. Doch das Schicksal meint es heute Morgen nicht gut mit mir, natürlich ist die Praxis genau am anderen Ende der *Princess of Glory*. Komm, Dieter, das schaffst du schon, spreche ich mir selber Mut zu und humpele los. Ich schaffe es exakt bis zum Ende des Ganges, an dem Signorina Brunetti schwungvoll um die Ecke biegt und in mich hineinläuft.

»Uuuuuuuh, auauauaua!«, mache ich, während ich auf meinem gesunden Bein auf und ab hüpfe.

»Herr Bruns, um Himmels willen!«, ruft die Signorina erschrocken. »Was ist denn los? Sie sehen aber gar nicht gut aus.«

»Geht schon, geht schon«, presse ich zwischen meinen zusammengebissenen Zähnen heraus. »Ich glaube, ich habe mir gestern Nacht beim Tanzen das Knie verdreht, und wollte den Bordarzt mal einen Blick drauf werfen lassen.«

Das italienische Fräulein – übrigens in dieser Herrgottsfrühe schon wieder tipptopp zurechtgemacht – stemmt ihre Arme in die Hüften und betrachtet mich kopfschüttelnd. »Sie haben da aber auch eine flotte Sohle aufs Parkett gelegt. Fast hätte man meinen können, Sie wollten damit jemanden beeindrucken ...« Sie zwinkert mir vertraulich zu.

Bitte? Was will sie denn damit sagen?

»Na ja, in Ihrem Alter ist es auf jeden Fall kein Wunder, wenn am nächsten Tag die Knochen knacken. Vielleicht sollten Sie heute etwas kürzertreten ...«

Hallo? In meinem Alter? Jetzt wird dieses junge Ding aber langsam unverschämt. Ich richte mich zu meiner vollen Größe auf, ziehe ein wenig den Bauch ein und sage ganz lässig: »Ach was, das ist bestimmt bloß eine kleine Zerrung, mehr nicht.« Dann nicke ich ihr hoheitsvoll zu, wünsche ihr einen guten Tag und versuche, meinen Weg fortzusetzen. Autsch!

»Wissen Sie was, Herr Bruns?« Sara Brunetti läuft mir hinterher und hakt mich fürsorglich unter. »Ich habe gerade sowieso nichts Besseres vor. Ich bringe Sie mal schnell zum Arzt.«

Jetzt komme ich mir wirklich vor wie ein Tattergreis. Aber irgendwie ist es ja auch ganz reizend von ihr, so viel Mitgefühl hätte ich ihr gar nicht zugetraut. »Danke, das ist lieb von Ihnen. Aber das schaffe ich schon alleine«, antworte ich ohne große Überzeugungskraft.

»Papperlapapp«, sagt die Signorina fröhlich und bleibt eisern an meiner Seite.

Meter um Meter kämpfen wir uns vorwärts, und dank des stützenden und erstaunlich professionell wirkenden Klammergriffs meiner Helferin bewältige ich die Strecke tatsächlich. Ächzend lasse ich mich in dem kleinen Wartezimmer auf einen Stuhl fallen, Signorina Brunetti plumpst auf den Hocker neben mir.

»Äh, vielen Dank für Ihre Hilfe. Sie müssen jetzt aber nicht mit mir warten«, sage ich.

»Ach was, ich hab Zeit. Außerdem möchte ich sichergehen, dass sich hier wirklich jemand um Sie kümmert«, meint meine selbst ernannte Krankenschwester.

»Aber nicht, dass Sie meinetwegen Ihr Frühstücksdate verpassen ...« Nun zwinkere ich ihr zur Abwechslung zu. Denn trotz des gehörigen Rotwein-Konsums habe ich in der Nacht sehr wohl mitbekommen, dass Max und Sara, unsere Turteltauben, sich gleich am Morgen wieder treffen wollten.

»Ach was …«, sagt sie, läuft aber ein wenig rot an dabei. Schnell steht sie auf, hämmert gegen die Tür, an der ein Praxis-Schild baumelt, und reißt sie dann einfach auf. »Kundschaft!«, brüllt sie in den Raum hinein.

Vor ihr taucht ein Kerl auf, der wie ein Türsteher auf Anabolika aussieht. Der Typ misst gut und gern zwei Meter. Sein Schädel ist nahezu kahl rasiert, dafür prangt auf seiner Oberlippe ein altmodischer Schnauzer. Seine Oberarme sind so dick wie meine Oberschenkel und sprengen fast das enge weiße T-Shirt, das sich über seinem gewaltigen Brustkorb spannt.

»Ja, bitte?«, dröhnt Mister Universe.

Das wird doch wohl nicht der Arzt sein, denke ich, während Sara Brunetti ihm schon meinen Fall schildert. Er ist es leider doch.

»Na, dann kommen Sie mal, Herr Bruns, hopp, hopp«, bellt er. »Soll die Frau Gemahlin dabei sein?«

»Das ist nicht meine Frau«, kläre ich seinen Irrtum auf, als ich mühsam ins Behandlungszimmer stolpere, und bin ein bisschen stolz, dass er mir zutraut, mit so einer flotten Biene verheiratet zu sein.

»Nun gut. Soll also Ihre Enkeltochter dabei sein?«, setzt er nach und betont dabei das Wort *Enkeltochter* auf eine ganz merkwürdige Weise.

»Das ist auch nicht meine Enkeltochter. Die Signorina ist nur eine Bekannte, wir sitzen am gleichen Tisch, und sie war so liebenswürdig, mich zu Ihnen zu begleiten«, erkläre ich.

»Nun gut, dann bleibt die Signorina eben draußen«, sagt

er und knallt die Tür zu. »Runter mit der Hose und rauf auf die Liege mit Ihnen!«

Hilfe! Jetzt bin ich mit diesem Schlächter allein. Vielleicht hätte ich Sara Brunetti doch mitnehmen sollen? Aber ich bin ja kein kleines Kind mehr. Vorsichtig ziehe ich meine Hose aus und wuchte mich stöhnend auf die Behandlungsliege.

»So, dann wollen wir uns das mal ansehen«, meint der Doktor entschieden.

Mir bricht der Schweiß aus, als er sich mit seinen schaufelradgroßen Pranken meinem Knie nähert. Aber er dreht es unerwartet sanft hin und her, betastet es vorsichtig, macht dabei »Hmm, hmm, hmm« und kratzt sich schließlich am Kopf. »Hatten Sie diese Beschwerden schon einmal?«

Ich verneine und erkläre, dass die Schmerzen urplötzlich, quasi über Nacht aufgetreten sind und ich wahrscheinlich eine Zerrung habe.

»Na, die Diagnose überlassen Sie mal lieber mir. Nach einer Zerrung sieht das jedenfalls nicht aus. Sonst wäre Ihr Knie nicht so geschwollen und heiß.« Er kratzt sich wieder am Kopf. »Sagen Sie mal, Herr Bruns, haben Sie gestern ein wenig zu viel Rotwein getrunken?«

Ich nicke verlegen.

»Trinken Sie denn öfter Rotwein?«

Ich winde mich ein wenig, muss aber bejahen.

»Essen Sie oft rotes Fleisch? Brathähnchen? Leber? Süßes? Viel Fettiges?«

Ich senke beschämt den Kopf, frage mich aber insgeheim, was meine zugegebenermaßen nicht wirklich ausgewogenen Essgewohnheiten mit meinem Knie zu tun haben. Bin ich etwa an so einen fanatischen Fitness- und Gesundheitsapostel geraten, der mir gleich Vorhaltungen über meinen Lebensstil macht?

»Aha!« Der Doktor haut sich krachend auf den Schenkel. »Also, Ihre Symptome sind ziemlich eindeutig. Ich werde Ihnen gleich noch Blut abnehmen, um Gewissheit zu haben. Dauert natürlich ein wenig, bis das Ergebnis da ist. Wir haben ja kein Labor an Bord und sind auf See. Ich kann Ihre Probe erst untersuchen lassen, wenn wir in St. Petersburg anlegen.«

»Ja, aber«, wende ich ängstlich ein, »was habe ich denn? Etwas Ernstes?«

»Nicht ernst, aber verdammt unangenehm«, dröhnt der Arzt. »Früher hat man es ›die Krankheit des schwelgenden Mannes‹ genannt. Sie haben einen Gichtanfall, mein Lieber.«

»Gicht? Ich? Diese Alte-Leute-Krankheit?«, entfährt es mir völlig perplex.

»Na ja, so ein richtig junger Hüpfer sind Sie jetzt auch nicht mehr, Herr Bruns. Das ist in Ihrem Alter nichts Ungewöhnliches.« Während er beginnt, meinen Ärmel hochzukrempeln und mir Blut abzuzapfen, erklärt er weiter: »Machen Sie sich keine Sorgen, das bekommen wir schon in den Griff. Ich gebe Ihnen ein paar Schmerzmittel mit, Sie schonen sich ein paar Tage und legen Ihr Bein hoch. Kühlen ist ganz wichtig! Und: Finger weg vom Alkohol! Wenn das Labor meine Diagnose bestätigt, bekommen Sie eine schöne Cortisonspritze und fühlen sich wie neugeboren.«

»Schonen? Ich kann mich nicht schonen! Ich gebe hier an Bord einen Tanzkurs. Und außerdem soll ich ab heute die Ballettgruppe betreuen ...«

»Vergessen Sie's«, sagt der Doc trocken. »In den nächsten Tagen betreuen Sie gar nichts. Nur sich selbst.«

Er haut mir kräftig auf die Schulter, drückt mir eine Schachtel Tabletten in die Hand, zerquetscht mir zum Abschied fast die Finger und schiebt mich mit einem aufmunternden »Wird schon, wird schon!« aus der Tür. Im Wartezimmer sitzt immer noch Signorina Brunetti und sieht mich fragend an. »Und, was hat der Arzt gesagt?«

»Der spinnt, dieser Quacksalber!«, schnaufe ich. »Er behauptet, ich hätte Gicht. So ein Unfug!« Empört stampfe ich mit dem Fuß auf. Uuuuuuuh, auauauau! Das hätte ich lieber nicht tun sollen!

Die Signorina springt auf und hakt sich wieder bei mir ein. »Kommen Sie, Herr Bruns. Ich bringe Sie erst mal in Ihre Kabine. Haben Sie denn etwas gegen Ihre Schmerzen bekommen?«

Als Antwort wedele ich mit den Tabletten.

»Sehr gut«, sagt sie. »Das ist bei Gicht nämlich wirklich wichtig.«

Verblüfft beäuge ich sie von der Seite. Woher will sie denn das wissen?

Während ich an Signorina Brunettis Arm den Weg zurückschleiche, stolpern zahlreiche Gedanken durch meinen Kopf. Was wird jetzt aus meinem Kurs? Und aus den polnischen Tänzerinnen? Außerdem bin ich doch später mit Elisabeth verabredet. Was soll sie denn bloß denken, wenn sie mich in diesem Zustand sieht? Das geht ja alles gar nicht!

Wie zur Bestätigung, dass sich heute wirklich alle Mächte gegen mich verschworen haben, schießt in diesem Moment Anja aus einem Gang rechts von uns, bleibt abrupt stehen und reißt die Augen auf. »Diiiiiiiieter! Was ist denn mit dir los? Wieso humpelst du? Oh Gott, du bist doch nicht etwa krank?« Sie sieht aus, als würde sie gleich hyperventilieren.

»Äh, also, äh, hm, ich …«, stottere ich und überlege krampfhaft, wie ich ihr die schlechte Botschaft beibringe, ohne dass sie mich unangespitzt in die Erde rammt. Da kommt mir mein italienischer Schutzengel zu Hilfe.

»Ojeoje«, jammert die Signorina, »es ist alles meine Schuld! Ich bin manchmal aber auch wirklich ungeschickt!«

Verdattert schaut Anja die klagende Sara Brunetti an. Und auch ich bin sehr gespannt, was jetzt für eine Erklärung kommen wird.

»Also, Herr Bruns war dahinten auf der Treppe so reizend, mir den Vortritt zu lassen, weil ich es so eilig hatte. Und weil ich es so eilig hatte, bin ich ins Stolpern gekommen. Und hätte Herr Bruns mich nicht aufgefangen, wäre ich wohl die Treppe runtergefallen. Aber unglücklicherweise habe ich meinem Retter dabei den Stiletto hinten in die Hacke gerammt«, lügt das Fräulein, ohne mit der Wimper zu zucken. »Das hat bestimmt ganz fürchterlich wehgetan, so wie das geblutet hat!«, trägt sie nun ein wenig zu dick auf.

Denn Anja schielt sofort misstrauisch auf meine Füße. »Man sieht ja gar nichts«, blökt sie.

Signorina Brunetti und ich gucken wie die Unschuldslämmchen. Zum Glück habe ich eine schwarze Hose an, auf der man kein Blut sehen würde, selbst wenn welches da wäre.

»Wir sind gerade unterwegs, um Herrn Bruns ein Pflaster zu besorgen. Oder besser einen Verband«, sagt mein Schutzengel ungerührt und will mich an Anja vorbeiziehen.

»Moooment mal!«, befiehlt diese und blickt mich streng an. »Dieter, was glaubst du, kannst du gleich arbeiten?«

»Ich, ich weiß nicht recht«, stammle ich. »Vielleicht ist es besser, wenn ich den Fuß jetzt desinfiziere und verbinde und vielleicht einen Tag pausiere ...?«

»Dieter, bist du wahnsinnig? Pausieren? Wie stellst du dir das denn vor? Denk mal an die *family*, die braucht dich doch! Reiß dich bloß zusammen!« Der Drill-Sergeant ist kurz vorm Ausflippen.

»Entschuldigen Sie bitte, dass ich mich einmische«, wirft Sara Brunetti ein. »Aber Herr Bruns kann nun wirklich nichts dafür, dass ich ihm in die Quere gekommen bin. Ich habe doch schon gesagt, dass es meine Schuld ist. Was ist das überhaupt für ein Ton hier? Wir befinden uns auf einem Kreuzfahrtschiff und nicht auf einer Sklavengaleere. Unerhört ist das, wie Sie mit einem verletzten Mitarbeiter umgehen! Ich glaube, ich muss mich über Sie beschweren! Wer ist eigentlich Ihr direkter Vorgesetzter?«

Innerlich grinse ich vor lauter Vergnügen. Da ist Anja ja genau an die Richtige geraten! »Schon gut, schon gut«, wehrt sie jetzt ab, »war nicht so gemeint. Dann ruh du dich heut mal aus, Dieter.« Doch im Vorbeigehen zischt sie klar und deutlich in mein Ohr: »Einen Tag und keine Sekunde länger. Wenn du morgen nicht wieder fit bist, scheiß ich auf den *spirit*, und du fliegst in St. Petersburg von Bord, ich schwör's dir!« Autsch!

Als ich an Saras Arm endlich wieder in meiner Kabine lande, bin ich redlich geschafft. Mein Knie brennt mittlerweile wie Feuer und pocht unheilvoll vor sich hin.

»Herr Bruns, Sie legen sich jetzt erst mal hin und nehmen Ihre Tabletten. Ich besorg Ihnen einen Kaffee und ein Brötchen, sonst fallen Sie mir noch vom Fleisch. Und was zum Kühlen für Ihr Knie. Kühlen ist bei Gicht äußerst wichtig«, fügt Signorina Brunetti hinzu.

Bevor ich sie fragen kann, warum sie sich eigentlich so gut mit Gicht auskennt und ob sie neben Kunstgeschichte auch noch Medizin studiert hat, klappt sie meine Kabinentür schon von außen zu und überlässt mich meinem Schicksal. Ich schlucke gleich zwei von diesen Schmerzmitteln, viel hilft bekanntlich viel, und lasse mich erschöpft auf mein Bett sinken.

Das hat mir gerade noch gefehlt, dass ich auf dieser Reise krank werde! Und so wie ich mich im Moment fühle, glaube ich kaum, dass ich morgen wieder einsatzfähig bin. Was für ein Elend! Dafür glaube ich Anja aufs Wort, dass sie mich in St. Petersburg vom Schiff schmeißt, wenn ich nicht schnellstens wieder fit bin. Ein bisschen kann ich sie ja auch verstehen. Erst entfernt sich dieser Miroslav unerlaubt von der Truppe, und dann fällt auch noch ihr Eintänzer aus. *But the show must go on*, wie es so schön heißt.

Mein Job hier ist mir eigentlich egal, auch wenn es natürlich schade wäre, den Tanzkurs zu unterbrechen. Aber ich möchte auf keinen Fall Elisabeths Gesellschaft missen. So wohlgefühlt und so prächtig amüsiert habe ich mich seit Langem nicht mehr. Warum das so ist, will ich jetzt gar nicht weiter erörtern. Ich zerbreche mir lieber den Kopf darüber, wie ich so schnell wie möglich wieder auf die Beine komme.

Dabei muss ich wohl ein wenig eingenickert sein, denn ich werde von einer Hand geweckt, die sich vorsichtig auf meine Stirn legt. Ich schrecke hoch und blinzele direkt in Sara Brunettis braune Augen.

»Na, Herr Bruns, wirken die Tabletten?«, fragt sie.

Vorsichtig bewege ich mein Knie. Immer noch autsch,

aber schon weniger. »Ja, zum Glück«, ächze ich, »doch ganz weg ist es nicht.«

»Das kann dauern. Ich verstehe auch ehrlich gesagt nicht, warum dieser komische Schiffsdoktor Ihnen keine Cortisonspritze gegeben hat. Das würde sofort helfen!«

»Hat er auch gesagt. Aber die kriege ich erst, wenn der definitive Befund aus dem Labor da ist.«

»So ein Quatsch, warum soll man denn Ihr Leiden unnötig in die Länge ziehen?« Die Signorina schüttelt ihren Kopf, dass die braunen Locken nur so fliegen. »Es ist doch sonnenklar, dass das ein akuter Gichtanfall ist – bei dem ganzen Rotwein, den Sie gestern getrunken haben ...«

Bevor sie jetzt weiter auf meinem Alkoholkonsum herumreitet, grätsche ich schnell dazwischen: »Sagen Sie mal, Signorina Brunetti, wieso kennen Sie sich eigentlich so gut damit aus?«

»Ach, lassen Sie doch das alberne Signorina Brunetti. Nennen Sie mich doch einfach Sara«, zwitschert sie und strahlt mich an.

Merkwürdig, irgendwie habe ich den Verdacht, dass dieses Angebot ein Ablenkungsmanöver ist und sie meine Frage nicht beantworten möchte. »Angenehm, Dieter«, sage ich schnell und hake nach: »Sie wissen wirklich erstaunlich viel über meine Krankheit ...«

»Ach, früher als ich noch als Alten ... äh, ich meine, früher habe ich meine alte Großmutter gepflegt. In Palermo. Und die hatte Gicht und haargenau die gleichen Beschwerden wie Sie, Dieter. Deshalb kenne ich mich ein bisschen damit aus. Cortison hat ihr jedenfalls immer sofort geholfen. Und – tataaa – das hier ...« Sie zieht ein Paket hervor und lässt es auf meinen Bauch plumpsen.

»Iiiiih, kalt!«, quieke ich.

»Genau, kalter Quark. Hab ich Ihnen aus der Kombüse besorgt. Damit schmieren Sie jetzt schön Ihr Knie ein, das kühlt und zieht gleichzeitig die Entzündung aus dem Gelenk. Altes sizilianisches Hausmittel.«

»Na gut, wenn Sie das sagen ...«

»Yep, das sage ich. Und schön artig tun, was Tante Sara sagt.« Mit diesen Worten erhebt sie sich von meinem Krankenlager und wendet sich zum Gehen. »Ich schau dann später noch mal nach Ihnen und bringe was Leckeres zum Essen mit. Damit Sie wieder zu Kräften kommen. Elisabeth Dürrheimer hat schließlich schon mehrmals nach Ihnen gefragt ...« Sara lächelt verschwörerisch.

»Ach herrje!«, entfährt es mir erschrocken, »Sie haben ihr doch hoffentlich nicht verraten, dass ich Gicht habe? Das wäre mir nämlich sehr peinlich ...«

»Natürlich nicht, Dieter, wo denken Sie hin! Ich habe ihr auch die Stiletto-Geschichte erzählt. Nicht, dass hier an Bord verschiedene Versionen über Ihren Zustand kursieren! Und Elisabeth hat sie anstandslos geschluckt, genau wie diese komische Person vorhin.«

Sara denkt wirklich mit, ich bin ganz baff. Bevor ich mich bei ihr bedanken kann, nicht nur für die kleine Notlüge, sondern besonders für ihren Einsatz, schlüpft sie aus der Tür und ist weg. Und ich hole mir ein Handtuch aus dem Bad, lege es unter mein Knie und streiche wie befohlen mein Knie dick mit Quark ein. Dann kuschele ich mich wieder ins Kissen. So ein Tag im Bett ist eigentlich auch ganz nett!

Ziemlich schnell merke ich, dass der kalte Quark guttut. So, so, denke ich amüsiert, altes sizilianisches Hausmittel. In Palermo die Oma pflegen. Irgendwie glaube ich Sara kein Wort. Und mittlerweile weiß ich ja, wie flott der jungen

Dame die Lügen über die Lippen schlüpfen. Eigentlich kann es mir egal sein, aber sobald es mir besser geht, werde ich Signorina Brunetti mal unauffällig auf den Zahn fühlen. Und das meine ich nicht im medizinischen Sinne!

XIV

Da soll noch mal einer sagen, dass ich kein gutes Herz habe! Als ich heute Morgen über den armen Dieter Bruns gestolpert bin, habe ich mich wirklich erschrocken. Was sah der elend aus! Fast ein bisschen so, als würde er gleich aus den Latschen kippen. Das war ja quasi Ehrensache, ihn zum Arzt und wieder zurück zu bringen.

Schließlich hat er mir in den letzten Tagen auch Elisabeth Dürrheimer vom Hals gehalten und so für freie Bahn bei Max gesorgt. Eine Hand wäscht die andere, sag ich immer. Außerdem finde ich diesen Dieter eigentlich ziemlich sympathisch. Seine altmodische, höfliche Art ist irgendwie niedlich. Sie strahlt so etwas Väterliches aus. Jedenfalls scheint er total nett zu sein. Und sein kleiner Flirt mit Max' Mutter ist ja auch rührend, geradezu herzerwärmend.

Mal gut, dass ich mich mit den Zipperlein älterer Herrschaften auskenne. Und das liegt natürlich nicht an meiner Oma aus Palermo, die gibt's ja gar nicht. Aber ich habe tatsächlich was Anständiges gelernt. Ich bin ja nicht gleich als Hochstaplerin zur Welt gekommen. Nach der Schule habe ich nämlich eine ordentliche Ausbildung zur examinierten

Altenpflegerin gemacht. Die Lehre war echt klasse, nur der anschließende Job rein gar nichts für mich. Immer musste alles husch, husch gehen, schnell waschen, anziehen, füttern, Medikamente verabreichen, ab zum Nächsten, wie am Fließband. Nie hatte man Zeit für die Herrschaften. Und Zeit hätten sie am allermeisten gebraucht. Sie wollten doch nur, dass mal wieder jemand da ist, der mit ihnen spricht, ihnen zuhört und vielleicht auch über den ein oder anderen Witz mit ihnen lacht. Aber das war einfach nicht drin – zu viele Senioren, zu wenig Personal.

Also habe ich meine Stelle gekündigt und erst mal in so einem Reichen-Haushalt als Gesellschafterin für den dementen Großvater angeheuert. Das lief eigentlich ganz gut, nur ist der alte Herr dann nach einem halben Jahr gestorben. Nachdem ich dann den dritten Opa zu Grabe getragen habe, fand ich: Das ist auch nix für mich. Man baut ja irgendwie eine Bindung zu seinen Schützlingen auf, und die sterben einem dann einfach unter den Händen weg. Das hat mich zu sehr runtergezogen. Zu weiches Herz eben ...

Apropos weiches Herz! Es müsste doch mit dem Teufel zugehen, wenn ich es nicht schaffe, diesem Bord-Quacksalber eine Cortisonspritze für Dieter aus dem Kreuz zu leiern. Auf den Laborbefund warten? Der hat sie doch nicht mehr alle!

Denn ich brauche Dieter wieder fit und einsatzbereit. Den halben Tag musste ich schon mit Max UND seiner Mutter verbringen. Die langweilt sich jetzt natürlich, wo ihr Galan außer Gefecht gesetzt ist. Und irgendwie verhält sich Max heute auch merkwürdig distanziert. Ich weiß nicht, ob es daran liegt, dass die Frau Mama über ihn wacht, oder ob ich gestern mit meiner kleinen Gefühlsduselei übertrieben habe. Das würde ich zu gern herausfinden – was natürlich nur geht, wenn die gute Elisabeth mit anderen Dingen beschäftigt ist.

Also, auf ins Gefecht! Und heute schieße ich besonders scharf, für das Abendprogramm habe ich ein silbernes Kleid gewählt – sehr kurzer Saum, sehr tiefes Dekolleté. Das sollte helfen, Max wieder auf den rechten Weg zu führen und später den Schiffsarzt vom Pfad der Tugend abzubringen.

Aber jetzt gilt es zunächst, das Dinner mit dem dämlichen Kalle und der zickigen Elvira zu überstehen – und das ganz ohne Dieter. Ich werfe einen Blick auf die Uhr und stelle erschrocken fest, dass ich wohl ein wenig zu lang in meine Gedanken versunken war und möglicherweise wieder einmal zu spät zum Essen kommen werde. Egal, je später der Abend, desto schöner die Gäste.

Während ich Richtung Restaurant eile, merke ich an den Blicken der mir entgegenkommenden Herren, dass die Wahl meines Outfits richtig war. Und als ich etwas atemlos unseren Tisch erreiche, reißt Max die Augen auf und springt sofort von seinem Stuhl, um mir den meinen zurechtzurücken.

»Du siehst hinreißend aus«, flüstert er mir zu.

»Danke«, flüstere ich zurück. Na also, geht doch!

Kalle scheint ein wenig verschnupft zu sein, jedenfalls ist er beim Dinner ungewöhnlich schweigsam und brummelt nur manchmal etwas in seinen nicht vorhandenen Bart. Wahrscheinlich ist er beleidigt, weil wir ihn gestern in die Irre geführt haben. Mich stört es nicht, von mir aus kann er gerne für den Rest der Reise beleidigt sein, wenn's ihm dabei die Sprache verschlägt.

Dafür redet Elvira heute umso mehr, zur Abwechslung nicht über ihr Klo, sondern über ihren Aufenthalt im bordeigenen Spa- und Wellnessbereich.

»Also, dat türkische Dampfbad, dat is' 'ne Wucht. Aber stellen Se sich ma vor: Der Masseur kommt aus Anatolien und die Kosmetikerin aus Istanbul. Fehlt nur noch, dat die 'nen Kopftuch trächt!«

»Wirklich merkwürdig«, sagt Elisabeth Dürrheimer trocken. »Und ich dachte immer, das türkische Dampfbad wäre eine typisch deutsche Erfindung.«

Zum Glück hat auch diese Mahlzeit irgendwann ihr Ende, und das brandenburgische Duo infernale verzichtet darauf, sich uns anschließen zu wollen.

»Wonach steht meinen Damen denn jetzt der Sinn?«, fragt Max charmant und bietet mir den rechten und seiner Mutter den linken Arm an.

»Ach, ich glaube, ich schaue noch mal schnell nach Herrn Bruns. Vielleicht braucht er irgendetwas, und wenn's nur ein wenig Gesellschaft ist«, antwortet diese. »Geht ihr doch schon mal vor in die Bar, ich komme später nach.« Und schwups, schon eilt sie zum Krankenlager.

»Kann es sein, dass deine Mutter sich ein bisschen verguckt hat?«, frage ich lachend.

»Kann sein. Und da ist sie nicht die Einzige«, schnurrt Max direkt in mein Ohr, sodass mir ein kleiner Schauer über den Rücken läuft.

»So, so ...«, ist das Einzige, was mir spontan dazu einfällt, weil die verdammten Schmetterlinge in meinem Bauch plötzlich wieder Fangen spielen. Nicht gerade sehr schlagfertig, Signorina Brunetti! Um meine Verlegenheit zu überspielen, ziehe ich Max kurzerhand hinter mir her und sage: »Lass uns doch einen Drink oben an der Poolbar nehmen.«

»Wie die Dame befiehlt«, antwortet er und stolpert mir nach.

An der Poolbar ist die Hölle los, denn es ist fast windstill, und alle wollen den schönen Abend an der frischen Luft genießen. Max schafft es trotzdem, einen Barhocker für mich zu ergattern, und organisiert uns dann zwei Bellinis. Ich nippe an meinem Cocktail, schaue mich entspannt um und entdecke an der Theke doch tatsächlich den Schiffsarzt. Etwas schief hängt er am Tresen und starrt trübsinnig in sein Glas. Der hatte wohl schon einen Kurzen.

Wunderbar, denke ich, und ich spendiere ihm jetzt noch einen zweiten! »Entschuldigst du mich kurz?«, sage ich zu Max. »Ich habe gerade einen Bekannten an der Bar entdeckt, den ich um etwas bitten wollte. Bin gleich wieder da.«

»Einen Bekannten?«, echot Max. »Was für einen Bekannten denn?«

Damit mir der Arzt nicht noch durch die Lappen geht, lasse ich die Frage unbeantwortet und eile zum Tresen. Das kann ich Max ja auch später noch erklären.

»Guten Abend, Herr Doktor«, säusele ich. »So schnell sieht man sich also wieder ...«

Der approbierte Bulle starrt mich aus blutunterlaufenen Augen an und braucht einen Moment, um sich an mich zu erinnern. Und ich beginne, mir Sorgen um seinen Zustand zu machen.

»Ach, hallooo!«, sagt er aber schließlich mit etwas schwerer Zunge, während sein Blick sich in meinem Ausschnitt verfängt. »Das ist ja eine schöne Überraschung. Wie geht es denn der Gicht?«

»Gar nicht gut«, sage ich bedauernd. »Herr Bruns hat immer noch ganz fürchterliche Schmerzen. Die Tabletten haben kaum geholfen. Kann man da sonst gar nichts machen? Ich habe mal gelesen, dass Cortison in solchen Fällen hilft. Stimmt das denn überhaupt?« Bei dieser Frage schiebe ich mich ein Stückchen weiter an ihn heran, sodass er eine noch bessere Aussicht auf meinen Spitzen-BH hat.

»Stimmt schon«, antwortet der Doktor und genießt den Einblick. »Aber ich muss erst mal den Laborbefund abwarten.«

Was für ein Korinthenkacker! »Aber wir zwei Hübschen können ja schon mal einen auf den Befund trinken«, gurre ich und bedeute dem Barmann, uns zwei Mal von dem Gesöff zu bringen, das im Glas meines Tresennachbarn schwappt.

»Gute Idee«, sagt der. »Prost!«

Puh, das ist ja Wodka! Innerlich schüttelt es mich, aber ich kippe den Schnaps eisern hinunter. Ich hoffe, Dieter Bruns weiß es zu würdigen, dass ich mir hier seinetwegen die Leber ruiniere. Unauffällig sehe ich mich nach Max um, der die Barszene etwas irritiert beobachtet, und winke ihm kurz zu. Dann verwickele ich den Doc wieder in ein Gespräch. Fünf Wodka später hat er mir seine komplette Lebens-, Liebes- und Leidensgeschichte erzählt: drei Mal verheiratet, drei Mal geschieden. »Mit mir hälsss keine lange ausss«, nuschelt er. »Bin schu viel unnerwegs, immer auf See. Dasss machen die Frauen nich mit.«

Ich nicke mitfühlend, tätschele seinen Arm und ordere noch eine Runde.

»Un' an Bord lern ich auch nichs kenn', weissu«, räsoniert er weiter. »Die meissen Damen hier haben ihr Verfallsdatum längssss überschritten, weissu. Und so 'ne Sahneschnidde wie du is doch beschtimmt vergeben, oder?«

Ich proste ihm aufmunternd zu, gebe aber keine direkte Antwort. Stattdessen versuche ich, unser Gespräch wieder aufs eigentliche Thema zu lenken. »Es ist doch bestimmt erfüllend, Menschen zu helfen, so wie du es tust. Es muss ein großartiges Gefühl sein, wenn jemand krank zu dir kommt und du ihn dann heilst ...«

»Da hassu auch wieder recht.«

»Genau! Nicht umsonst werden Ärzte auch als Halbgötter in Weiß bezeichnet. Du entscheidest ja immerhin über Leben oder Tod! Was für eine Verantwortung! Also, ich habe wirklich den allergrößten Respekt vor deiner Arbeit«, schwadroniere ich und seufze dann tief. »Ach, ich wünschte, der Befund wäre schon da und du könntest Herrn Bruns helfen. Aber wenn du dir deiner Diagnose noch nicht sicher bist ...«

»Nich sssicher? Natürlich binnich sssicher! Weissu was, der Bruns, der kricht seine Schpritze. Sssoll nich leiden wie'n Hund. Der ssol ma gleich morgen früh schumir komm!«

Da ich Angst habe, dass der Herr Doktor sich am nächsten Morgen wegen eines Filmrisses nicht mehr an sein Versprechen erinnert, haue ich ihm auffordernd auf die Schulter. »Och«, sage ich dazu, »das ist total nett von dir. Lass uns das doch gleich erledigen. Was weg ist, ist weg.«

»Sssicher, hassu recht. Wech iss wech ...« Mit diesen Worten stößt sich der Riese vom Tresen ab und macht einen gewaltigen Ausfallschritt. »Hupssa«, sagt er. »Du erlaubsss?« Dann legt er mir seinen schweren Arm um die Schulter, und ich führe ihn zur Treppe nach unten.

Im Gehen sehe ich, wie uns Max völlig fassungslos nachstarrt. Auf seiner Stirn hat sich eine steile Falte gebildet. Er sieht aber nicht nur fassungslos aus, sondern auch ziemlich sauer. Unwillkürlich muss ich kichern. Der wird doch wohl nicht eifersüchtig sein? Tja, die Verknappung des Angebots steigert bekanntlich die Nachfrage ...

XV

Wie neugeboren! Ich fühle mich wirklich wie neugeboren! Die Schmerzen in meinem Knie sind komplett verschwunden. Beschwingt pfeife ich ein kleines Liedchen, während ich mich im Bad rasiere und mir anschließend das Aftershave auf die Wangen klatsche.

Dabei dachte ich gestern Nacht noch, mein letztes Stündlein hätte geschlagen, als Sara und dieser Schiffsarzt in meine Kabine polterten – beide mit erheblicher Schlagseite. Im ersten Moment habe ich tatsächlich geglaubt, das Schwanken der beiden läge am Seegang. Als mir dann aber ihre Wodka-Brise entgegenwehte, wurde mir klar, dass diese Ausfallerscheinungen eine andere Ursache hatten.

»Sssossosssosso«, lallte der Doktor und ließ sich einfach auf mein Bett plumpsen. »Wie gehssuns denn, Brunsssi?«

Brunsi? Empört richtete ich mich in meiner Koje auf, wurde aber von einer Pranke wieder zurück ins Kissen gedrückt.

»Weissu was? Heudde is' dein Glückstach!«, grölte der

betrunkene Halbriese, durchwühlte seine Arzttasche und fuchtelte anschließend mit einer Spritze vor meiner Nase herum.

»Mooooment!«, versuchte ich mich wenigstens verbal zu wehren. »Was haben Sie denn vor?«

»Das siehssu gleich«, lallte der Schiffsarzt, schlug die Bettdecke zurück und näherte sich mit der Spritze erschreckend zielgerichtet meinem Knie.

»Stopp!«, schrie ich und schlug die Decke hektisch wieder über meine Beine. »Sie scheinen mir nicht in der Verfassung zu sein, irgendwelche Spritzen zu verabreichen. Das können wir doch auch noch morgen früh machen …«

»Was wech is, is wech«, sagte der nur und zog schon wieder an meiner Decke.

»Ruhig Blut, Dieter«, fiel mir nun auch noch Sara in den Rücken. »Der Onkel Doktor weiß genau, was er tut. Der ist schließlich vom Fach.«

Und bevor ich auch nur »Piep« hätte sagen können, hatte mir der Schlächter schon die Spritze ins Knie gerammt.

»Auuuuuuuuua!«, jaulte ich.

»Stellen Se sichma nich ssso an. Gleich gehssihn besssser.« Mit diesen Worten und einem aufmunterndem Schulterklopfen wuchtete sich der Arzt von meinem Bett hoch, knallte erst gegen die Kommode, dann gegen die Badezimmertür und schwankte von dannen, Sara im Schlepptau, die mir zum Abschied noch ein Luftküsschen zuwarf.

Was soll ich sagen? Der Schlächter hat recht gehabt. Die Schmerzen sind komplett verschwunden, das Knie ist abgeschwollen und sieht aus wie immer. Ein echtes Wunder – und ein ganz neues Lebensgefühl.

Immer noch pfeifend begebe ich mich zum Frühstück

und werde in der Messe sofort von den aufgeregt schnatternden polnischen Tänzerinnen umringt.

»Dietärr! Gäht wiedärr gut?«

»Wir haben gehabt so grroßäs Angst um dich!«

»Wir haben gedacht, wenn Dietätrrr ist auch noch wäg, Wält gäht untärr!«

»Sachte, sachte, die Damen«, erwidere ich, versuche mich aus den Umarmungen zu befreien und wische mir etliche feuchte Küsse von der Wange. »Jetzt wird erst mal in aller Ruhe gefrühstückt, und dann machen wir uns an die Arbeit.«

Doch bevor ich dieses Vorhaben in die Tat umsetzen kann, stürzt die Mutter der Kompanie mit einem Aufschrei herein. »Diiiieter!«, brüllt Anja. »Bist du wieder fit?«

»Selbstverständlich bin ich wieder fit«, entgegne ich kühl, ihren gestrigen Auftritt habe ich ihr noch nicht verziehen.

»Na Gott sei Dank! Das ist die richtige Einstellung, Dieter. *One family, one spirit!*«, sagt Anja und haut mir kumpelhaft auf die Schulter.

Du kannst mich mal mit deinem *spirit*, denke ich, enthalte mich aber eines Kommentars und beiße lieber genussvoll in mein Honigbrötchen.

Drei Brötchen später – diese Seeluft macht auch wirklich Appetit! – sammle ich meine Balletteusen ein und scheuche sie zum Theater. Zum Glück habe ich mittlerweile einen Plan. Schließlich hatte ich gestern, als ich im Bett lag, alle Zeit der Welt, mir über ein neues Showprogramm Gedanken zu machen. Miroslavs künstlerischer Ansatz scheint mir an Bord eines Kreuzfahrtliners völlig fehl am Platz zu sein. Wir brauchen etwas mit Schmackes, eine Revue, die Stimmung macht – und nicht so einen elegischen Mist.

Das erkläre ich auch meinen Damen, die mich erwartungsvoll anschauen. »Wir brauchen große Gefühle und bekannte Melodien«, führe ich aus. »Und deshalb machen wir ein *Best-Of* der bekanntesten Musicals …« Noch bevor ich meinen Satz beendet habe, schnattern schon wieder alle durcheinander – diesmal voller Begeisterung.

»Dietärrr, du bist genial!«

»Machen wirr *Tarzan*!«

»Odärr *Rocky* …«

»Bessärr *Cats*!«

»*Cats* geht schon mal in die richtige Richtung«, erwidere ich. »Wir brauchen echte Knaller, aber nicht zu modern. Ihr müsst dran denken, dass unser Publikum eher älter ist. Mir schwebt da so was vor von *Mary Poppins* und *My Fair Lady* oder auch *Cabaret, Anatevka* und *Hello, Dolly.*«

»Mamma mia!«, jammert die dünne Blondine theatralisch. »Ist sich altmodisch …«

»Genau«, sage ich. »Die *Dancing Queen* aus *Mamma mia* können wir von mir aus auch gern mit reinnehmen.«

In den nächsten zwei Stunden brüten wir gemeinsam über passenden Stücken, bis wir eine respektable Liste mit sechzehn Songs zusammengestellt haben. Ich beschließe, sie erst einmal unserem Tontechniker in die Hand zu drücken, damit dieser die Lieder in eine ohrentaugliche Reihenfolge bringt, samt Aus- und Einblenden oder wie auch immer das heißen mag. Ich kann schließlich nicht alles allein machen.

Ich beschließe, den guten Mann gleich im Anschluss aufzusuchen und auf dem Weg einen kleinen Abstecher zu Elisabeth zu machen. Nicht, dass sie sich vernachlässigt fühlt und womöglich nach einem Ersatz für mich umschaut! Meinen Mädchen gebe ich in der Zwischenzeit die Aufgabe, sich durch die Kostüme in der Requisite zu wühlen und passende Sachen herauszusuchen. »Ihr habt zwei Stunden Zeit«, belle ich, »zack, zack, dann machen wir die erste Anprobe!« Was Anja kann, kann ich schon lange ...

Der nette Tontechniker runzelt zwar erst ein wenig die Stirn, als er meine Auswahl betrachtet, sagt dann aber, das sollte weiter kein Problem sein, spätestens am Nachmittag hätte er ein Demoband fertig. Super, das läuft ja wie geschmiert, denke ich und fühle mich einfach großartig. Was sagte Anja noch gleich? Das sei eine Herausforderung, an der ich wachsen würde? Wahrscheinlich hat sie gar nicht so unrecht!

Beflügelt mache ich mich auf die Suche nach Elisabeth, die ich an der Poolbar auf dem oberen Deck vermute. Dort finde ich aber nur den Sohn, der an der Reling steht und telefoniert. »Der Fisch hat angebissen!«, zischt er gerade in sein Handy, als ich mich ihm nähere. Ach, kann man hier an Bord auch hochseeangeln? Der Programmpunkt ist mir neu.

Als Max mich entdeckt, beendet er sein Gespräch ganz schnell und nickt mir etwas verlegen zu. Ich trete noch einen Schritt näher und spreche ihn an: »Entschuldigen Sie, Max, wissen Sie vielleicht, wo Ihre Frau Mutter steckt?«

»Die wollte ein wenig shoppen gehen. Sie finden sie bestimmt in der Schuhboutique«, antwortet Max. »Haben Sie dafür eine Ahnung, wo Signorina Brunetti ist? Ich habe sie den ganzen Vormittag noch nicht gesehen. Zum Frühstück ist sie auch nicht gekommen!« Er schnaubt leicht empört.

Ich denke bei mir, dass die liebe Sara nach ihrem nächtlichen Einsatz wahrscheinlich ein wenig in Sauer liegt, aber das sage ich Max natürlich nicht. Bedauernd zucke ich mit den Schultern. »Nein, tut mir leid. Aber warum klopfen Sie nicht einfach mal an ihre Kabinentür? Vielleicht hat sie einfach nur ein wenig verschlafen.«

»Das ist eine gute Idee«, sagt Max und eilt auch schon von dannen.

Ich schlendere derweil zur Boutiquenzeile und finde Elisabeth tatsächlich im Schuhgeschäft, wo sie etwas unentschlossen in einem Haufen von Kartons steht, einen roten Pumps in der linken, einen schwarzen in der rechten Hand.

»Nehmen Sie doch den roten«, sage ich. »Die Farbe steht Ihnen ausgezeichnet ...«

»Dieter! Wie schön! Geht es Ihnen wieder besser?« Sie fährt herum und strahlt mich an.

»Danke der Nachfrage, Verehrteste. Es geht mir ausgezeichnet! Das kleine Malheur von gestern ist schon überwunden.«

»Ach, das freut mich. Ich habe Sie, ehrlich gesagt, schon vermisst und fing gerade an, mich zu langweilen. Was stellen wir zwei Hübschen denn jetzt an?«

»Leider habe ich nicht viel Zeit«, erwidere ich bedauernd. »Ich muss gleich zur Kostümprobe, und danach ist mein Tanzkurs. Aber wenn ich Sie noch kurz auf einen Drink an der Poolbar einladen dürfte?«

»Sie dürfen, Dieter, Sie dürfen!« Gut gelaunt hakt sich Elisabeth bei mir unter und erzählt mir auf dem Weg, dass sie gestern Abend noch einmal nach mir gesehen hat, ich aber schon tief und fest geschlafen habe. »Kann es sein, dass Sie ein wenig schnarchen, mein Lieber?«, neckt sie mich.

Ich spüre, wie mein Gesicht heiß wird – wahrscheinlich laufe ich gerade rot an wie ein Teenager. »Eigentlich nicht«, stottere ich verlegen. »Aber ich, ich glaube, ich habe mir einen kleinen Schnupfen zugezogen und bekomme nicht so richtig Luft durch die, äh, Nase …«

Elisabeth lacht schallend. Wie peinlich! Ich komme mir richtiggehend ertappt vor – zumal ich auch noch diesen hässlichen karierten Flanellschlafanzug anhatte! So möchte man ja niemandem unter die Augen treten, beziehungsweise liegen.

An der Bar bestelle ich einen Hugo für Elisabeth und ein Mineralwasser für mich. *Finger weg vom Alkohol!*, dröhnt mir dabei die Mahnung des Arztes durch den Kopf. Der Quacksalber sollte sich mal lieber selber an seine Ratschläge halten, denke ich und nippe angewidert an meinem Glas. Wie hat meine Marianne früher immer so schön gesagt? Wasser ist zum Waschen da.

Nach einem angeregten, aber viel zu kurzen Plausch muss ich mich schon wieder verabschieden, nehme Elisabeth jedoch noch das Versprechen ab, nach dem Dinner ein Tänzchen zu wagen. Das wird mein Knie ja wohl mitmachen! Dann hetze ich auch schon wieder Richtung Theater, wo ich meine Mädchen ziemlich aufgelöst vorfinde. Der Boden der Requisite ist voller Klamotten – Röckchen, Trikots, Federboas, Bustiers, Hüte, Strumpfhalter, alles ist verstreut und durcheinander.

»Oh«, entfährt es mir angesichts dieses Chaos – und weil die Damen größtenteils nur noch ihre Unterwäsche anhaben. Die Polinnen scheint das nicht weiter zu stören, aufgeregt schnattern alle wieder durcheinander.

»Dietärr, ist sich Katastroph!«

»Dietärr, passt sich nichts!«

»Wält gäht untärr!«

»Aber, aber«, beschwichtige ich, »so schnell geht die Welt

schon nicht unter. Und ihr wollt mir doch wohl nicht erzählen, dass ihr hier nichts Passendes zum Anziehen findet?«

Doch, genau das wollen sie. Und nach einer eingehenden Inspektion der Kleidungsstücke muss ich zugeben: Sie haben recht. Die Röckchen sind zu kurz, die Trikots entweder zu bunt oder zu tief dekolletiert, nichts passt wirklich zueinander. »Wer, um Himmels willen, hat das denn ausgesucht, ein Blinder?«, entfährt es mir.

»Mirrroslav!«, schallt es im Chor zurück.

Dieser Miroslav geht mir gehörig auf die Nerven. Nicht nur, dass der feige Hund sich einfach so vom Acker macht und ich seinen Job übernehmen muss. Nein, darüber hinaus hinterlässt er mir auch noch einen absoluten Trümmerhaufen! »Hmm«, mache ich, weil mich die Mädchen mittlerweile wieder erwartungsvoll ansehen. »Hmm, lasst mich einen Augenblick nachdenken. Papa Dieter fällt schon etwas ein ...«

»Kannst du nichts machen! Odärr bist du Schneidärrr?«, schnieft eine von ihnen.

Schneider? Genau, das ist es! Wir brauchen einen Schneider – und ich habe da auch schon jemanden im Kopf ... »Meine Damen!« Ich klatsche kurz in die Hände. »Ihr ruht euch jetzt alle ein wenig aus, ich erledige zwei, drei Sachen, und wir sehen uns dann heute Nachmittag nach meinen Tanzkurs wieder, um die Choreografie einzustudieren. Macht euch keine Sorgen, wir kriegen das alles hin!« Mit diesen Worten und einem Blick auf die Uhr mache ich mich eiligst auf den Weg und begebe mich auf die Suche nach meinem Kumpel Peter, dem Steward.

Ich finde ihn in der Manschafts-Messe, wo er gerade seelenruhig zu Mittag isst. Ich könnte auch eine Kleinigkeit vertragen, aber dafür ist keine Zeit.

»Peter!«, rufe ich etwas außer Atem. »Ich brauche deine Hilfe.«

»Aber immer gern«, sagt er und wischt sich die Suppe vom Kinn. »Was kann ich für dich tun?«

»Ich muss unbedingt mit diesem Karlo Hagerdingsbums sprechen.«

»Hagerwelt?«

»Genau, Karlo Hagerwelt, dieser Designer. Weißt du, wo er sich tagsüber aufhält? Oder in welcher Kabine er wohnt?«

Peter zieht die Stirn kraus. »Also, eigentlich verlässt er kaum seine Suite, will wohl seine Ruhe haben. Und wenn er sich doch mal raustraut, hat er immer sein Wachhündchen dabei, das ihn von den anderen Gästen abschottet. An den kommst du nicht so leicht ran. Aber ich geb dir mal die Kabinennummer, versuch einfach dein Glück.«

Ich bedanke mich überschwänglich und eile weiter. Karlo Hagerwelt residiert natürlich auf einem der oberen Decks, dort, wo sich die teuren Suiten mit eigener Terrasse und Jacuzzi befinden. Vor der Kabinentür atme ich einen Augenblick tief durch, straffe mich dann und klopfe energisch an. Nach einem kurzen Moment öffnet sich die Tür einen winzigen Spalt, und der merkwürdige Jüngling, den ich an der Poolbar mit Pablo beobachtet habe, starrt mich misstrauisch an.

»Oui?«

Ach du meine Güte, der spricht Französisch! Mir bleibt auch nichts erspart. »Pardon«, sage ich und klappe mich zu einem kleinen Diener zusammen. »Est-ce que, äh, je peux, äh, parler avec, äh, Monsieur Hagerwelt, s'il vous plaît?« Na also, Dieter, geht doch!

»Warum?«, lautet die recht unwirsche Gegenfrage.

Ich bin etwas überrumpelt, weil der junge Mann auf einmal doch Deutsch kann, fange mich aber schnell wieder und beginne noch einmal von vorn. »Entschuldigen Sie bitte die Störung, aber ist es wohl möglich, kurz mit Herrn Hagerwelt zu sprechen? Ich hätte da eine kleine Bitte an ihn.«

»Welche?« Sein Ton ist jetzt noch eine Nuance unfreundlicher.

Ich setze mein gewinnendstes Lächeln auf und flöte: »Vielleicht sollte ich mich erst einmal vorstellen. Dieter Bruns ist mein Name, ich bin hier der Tanzlehrer an Bord und der ...«

»Tanzlehrer?«

Höre ich da etwa Spott in der Stimme? Ich versuche mich nicht aus der Fassung bringen zu lassen und fahre fort. »Tanzlehrer, genau, und der Choreograf des Ballettensembles. Wir haben da ein klitzekleines Problemchen mit unseren Kostümen. Ich wollte Herrn Hagerwelt fragen, ob er wohl so liebenswürdig wäre, einmal einen Blick auf die Sachen zu werfen, er ist ja sozusagen vom Fach ...«

»Kostüme?«, echot der Jüngling und guckt ungläubig.

Ich nicke. Da bricht er in wieherndes Gelächter aus und knallt mir – rums – die Tür einfach vor der Nase zu. Was für eine unhöfliche Person! Empört hämmere ich ein weiteres Mal an die Tür, hinter der sich aber rein gar nichts mehr tut. Unentschlossen wippe ich von einem Fuß auf den anderen, trete dann aber den geordneten Rückzug an, bevor mich noch jemand wegen Belästigung der Gäste belangt. Sehr fassungslos und sehr ratlos mache ich mich erneut auf zur Poolbar. Ich brauche jetzt einen Hugo zur Beruhigung, da kann der Onkel Doktor sagen, was er will!

Und wenn man vom Teufel spricht, dann lässt er bekanntlich nicht lange auf sich warten. Denn an einem der

Tische um die Bar sitzen Signorina Brunetti, der Schiffsarzt und Max Dürrheimer. Ich komme offensichtlich genau im richtigen Augenblick, denn die beiden Herren haben in etwa die Körperhaltung zweier aufgeplusterter Kampfhähne eingenommen und starren sich giftig an.

»Hallo, die Herrschaften«, sage ich. »Ist hier noch ein Plätzchen frei?«

»Dieter!«, freut sich Sara. »Es scheint Ihnen besser zu gehen. Wie schön!«

»Ja, das stimmt. Und das habe ich vor allem Ihrem nächtlichen Einsatz zu verdanken. Ich hoffe, ich kann mich irgendwann revanchieren.«

»Och, da fällt mir schon was ein«, sagt die Signorina schelmisch.

Ein Kellner kommt an unseren Tisch und stellt mir unaufgefordert einen Hugo hin. Man kennt mich wohl schon, wunderbar! Doch bevor ich einen Schluck nehmen kann, werde ich von rechts streng angeräuspert. »Herr Bruns!«, sagt der Schiffsarzt. »Ich hatte Ihnen doch gestern erklärt, dass ...«

»Der ist doch gar nicht für mich«, winke ich entrüstet ab und schiebe meinen Drink zu Sara rüber. »Der ist doch für Signorina Brunetti.«

»Ach je«, sagt Sara mit schwacher Stimme und schiebt den Hugo zu Max, »ich weiß nicht, ob ich schon wieder Alkohol vertrage ...«

»Tja«, meint dieser sarkastisch, »man sollte eben immer aufpassen, mit wem und was man trinkt. Sonst gerät man schnell in schlechte Gesellschaft ...«

»Besser schlechte Gesellschaft als sich mit spießigen Muttersöhnchen zu Tode zu langweilen!«, kontert der Doc.

Na, das ist ja eine Bombenstimmung hier, denke ich und

stehe wieder auf. »Die Herren entschuldigen, aber ich müsste Ihnen mal für einen Augenblick die Signorina entführen. Sara, hätten Sie eine Minute für mich, unter vier Augen?«

Die Signorina nickt artig und folgt mir zur Reling. »Mensch, Dieter, danke! Das war eine echt unangenehme Situation. Kurz bevor Sie gekommen sind, dachte ich schon, dass die beiden sich gleich prügeln ...«

»Was nicht ist, kann ja noch werden«, entgegne ich und schaue zum Tisch, an dem die beiden Kontrahenten sich immer noch feindselig gegenübersitzen. »Ich glaube, Ihr Max neigt ein wenig zur Eifersucht.«

»Offensichtlich!« Sara lacht. »Dabei hat er gar keinen Grund dafür. Ich bin nur noch nicht dazu gekommen, ihm zu erklären, dass mein kleiner Flirt mit dem Herrn Doktor ausschließlich dazu diente, Ihre medizinische Versorgung sicherzustellen.«

»Es tut mir wirklich leid, dass Sie meinetwegen jetzt so einen Ärger haben«, sage ich kleinlaut.

»Ach was!« Sara winkt ab. »Da machen Sie sich mal keinen Kopf. Das biege ich schon wieder hin. Vielleicht ist es auch ganz gut, wenn Max merkt, dass er nicht der einzige Interessent ist, schließlich ...« Sie bricht mitten im Satz ab, als hätte sie Angst, zu viel zu sagen, und wechselt abrupt das Thema. »Kann ich denn etwas für Sie tun, Dieter? Oder wollten Sie mich eben nur befreien?«

»Sie können vielleicht wirklich etwas für mich tun«, antworte ich nachdenklich. Und dann schildere ich ihr mein Problem mit den Kostümen und berichte von meinem gescheiterten Versuch, an diesen Karlo Hagerwelt heranzukommen. »Haben Sie irgendeine Idee, wie ich diesen Designer zur Mithilfe bewegen kann?«

In Saras Augen blitzt es auf, ihr Interesse ist geweckt. Sie überlegt einen Moment, dann drückt sie vertraulich meine Hand. »Wissen Sie was, Dieter? Lassen Sie mich mal machen! Das wär ja gelacht, wenn ich diesen Mode-Fuzzi nicht von seiner neuen Aufgabe überzeugen kann …«

Genau auf diese Antwort hatte ich gehofft. Denn wenn es eine schaffen kann, dann dieses Teufelsweib!

XVI

Man soll ja niemanden auslachen. Schon gar nicht, wenn er älteren Semesters ist. Deshalb habe ich mir auch ganz doll auf die Lippen gebissen, als Dieter mir von seinem Versuch, an Karlo Hagerwelt heranzukommen, erzählt hat.

»Sie haben einfach an seine Tür geklopft?«, fragte ich ungläubig.

»Natürlich.«

»Und welche Geschichte haben Sie dann aufgetischt?«

»Wieso Geschichte? Ich habe ganz höflich um Hilfe gebeten. Aber sein komischer Assistent, dieses nassforsche Jüngelchen, hat mich gar nicht erst zu ihm durchgelassen und mir einfach die Tür vor der Nase zugeklappt!«

Mein erster Impuls war, einfach loszuprusten. Aber, wie gesagt, erstens gehört sich das nicht, und zweitens wollte ich Dieter auch nicht verletzen. Stattdessen habe ich mein Kichern unterdrückt und gesagt: »Ach Dieter, Sie sind aber auch zu niedlich! Sie können bei einem Superpromi doch nicht einfach so auftauchen. Da müssen Sie sich schon ein bisschen mehr einfallen lassen!«

»Echt?«

»Echt. Da brauchen Sie eine Bombengeschichte, damit Ihnen dieser Fisch ins Netz geht. Aber lassen Sie mich mal machen ...«, sagte ich zuversichtlich, denn für Bombengeschichten bin ich schließlich Expertin.

Deshalb habe ich meinen Lieblingssteward Peter gegen ein kleines Trinkgeld davon überzeugt, mir für ein paar Stunden eine leere Suite zu »borgen«. Und deshalb zwänge ich mich gerade in meinen blauen Bleistiftrock und knöpfe die weiße Bluse mit dem Gouvernantenkragen artig zu. So, die Haare schön streng zurückgekämmt und im Nacken zu einem Knoten geschlungen, dazu noch die schwarze Hornbrille, natürlich mit Fensterglas, vorn auf die Nase gesetzt – und fertig. Entschlossen stöckele ich zur Suite von Monsieur Hagerwelt und hämmere kräftig gegen die Tür.

Der Assistent steckt seinen Kopf heraus, glotzt mich genervt an und fragt: »Oui?«

Mit diesem marinierten Oui-Mist muss er mir erst gar nicht kommen, das kann ich besser. Deshalb sage ich näselnd und etwas herablassend: »Lady de Mainard wartet. Seit einer halben Stunde. Und Lady de Mainard wartet nicht gern. Wirklich nicht.«

»Wer?« Nun wechselt sein Glotzen von genervt zu dümmlich.

»Lady de Mainard, das sagte ich doch. Also, wo bleiben Sie denn?«, herrsche ich ihn an.

»Und wer sind Sie?«

»Simone von Uttrecht, deutscher Kommunikations-Attaché von Lady de Mainard. Aber das müssten Sie doch wissen! Ist Herr Hagerwelt jetzt endlich so weit? Lady de Mainard reagiert sehr, sehr ungehalten, wenn man sie warten lässt.« Empört schnaube ich durch die Nase.

Das Bürschchen scheint tatsächlich etwas verunsichert zu sein. »Um was geht es denn eigentlich?«

Ich seufze theatralisch. »Ja, bin ich denn nur von Dilettanten umgeben? Seit Monaten telefonieren wir hin und her und klopfen diesen Termin fest. Und Sie fragen, worum es geht!«

»Was für einen Termin?«

Resigniert schüttele ich den Kopf. »Das glaube ich alles nicht! Der Termin wegen der Hochzeit von Lady de Mainards Enkelin. Was denn sonst?«, belle ich und bin mir sicher, dass ich das Jüngelchen gleich weichgeklopft habe.

»Wir haben keine Termine. Wir haben keine Hochzeit. Wir haben Urlaub.« Rums, Tür zu.

Verblüfft starre ich die verschlossene Tür an und merke, dass ich wütend werde. Was bildet dieser Lackaffe sich eigentlich ein! Wenn sein Chef jetzt wirklich einen Termin hätte, würde er ihn glatt verpassen. Kurz überlege ich, noch einmal zu klopfen und meinen unwiderstehlichen Charme spielen zu lassen. Aber ich glaube, dass dieser Vollidiot nicht für weibliche Reize empfänglich ist. So komme ich hier nicht weiter, ich brauche Verstärkung.

Ich hetze zur Poolbar – zum Glück sitzen Max und seine Mutter tatsächlich an einem der Tische. »Ich brauche eure Hilfe«, keuche ich, »kommt mit, schnell!«

Die beiden fackeln nicht lange und sprinten hinter mir her, dumme Fragen stellen sie auch keine, das erlaubt mein Tempo gar nicht. Im Nullkommanix haben wir meine »Mietsuite« erreicht, ich schließe auf und sage mit großer Geste: »Hereinspaziert!«

Max und seine Mutter schauen sich erstaunt um. »Hach, wie schick. Sind Sie umgezogen?«, fragt Elisabeth beeindruckt.

»Nein, die ist quasi nur geliehen.«

»Wie siehst du eigentlich aus? Hast du irgendwo als Chefsekretärin angeheuert?«, will Max nun wissen.

»Nein, das auch nicht.« Etwas verlegen setze ich die Brille ab und erläutere den beiden dann Dieters Problem mit den Kostümen, seinen Plan und unsere gescheiterten Versuche, an Karlo Hagerwelt heranzukommen. »Wir müssen irgendwie versuchen, diesen Assistenten loszuwerden. Und dann Hagerwelt davon überzeugen, die Theaterfummel umzustylen.«

»Also, ich weiß nicht so recht«, sagt Max etwas unentschlossen. »Das macht der doch nie im Leben. Das ist schließlich ein Stardesigner!«

»Papperlapapp«, meint Elisabeth und klatscht vergnügt in die Hände. »Der kocht auch nur mit Wasser. Und wenn Dieter Hilfe braucht, bin ich sofort dabei. Also los, versuchen wir unser Glück!«

Wir verabreden, dass Elisabeth und ich uns vor Hagerwelts Suite auf die Lauer legen. Max soll derweil ins Theater rasen, die Kostüme zusammenraffen und in unsere Suite bringen. Wir Frauen postieren uns im Gang um die Ecke, starren gebannt auf Hagerwelts Kabinentür und warten und warten und warten. Zwischenzeitlich kehrt Max zurück, die Arme voller pinkfarbener Federboas, Paillettentops und Strapsen. »Steht dir gut«, flüstere ich ihm zu.

»Danke«, wispert er zurück. »Dich kann ich mir aber auch gut in den Klamotten vorstellen. Vielleicht machst du nachher mal eine kleine persönliche Modenschau für mich ...«

Bevor ich rot werden kann, öffnet sich plötzlich die Tür der Suite, und der Jüngling tritt auf den Gang. Ich gebe Elisabeth einen kleinen Schubs, und sie stolpert vorwärts. »Äh, oh, hallo!«, macht sie. »Entschuldigen Sie bitte, aber ich habe komplett die Orientierung verloren. Ich war auf dem Weg zum Bingo-Nachmittag und weiß überhaupt nicht mehr, wo ich bin. Könnten Sie mir den Weg zeigen?«

Die Schmalzlocke guckt sie verächtlich an. »Ich bin doch hier nicht der Steward! Gehen Sie mal einfach weiter geradeaus, dann finden Sie schon jemanden, der Ihnen weiterhilft.«

Er will sich schon zum Gehen wenden, da greift Elisabeth sich theatralisch ans Herz, röchelt ein wenig und lässt sich zu Boden sinken. Kein schlechter Auftritt, denke ich bewundernd, das hätte ich nicht besser machen können. Und er verfehlt auch nicht seine Wirkung. Irritiert beugt sich der Schnösel über Elisabeth und stupst sie an. »Hey! Was ist denn mit Ihnen los?«

In dem Moment tritt Max hinter ihn und schickt ihn mit einem beherzten Handkantenschlag ins Reich der rosa Schlümpfe. Wow! Fast wie in einem Agentenfilm. Bevor ich mich fragen kann, wieso ein Dübelfabrikant eigentlich so geschmeidig agiert wie James Bond, hat Max den Burschen schon an den Füßen gepackt und schleift ihn durch den Gang. »Wir können ihn ja schlecht hier liegen lassen«, meint er. »Fasst mal mit an!«

Also packen Elisabeth den rechten und ich seinen linken Arm. Als wir mit unserem Paket, das wie ein nasser Sack in der Luft baumelt, um die Ecke biegen, rennen wir genau in einen distinguiert wirkenden älteren Herren hinein. »Stockbesoffen! Einfach stockbesoffen!«, ruft Max. »Die Jugend von heute ist auch nicht mehr das, was sie einmal war!«

Der alte Mann nickt verständnisvoll und verschwindet, ohne sich weiter zu wundern. Wir stolpern weiter, bis Max eine kleine Tür im Gang entdeckt. Dahinter verbirgt sich ein Abstellraum mit Reinigungsmitteln, Putzlappen, Eimern und einem Berg schmutziger Handtücher. Mit Schwung werfen wir unser Paket auf den Haufen. Max mustert die Tür und raunt: »Perfekt! Lässt sich von innen ohne Schlüssel nicht öffnen!«

Er knallt den Verschlag wieder zu, wir sammeln die auf dem Boden verstreut liegenden Kostüme ein und eilen zu unserer Suite.

»Ihr wartet hier«, bestimme ich. »Und ich hole jetzt Karlo Hagerwelt.«

»Und dann?«, fragt Elisabeth ein wenig atemlos.

»Dann? Dann improvisieren wir!«

Als ich erneut vor der Designer-Suite stehe, atme ich erst einmal tief durch und streiche mir den Rock glatt, der bei der Geiselnahme etwas gelitten hat. Ich poche vorsichtig an die Tür, hinter der nur zehn Sekunden später das Gesicht von Karlo Hagerwelt erscheint. Es blickt mich fragend, aber nicht unfreundlich an. »Ja, bitte?«

»Entschuldigen Sie die Störung, Herr Hagerwelt. Mein Name ist Simone von Uttrecht, ich bin die persönliche Assistentin von Lady de Mainard, das sagt Ihnen bestimmt etwas ...«

»Lady de Mainard? Wie interessant!«, meint Karlo Hagerwelt.

»Ja, also, wenn es Ihre Zeit erlaubt, bittet Lady de Mainard Sie zu einem Tee in ihre Suite. Sie hat gehört, dass Sie auch auf der *Princess of Glory* weilen, und wäre entzückt, wenn sie Sie in einer bestimmten Angelegenheit um Rat fragen dürfte.«

»Bestimmte Angelegenheit? Überaus interessant! Wann soll ich denn kommen?«

»Am besten – jetzt gleich?«, stottere ich überrumpelt.

»Na dann, na dann«, meint der Designer. »Das passt ausgezeichnet. Ich habe gerade sowieso nichts Besseres vor.«

Während ich ihm den Weg zur Suite weise, murmelt er nachdenklich: »Lady de Mainard, sagten Sie? Hmm, hmm. Das muss mir irgendwie entfallen sein. Wer war das gleich wieder?«

»Uralter französischer Adel«, sage ich wie aus der Pistole geschossen. »Die de Mainards leben aber schon seit der Französischen Revolution in den Staaten und haben sich dort ein Immobilien-Imperium aufgebaut. An der Ostküste.«

»Ostküste, so, so. Sehr interessant!«

Als wir die Suite betreten, rufe ich mit lauter Stimme: »Wenn ich vorstellen dürfte – Lady de Mainard!«

Elisabeth hat mit kerzengeradem Rücken auf dem Sofa Platz genommen und nickt uns huldvoll zu. Karlo Hagerwelt macht einen formvollendeten Diener und deutet einen Handkuss an. Dann wendet er sich Max zu. »Und der Herr ist …?«

»Äh, Max, unser Butler. Max, wären Sie so nett und servieren Sie uns einen Tee?«

Dürrheimer junior zieht ein wenig die Nase kraus, wahrscheinlich schmeckt es ihm gar nicht, so schnell vom Actionhelden zum Bediensteten degradiert zu werden, hantiert dann aber eifrig an der Zimmerbar mit Tassen und Untertellern. Karlo Hagerwelt hat bereits gegenüber von Elisabeth in einem Sessel Platz genommen.

»Nun, meine Liebe«, sagt er. »Was kann ich denn für Sie tun?«

Bevor Elisabeth den Mund aufmachen kann, erkläre ich: »Sie müssen entschuldigen, aber Lady de Mainard ist erkältet und vollkommen heiser. Daher werde ich die Konversation zum größten Teil bestreiten …«

»Ach, Sie Ärmste!« Hagerwelt betrachtet Elisabeth mitfühlend, die wie auf Kommando zu husten beginnt.

»Also, Folgendes«, fahre ich fort. »Lady de Mainard plant gerade die Hochzeit ihrer Enkelin auf Rhode Island. Dafür hat sie eine Theatergruppe engagiert, die das bisherige Leben ihrer Enkeltochter als Musical aufführen soll …«

»Interessant. Und so originell!« Der Designer lächelt mich strahlend an. Worüber freut er sich denn so?

»Genau, originell. Was allerdings nicht so originell ist, sind die Kostüme. Lady de Mainard hat sich eine Auswahl an Bord kommen lassen und ist damit überhaupt nicht zufrieden.« Ich deute auf die Fummel, die Max, der Stümper, einfach achtlos auf den Boden geworfen hat. Dafür serviert er jetzt wenigstens mit stoischer Butler-Miene den Tee.

»Oh! Hmm, hmm. Darf ich einmal schauen?«, fragt Hagerwelt und kniet auch schon in den Fummeln. Dann beginnt er, komische Geräusche zu machen. Hat er sich verschluckt? »Max, ein Glas Wasser für Herrn Hagerwelt, aber dalli!«, befehle ich.

Doch Hagerwelt hat sich nicht verschluckt. Er versucht, ein Kichern zu unterdrücken – was ihm aber nicht gelingt, denn plötzlich prustet er einfach los. Max, Elisabeth und ich betrachten wie vom Donner gerührt den Designer, der von einem Lachkrampf geschüttelt wird. Als er sich Minuten später wieder einigermaßen beruhigt hat, zieht er ein feines Spitzentaschentuch aus der Hose und tupft sich die Tränen ab. »Köstlich, einfach köstlich!«, japst er. »Ich habe lange nicht mehr so herzhaft gelacht.«

»Das freut mich«, sage ich vorsichtig. »Aber was genau ist denn so lustig?«

»Meine Teuerste«, kichert er, »da haben Sie sich aber wirklich eine feine Geschichte ausgedacht! Lady de Mainard, Französische Revolution, Ostküste, Hochzeit, Kostüme für ein Musical! Ganz wunderbar! Natürlich glaube ich Ihnen kein Wort!«

»Nicht?«, frage ich verdattert.

»Nein, nicht mit einem Butler in legerer Freizeitkleidung, einem Adelstitel, den es gar nicht gibt, und einer offensichtlich völlig unbewohnten Suite. Aber die Story ist klasse. So, und nun sagen Sie mir einfach, was Sie wirklich von mir wollen.« Erwartungsvoll schaut er uns an.

Elisabeth fasst sich als Erste ein Herz und erzählt Karlo Hagerwelt kleinlaut von Dieters Problem.

»Aha, interessant«, sagt der Designer zufrieden. »Und warum haben Sie mir das nicht gleich erzählt?«

»Äh, na ja«, stammelt Max, »weil wir nicht glauben konnten, dass ein so berühmter Designer wie Sie sich dazu herablässt, sich mit ollen Kostümen auf einem Kreuzfahrtschiff zu beschäftigen ...«

»Ach was!« Hagerwelt winkt lässig ab. »Erstens koche ich auch nur mit Wasser. Und zweitens langweile ich mich hier an Bord zu Tode! Da kommt ein wenig Abwechslung wie gerufen. Na, dann wollen wir mal. Husch, husch, alle an die Arbeit!« Mit diesen Worten springt er auf, schnappt sich ein paar Federboas und eilt davon.

Und wir? Stehen da wie die Deppen – und dann laufen wir ihm schnell hinterher.

XVII

Was für ein Teufelsweib! Ach, was sag ich: zwei Teufelsweiber und ein Teufelskerl! Da bin ich mal kurz für zwei Stündchen weg und mit meinem Tanzkurs beschäftigt, komme wieder – und alles ist geregelt. Elisabeth, Sara und Max haben es doch tatsächlich mit vereinten Kräften geschafft, Karlo Hagerwelt für mein Kostümprojekt zu gewinnen. Eigentlich kann ich es ja nicht gutheißen, dass sie diesen schnöseligen Assistenten verklappt haben. Körperliche Gewalt lehne ich normalerweise vollkommen ab. Aber in diesem Fall finde ich, dass der Zweck die Mittel heiligt. Und insgeheim denke ich, dass dieser ungehobelte Bursche einen kleinen Schlag in den Nacken durchaus verdient hat.

Apropos Schlag. Auch ich war vorhin kurz davor, jemanden zu schlagen. Nämlich Rodriguez, die Kanaille! Da kommt dieser Latin Lover für Arme mit stolzgeschwellter Brust mal wieder viel zu spät in den Kurs gewackelt, damit er auch ja einen großen Auftritt hinlegen kann. Und dann schmeißt sich Angelika mit einem Aufschrei in seine Arme. »Liiiiebling, da bist du ja endlich!«

Liebling? Hatte ich da irgendetwas nicht mitbekommen? Ich wollte gerade süffisant nachfragen, da wurden die beiden auch schon von den anderen Kursteilnehmerinnen umringt, umarmt und geherzt.

»Herzlichen Glückwunsch!«

»Alles Gute für euch!«

»Hach, wie romantisch!«

Herzlichen Glückwunsch? Hatte hier irgendjemand etwa Geburtstag? »Halloho!«, rief ich in den aufgeregten Haufen. »Ich würde mich den Gratulanten ja gerne anschließen. Kann mich mal jemand aufklären, was hier los ist?«

Mit roten Bäckchen und leuchtenden Augen streckte mir Angelika ihre Hand entgegen, an deren Ringfinger ein ausgesprochen kleiner und ausgesprochen preisgünstiger Silberring mit Strasssteinchen glitzerte. »Ach, Dieter!«, seufzte sie glücklich. »Rodriguez hat gestern um meine Hand angehalten. Wir sind verlobt!«

»Ach herrje, das ging ja schnell«, war das Einzige, was mir im ersten Moment dazu einfiel. Aber weil alle mich so erwartungsvoll anschauten, fügte ich noch hinzu: »Dann mal auch von mir alles Gute.«

Natürlich war nach dieser erstaunlichen Ankündigung an einen geordneten Kursverlauf nicht mehr zu denken. Stattdessen sonnte sich Rodriguez im Licht der Glückwünsche, und Angelika informierte die Anwesenden in aller Ausführlichkeit über ihre weiteren Pläne. »Geheiratet wird im August. In der Orangerie im Schweriner Schloss – mit allem Drum und Dran, weiße Kutsche, Champagner-Empfang im Schlosshof, Hochzeitsmenü im Prinzenkabinett, Tanz im Königsaal. Und danach geht's in die Flitterwochen, ein ganzer Monat Malediven, das haben wir uns einfach verdient!«

Tja, dachte ich so bei mir, wer hier wohl was verdient – und vor allem wie viel ... »Oha!«, sagte ich deshalb, »da muss der Bräutigam ja ganz schön tief in die Tasche greifen.« Dabei fixierte ich Rodriguez, der meinem Blick aber lieber auswich.

»Iwo!«, lachte Angelika. »Die Feier zahlt doch traditionell der Brautvater. Nun ist mein Herr Papa zwar vorletztes Jahr leider verstorben, aber er hat mir ordentlich Geld hinterlassen. Das kann ich alleine alles gar nicht ausgeben! Muss ich ja jetzt zum Glück auch nicht mehr.« Mit diesen Worten fiel sie der Schmalzlocke erneut um den Hals.

So langsam schwante mir etwas. Deshalb schaffte ich Rodriguez unter einem fadenscheinigen Vorwand aus dem Weg. »Bring du doch bitte mal Maggie zu ihrer Kabine. Die scheint mir heute etwas wacklig auf den Beinen zu sein.«

Er warf mir zwar einen bösen Blick zu, tat aber wie geheißen. Das verschaffte mir die Gelegenheit, ein paar Minuten unter vier Augen mit Angelika zu sprechen. »Sag mal, meine Gute«, begann ich vorsichtig, »ist dieser Schritt nicht ein wenig übereilt?«

»Ach, Dieter«, zwitscherte sie. »Du weißt doch: Verliebte haben keine Zeit ...«

»Ja, aber solltest du den Herrn Rodriguez nicht erst einmal in Ruhe kennenlernen, bevor du eine derart ernste Entscheidung triffst?«

»Dieter, ich bin jetzt fast fünfzig, und wenn ich in den letzten Jahren von einer Sache mit Sicherheit zu viel hatte, dann war es Ruhe. Nein, glaub mir, Rodriguez ist genau der Richtige. Der, auf den ich immer gewartet habe. Ich höre jetzt einfach mal auf mein Herz!«

»Nun ja, aber dabei solltest du deinen Verstand nicht völlig vernachlässigen ...«

»Wie meinst du das denn jetzt?« Verwundert sah sie mich an.

»Also«, eierte ich herum, »der Rodriguez ist ja doch ein paar Jahre jünger als du …«

»Aber Dieter! Das ist doch in der heutigen Zeit überhaupt kein Problem mehr! Ich hätte nicht gedacht, dass du so altmodisch bist.«

»Bin ich auch gar nicht!«, wehrte ich mich. »Bist du dir denn sicher, dass Rodriguez deine Gefühle wirklich erwidert?«

»Natürlich! Sonst hätte er mir ja wohl kaum diesen unglaublich romantischen Heiratsantrag gemacht. Stell dir vor, er ist dabei sogar vor mir auf die Knie gefallen und hat geweint!«

»Hmm, na dann …« murmelte ich in meinen nicht vorhandenen Bart, wollte aber so schnell nicht aufgeben. »Sag mal, Angelika, was macht denn dein Rodriguez eigentlich beruflich?«

»Mensch, Dieter, du hörst dich ja an wie mein Vater, Gott hab ihn selig«, lachte Angelika unbekümmert. »Er verwaltet die Ländereien seiner Familie. Alter spanischer Landadel, weißt du? Sein voller Name lautet Marqués Rodriguez Carlos Salvador da Silva. Nach der Hochzeit bin ich eine echte Marquesa! Toll, nicht?«

»Ganz toll«, sagte ich, wunderte mich aber doch, warum ein spanischer Marqués einen derart geschmacklosen und billigen Verlobungsring ausgesucht hatte.

»Ich glaube, mit diesem Rodriguez stimmt etwas nicht«, erzähle ich den anderen und berichte ihnen von meinem heutigen Kurs. Wir sitzen alle zusammen im Zuschauerraum des Theaters, oben auf der Bühne proben die Polinnen ihre Stücke, ein paar Reihen vor uns ist Karlo Hagerwelt gerade dabei, mit einer riesigen Schere alle Kostüme zu zerschnippeln. Ich kann nur hoffen, dass er weiß, was er tut. Sonst müssen die Mädchen nämlich nackt auftreten.

»Das ist ein Heiratsschwindler!«, sagt Sara wie aus der Pistole geschossen. »Du musst diese Angelika unbedingt warnen. Bald zieht er ihr mit irgendwelchen dollen Geschichtchen das Geld aus der Tasche, und dann macht er sich damit aus dem Staub. Glaub mir, damit kenne ich mich ...« Unvermittelt bricht sie ab und bekommt einen Hustenanfall. Liebenswürdig reicht ihr Max ein Glas Wasser, sein Blick wirkt dabei aber sehr ernst. »Was wolltest du gerade sagen, meine Liebe?«, fragt er und klopft ihr auf den Rücken.

»Ach nichts«, würgt sie hervor und stürzt das Wasser in einem Zug hinunter.

»Dann ist dieser Adelstitel bestimmt nicht echt«, sinniere ich vor mich hin.

Elisabeth beginnt zu kichern. »Bestimmt nicht. Ich bin ja schließlich auch nicht Lady de Mainard. Obwohl ich finde: Der Name passt zu mir!«

»Mylady«, erwidere ich galant, »mir schien von Anfang an, dass Sie königlichen Geblüts seien ...«

»Dieter, Sie alter Charmeur!«

»Hier wird nicht geturtelt, hier wird gearbeitet. Hopp, hopp!«, unterbricht der Chefdesigner nun unseren kleinen Plausch. Dann zeigt er uns seine Skizzen, die er in den letzten Minuten angefertigt hat. Ich pfeife leise durch die Zähne. Gekonnt ist gekonnt. Seine Entwürfe sehen jedenfalls toll aus.

»Hopp, hopp«, sagt er wieder, »und jetzt ran an die Nähnadeln!«

»Ich kann aber gar nicht nähen«, wende ich zaghaft ein.

»Doch, doch, Dieter, das können Sie. Ganz bestimmt. Ich zeige es Ihnen schnell, das ist nun wirklich keine Kunst. Außerdem macht es ja nichts, wenn eine Naht mal etwas schief gerät. Von den Zuschauern merkt das später keiner. Also, hopp, hopp, an die Arbeit. Es ist noch viel zu tun. Immerhin sollen die Kostüme morgen fertig sein. Wenn wir das schaffen wollen, muss jetzt jeder ordentlich ran!« Karlo Hagerwelt kratzt sich nachdenklich am Kopf. »Komisch, seit Stunden habe ich meinen Assistenten nicht mehr gesehen. Der könnte ja auch mithelfen, für was bezahle ich den eigentlich! Haben Sie eine Ahnung, wo er stecken könnte?«

Ich sehe, dass Elisabeth ganz blass wird, Max dagegen puterrot, und Sara muss schon wieder husten. Oh mein Gott, denke ich, der Assistent! Wenn ich richtig vermute, haben meine drei Mitstreiter ihn einfach in der Besenkammer vergessen. Nach Max bedröppeltem Gesichtsausdruck zu urteilen, liege ich genau richtig. Der räuspert sich jetzt sehr umständlich und steht abrupt auf. »Ich müsste mal schnell, äh, wohin ...«, stammelt er. »Da kann ich auf dem Weg ja gleich mal nach Ihrem, äh, Assistenten schauen ...«

»Ja, ja«, sagt Hagerwelt. »Aber hopp, hopp!« Dann ist er mit seinen Gedanken auch schon wieder woanders. Und während Max hektisch aus dem Theater eilt, beginnt Karlo Hagerwelt damit, mich in die Geheimnisse des Nähens einzuweisen. Zwanzig Minuten später kommt Max zurück und schiebt den Assi vor sich her. Der macht einen leicht derangierten Eindruck. Das teure Hemd hängt ihm aus der Hose, die Frisur ist ganz zerzaust, und von seiner Armani-Sonnenbrille ist ein Bügel abgebrochen. »Na, so was!«, ruft

Max betont fröhlich. »Da hat sich der kleine Dussel aus Versehen glatt in einem Abstellraum eingeschlossen! Wie gut, dass ich zufällig genau daran vorbeigekommen bin. Sonst säße er da morgen noch drin …«

Der kleine Dussel guckt zwar ziemlich sauer, sagt aber kein Wort. Und ich frage mich, wie es Max geschafft hat, ihn zum Schweigen zu bringen. Etwa unter Androhung erneuter körperlicher Gewalt?

»So, so«, meint Karlo Hagerwelt nur. »Und jetzt hopp, hopp.« Das Schicksal seines Mitarbeiters scheint ihn nicht wirklich zu interessieren.

Alle zusammen nähen wir nun wie die emsigen Fleißbienchen vor uns hin. In den ersten zwei Stunden unterhalten wir uns noch dabei, nach und nach versiegen die Gespräche dann. Trotzdem ist die Atmosphäre äußerst harmonisch, selbst der Jüngling hört irgendwann auf, böse Blicke in Richtung Max, Sara und Elisabeth zu schießen. Das gemeinsame Arbeiten schweißt uns irgendwie zusammen. *One family, one spirit*, denke ich insgeheim. Das muss es sein, wovon Feldwebel Anja immer spricht.

Selbstredend bleibt keine Zeit, um am Abend zum Dinner zu gehen. Heute müssen Kalle und Elvira auf unsere Gesellschaft verzichten und dürfen sich ausnahmsweise nur gegenseitig mit ihren Wurst- und Toiletten-Storys unterhalten. Für unser leibliches Wohl ist trotzdem gesorgt: Kumpel Peter schafft Getränke und kalte Platten herbei, damit wir nicht vom Fleisch fallen. Die polnischen Tänzerinnen beschweren sich zwar, dass die Auswahl nicht kalorienarm genug ist, fallen dann aber trotzdem wie ein hungriges Wolfsrudel hauptsächlich über die Mayonnaise-Eier her.

Gegen zwei Uhr nachts schicke ich die Mädchen ins Bett.

»Es reicht«, sage ich. »Ihr habt stundenlang geprobt, und die Show nimmt ja auch langsam Formen an. Morgen ist auch noch ein Tag.«

Wir anderen können zwar mittlerweile auch nicht mehr gerade aus den Augen gucken, aber unser Stardesigner besteht darauf, alle Kostüme fertig zu nähen, damit die Tänzerinnen sie morgen bei der Generalprobe noch anprobieren und er gegebenenfalls kleine Änderungen vornehmen kann.

Um fünf Uhr dreißig haben wir es endlich geschafft und betrachten stolz den beachtlichen Haufen, der vor uns liegt. »Kinder, Kinder«, sage ich und bin ein wenig gerührt. »Ohne euch wäre ich wirklich aufgeschmissen. Ich weiß gar nicht, wie ich euch danken soll.«

Max und Sara winken nur lässig und ein bisschen verlegen ab, Elisabeth rückt ein kleines Stückchen dichter an mich heran und sagt aufgekratzt: »Ach, da fällt uns bestimmt noch was ein.«

»Nichts zu danken, nichts zu danken«, meint Karlo Hagerfeld. »War mir ein Vergnügen. Aber jetzt brauche ich erst einmal meinen Schönheitsschlaf. Hopp, hopp, ab ins Körbchen!« Der Assistent springt sofort auf und folgt gehorsam seinem Herrn und Meister.

Max, Sara, Elisabeth und ich taumeln an Deck, das um diese Zeit natürlich menschenleer ist. Wir stellen uns an die Reling, Max nimmt Sara in den Arm, Elisabeth hakt sich bei mir ein, und dann staunen wir. Es ist nämlich schon taghell, und in der Ferne können wir an der Mündung der Newa das imposante St. Petersburg erkennen. Wir sind zwar völlig übermüdet, aber auch ein wenig überdreht. Deshalb beschließen wir, dass Schlafengehen nicht mehr lohnt, weil wir sonst den Landausflug verpassen würden. Und das will keiner von uns. Wann ist man schließlich schon mal in St. Petersburg? Also schnell ein bisschen frisch machen, dann ein ausgiebiges Frühstück mit ordentlich starkem Kaffee – und rein ins Vergnügen!

Vier Stunden später bereue ich diesen Plan. Ich sitze neben Elisabeth in einem der obligatorischen Sightseeing-Busse, und mir fallen immer wieder die Augen zu. Monoton rauscht die Stimme eines nicht wirklich deutschsprachigen Guides durch die Kopfhörer in meine Ohren und hat eine überaus einschläfernde Wirkung. Aber ich kann ja nicht schon wieder bei einer Stadtrundfahrt einnickern und womöglich noch dabei schnarchen! Was soll denn dann Elisabeth nur von mir denken?

Die macht nämlich einen widerlich fitten Eindruck, stupst mich dauernd in die Seite und ruft Sachen wie »Dieter, schauen Sie doch mal, das Alexander-Newski-Kloster!«, »Oh, da drüben, die Auferstehungskirche!« oder »Nein, wie beeindruckend – die Peter-und-Paul-Festung!«. Zumindest halten mich ihre Stupser einigermaßen wach.

Dann hält der Bus vor der berühmten Eremitage, und ich stolpere in Elisabeths Windschatten ins Freie. Gut gelaunt hakt sie sich bei mir unter und liest mir aus einem Flyer vor. »Stellen Sie sich vor, Dieter! Hier gibt es eine der bedeutendsten Sammlungen europäischer Kunst. Dreihundertfünfzig Säle! Sechzigtausend Exponate! Rembrandt, Rubens, da Vinci, Picasso! Wahnsinn!«

Oh mein Gott, die will sie doch hoffentlich nicht alle angucken? Das überlebe ich nicht! Unbeirrt zieht mich Elisabeth vorwärts, und wir beginnen unseren Marsch durch die Kulturen im Winterpalast. Ausstellungssaal reiht sich an Ausstellungssaal, erschöpft schiebe ich mich mit den

Besuchermassen vorwärts. »Oh Dieter!«, ruft Elisabeth. »Ist das nicht wundervoll? Und jetzt kommen noch die Kleine Eremitage, die Alte Eremitage und die Neue Eremitage ...« Hilfe!

Nach zwei Stunden habe ich völlig die Orientierung verloren und lasse mich in einem der Ausstellungsräume auf einen Stuhl sinken, der an einer der Wände steht. Meine Pause währt allerdings nur wenige Sekunden. Denn kaum berührt mein Hintern den Sitz, kommt auch schon einer dieser bulligen Museumswärter angeschossen und schnauzt mich an: »Dawai, dawai!«

Wie bitte? Was will er? Anscheinend darf ich hier nicht sitzen, denn jetzt zerrt er sogar an meinem Arm und bedeutet mir mit wilden Gesten, wieder aufzustehen. Ja, wofür sind denn diese Stühle überhaupt da? Da verstehe einer die Russen!

»Elisabeth!«, keuche ich. »Was halten Sie davon, wenn wir zwischendurch einen kleinen Happen essen?«

»Das ist eine ausgezeichnete Idee, Dieter«, antwortet sie zum Glück, und so begeben wir uns auf die Suche nach einem Restaurant oder Café. Auf Elisabeths Flyer sind verschiedene gastronomische Einrichtungen verzeichnet, und wir entscheiden uns für das Restaurant Rasputin – Elisabeth, weil es so schön russisch klingt, und ich, weil es ganz in der Nähe ist.

Wir haben beide richtig Kohldampf und ordern die Karte rauf und runter – Borschtsch, verschiedene Salate mit viiiiel Mayonnaise, hausgemachte Würstchen, kleine Pfannkuchen mit Pilzen, Speck und saurer Sahne und zum Dessert noch eine Art Käsekuchen mit Erdbeeren. Im Anschluss an das opulente Mahl gibt es natürlich Wodka. Den habe ich nach den ganzen Kalorienbomben auch dringend nötig und pfeife einfach auf die Ermahnungen des Schiffsarztes. Schließlich kann der mich hier nicht sehen.

Elisabeths Erkundungsdrang ist nach dem Essen leider ungebrochen. Ich weiß nicht, woher diese Frau ihre ganze Energie nimmt. Ich jedenfalls will nur noch eins: schlafen! Aber daraus wird nichts, weil die Kunst uns ruft. Es kommt, wie es kommen muss: Am Abend, als wir im Eremitagetheater sitzen und sich vor uns der rote Vorhang öffnet, schlummere ich selig schon bei den ersten sanften Takten von Tschaikowskys *Schwanensee* ein. Erst als Elisabeth mich vorsichtig am Ärmel zupft, werde ich wieder wach. Doch bevor ich vor lauter Scham im Erdboden versinken kann, sagt sie lachend: »Ach Dieter, machen Sie sich nichts draus! Erstens war die Aufführung nicht wirklich doll. Und zweitens bin ich nach der Pause auch eingenickert ... So, und nun kommen Sie, ab aufs Schiff!«

Mitten in der Nacht werde ich wach und stehe fast senkrecht im Bett, so munter bin ich. Anscheinend ist mein Biorhythmus komplett durcheinandergeraten. Ich wälze mich erst auf die rechte Seite, dann auf die linke und merke ganz schnell: Das macht alles keinen Sinn, ich bin fit wie ein Turnschuh. An Schlaf ist überhaupt nicht mehr zu denken.

Also stehe ich auf, ziehe mich an und gehe nach oben aufs Deck. Vielleicht macht mich ein kleiner Spaziergang an der frischen Luft wieder müde. Das Gegenteil ist leider der Fall. Ein schönes Glas heiße Milch mit Honig, das wäre jetzt was. Aber um diese Zeit ist in der Kombüse natürlich keiner mehr. Wie ein verlassener Hund streune ich auf dem Schiff hin und her und lande schließlich in der Internet-Lounge. Genau! Ich könnte ja mal meine Mails checken, wie es so schön heißt.

Bis auf ein paar Werbemails ist mein Postfach allerdings leer. Aus lauter Langeweile fange ich an, wahllos im Internet zu surfen. Bis mir plötzlich etwas einfällt! Besser gesagt: jemand. Nämlich Rodriguez, die Kanaille! Immerhin meinte Sara, dass der Typ ein Heiratsschwindler ist. Mal schauen, vielleicht finde ich etwas über den im Netz. Ich gebe seinen Namen bei Google ein – *Marqués Rodriguez da Silva*, die anderen Vornamen fallen mir nicht mehr ein. Und siehe da, ich finde tatsächlich etwas!

In einem Forum für Frauen, unter der Rubrik »Gebrochene Herzen«, stoße ich auf den kompletten klangvollen Titel – *Marqués Rodriguez Carlos Salvador da Silva*. Eine Anita aus Bottrop will wissen, ob jemand schon mal von diesem Mann gehört hat. Er hat ihr die Ehe versprochen, sich dann für die medizinische Behandlung seiner Großmutter zwanzigtausend Euro von ihr geliehen und ist seitdem wie vom Erdboden verschluckt. Unter den antwortenden Frauen sind tatsächlich mehrere, für die der Marqués kein Unbekannter ist und die alle ähnliche Geschichten erzählen. Eine der Damen hat sogar ein Foto von ihm gepostet – es gibt keinen Zweifel: Das ist der Rodriguez aus meinem Tanzkurs, dieser Lump!

Danach schreibt eine Dame aus Kiel, die das Foto gesehen hat, dass sie den Kerl auch kennt, allerdings unter dem Namen *Graf Bodo von Oynhausen*. Und eine weitere, eine Vera aus Zürich, postet, dass sie Rodriguez alias Bodo angezeigt hat und dass sein wahrer Name Horst Windisch ist. Dieser Verbrecher ist sogar international tätig. Na warte, du falscher Fuffziger, denke ich, deine Tour werde ich dir diesmal aber gehörig vermasseln! Die arme Angelika wird jedenfalls nicht dein nächstes Opfer, so wahr ich Dieter Bruns heiße.

Ich bin schon ein bisschen stolz auf mich, dass ich tatsächlich die echte Identität von Rodriguez herausgefunden habe, und komme mir vor wie Sherlock Holmes. Und weil ich gerade so schön in Schwung bin, forsche ich noch ein wenig weiter und gebe den Namen *Sara Brunetti* in die Suchmaske ein. Wollen wir doch mal sehen, was es mit meiner kleinen Kunsthistorikerin auf sich hat, die sich so schlecht in ihrer eigenen Heimatstadt auskennt. Ich suche und suche und finde - nichts. Eine *Sara Brunetti* ist in der weiten Welt des World Wide Web nicht bekannt, allerdings gibt es auch keine Möbelmanufaktur mit dem Namen *Brunetti* - nicht in Palermo, nicht in der Nähe von Palermo, nicht im Rest Italiens, einfach nirgendwo. Das kommt mir doch sehr merkwürdig vor. In der heutigen Zeit hat doch jedes kleine Unternehmen eine eigene Homepage, um seine Produkte vorzustellen. Oder wird zumindest auf anderen Seiten namentlich erwähnt. Da werde ich bei Sara mal ein wenig nachhaken. Auch dieser Sache geht Sherlock Bruns auf den Grund!

Nachdenklich starre ich auf den Monitor, der Cursor im Eingabefeld der Suchmaschine blinkt mich auffordernd an. Etwas zögerlich tippe ich nun die Worte *Dürrheimer* und *Dübel* ein und lande sofort auf der Website der Firma Dürrheimer, die einen gediegen-konservativen Eindruck macht. Ich bin ganz erleichtert und schimpfe insgeheim mit mir selbst. Dieter, du Depp, was hast du denn gedacht? Dass eine so nette Frau wie Elisabeth dich anlügt?

Neugierig springe ich ein wenig zwischen den einzelnen Menüpunkten hin und her, Unternehmensgeschichte, Produkte, Tätigkeitsgebiet - es ist alles genau so, wie Max es erzählt hat. Na, da kann ich ja jetzt beruhigt ins Bett gehen. Gerade will ich aufstehen, da sehe ich noch den Link zu einem Artikel in der Regionalzeitung, irgendein Bericht über ein Firmenjubiläum. Interessiert klicke ich ihn an – und dann wird mir ganz schwummerig. Denn über dem Artikel prangt ein großes Foto – mit der Bildunterschrift *Geschäftsführer des Familienunternehmens Max Dürrheimer und seine Mutter Elisabeth.* Doch die beiden Personen, die mich aus dem Computer anlächeln, sind nicht mein Max und meine Elisabeth. Sie sehen den beiden nicht mal im Entferntesten ähnlich. Irrtum ausgeschlossen.

Ich fasse mir mit der Hand an den Kopf. Das ist ja ein Ding. Ein ganz dickes Ding.

XVIII

Ach, was ist das nur für eine verfahrene Situation! Und wie komme ich aus dieser Nummer bloß wieder raus? Trübsinnig liege ich im Bett und starre an die Decke.

Dabei war der gestrige Tag streng genommen ein voller Erfolg. Hand in Hand bin ich mit Max durch St. Petersburg geschlendert. Wir waren zwar beide hundemüde, aber durch unsere nächtlichen Näharbeiten irgendwie auch ziemlich aufgedreht. Was für eine dolle Aktion! Das hat richtig Spaß gemacht, dieses Zusammenhalten und gemeinsame Schuften. Hat sich gut angefühlt, so als wäre man Teil einer großen, glücklichen Familie.

Das habe ich auch zu Max gesagt, und er hat mich in den Arm genommen, ganz fest gedrückt und leise gemurmelt: »Stimmt. Das war echt schön. Ich wünschte, wir wären tatsächlich eine echte Familie …«

Irgendwann waren wir einfach zu kaputt, um weiterzulaufen. Deshalb hat Max ein Taxi herbeigewunken und dem Fahrer mit Händen und Füßen erklärt, dass wir in ein nettes und ruhiges Restaurant wollen, wo man auch mal die Füße hochlegen kann. »Aaah, rrrestaurrrant forrr loverrrs«, hat der Fahrer augenzwinkernd gesagt. »No prrroblem. I know, I know. Name iiis Russkaja Rybalka!« Dann hat er uns auf eine kleine Insel gebracht, recht weit außerhalb des Zentrums. Wunderschön war es dort. Das Restaurant entpuppte sich als großes Holzhaus, direkt an einem See. Auf dem Wasser lagen Pontons, die mit je einem kleinen Pavillon ausgestattet waren. Richtig lauschig! Die Wände bestanden aus weißem Segeltuch, und statt unbequemer Stühle gab es weiche Sofas.

Auch das Essen war unglaublich köstlich, fangfrischer Fisch und lauter kleine russische Leckereien. Danach habe ich mich in Max Arme gekuschelt, ihn gerade noch *Weißt du was? Ich lasse dich einfach nie wieder los ...* sagen hören und bin einfach eingeschlafen.

Jetzt habe ich Max also genau dort, wo ich ihn haben wollte. Ich müsste nur noch zuschlagen. Und genau deswegen starre ich so trübsinnig aus der Wäsche. Denn ich kann es nicht, so einfach ist das. Ich habe mich nämlich über beide Ohren in Max Dürrheimer verliebt. Und deswegen kann ich ihn auch nicht mehr über besagte Ohren hauen.

Max ist wirklich einer der tollsten Männer, denen ich jemals begegnet bin! Humorvoll, klug, aufmerksam, warmherzig – und sieht dazu auch noch verdammt gut aus. Und ich glaube, dass es ihn auch ganz schön erwischt hat. In einem besseren Leben wäre ja alles ganz einfach – Romeo und Julia spazieren Händchen haltend in den Sonnenuntergang und sind glücklich bis an ihr Lebensende.

Aber leider bin ich eine Betrügerin. Wenn ich Max die Wahrheit sage, dann wird er mir wohl kaum noch glauben, dass meine Gefühle für ihn echt sind. Und selbst wenn – wenn er erst einmal weiß, wer ich wirklich bin und was ich bisher so getrieben habe, werden sich seine Gefühle bestimmt ganz schnell in Luft auflösen. Wie gesagt: Aus der Nummer komme ich nicht wieder raus …

Meine Laune ist mittlerweile auf den absoluten Tiefpunkt gesunken, ich könnte glatt heulen. Ich bräuchte jemanden, dem ich mein Herz ausschütten und mit dem ich reden kann.

Ruckartig richte ich mich in meiner Koje auf. Dieter! Dieter Bruns! Mit dem könnte ich doch reden! Okay, so richtig gut kenne ich ihn noch nicht. Aber in den letzten Tagen ist er mir irgendwie ans Herz gewachsen, der alte Herr. Er strahlt so etwas Vertrauenswürdiges aus und wirkt, als könnte ihn nichts so leicht aus der Bahn werfen. Tut's wahrscheinlich auch nicht – bei seiner Lebenserfahrung.

Und wenn ich mich irre? Wenn Dieter nun gar nicht so verständnisvoll ist und mich gleich bei den Bullen anzeigt? Ich seufze tief, stehe auf und ziehe mich an. Das Risiko muss ich jetzt einfach eingehen.

Ich finde Dieter, wie sollte es auch anders sein, im Theater bei seinen Tanzmäusen, die schon wieder eifrig proben. »Huhu«, mache ich zaghaft. »Störe ich gerade?«

»Nein, nein«, sagt Dieter. »Sie stören überhaupt nicht. Ganz im Gegenteil. Ich wollte sowieso mal in Ruhe mit Ihnen sprechen, meine Liebe …«

»Sehr gut!«, falle ich ihm ins Wort. »Ich nämlich auch mit Ihnen!« Und dann sprudelt es nur so aus mir heraus, die ganze lange Geschichte. Ich beichte Dieter alles, nicht nur die Sache mit Max, auch die mit seinen geriatrischen Vorgängern. Dieter hört mir aufmerksam zu, sieht aber merkwürdigerweise kein bisschen erstaunt aus.

»Ich bin so eine armselige Betrügerin«, schniefe ich, und jetzt kullern mir die Tränen doch über die Wangen.

»So, so«, sagt Dieter trocken. »Erzählen Sie mir doch mal etwas Neues ...«

»Sie wissen es schon?« Ich bin völlig überrumpelt.

Er nickt bedächtig und reicht mir ein Taschentuch, damit ich mir die Nase putzen kann. »Ja, ich weiß es. Dass irgendetwas mit Ihnen nicht stimmt, habe ich ja schon länger geahnt. Aber wirklich wissen tu ich's erst seit letzter Nacht. Ich habe nämlich ein bisschen im Internet recherchiert. Erst über diesen Rodriguez und dann über Sie ...«

»Und?«, unterbreche ich ihn schon wieder. »Was ist mit Rodriguez. Haben Sie etwas gefunden?«

Dieter nickt. »Sie hatten recht, das ist ein übler Heiratsschwindler, der einsame Frauen um ihr Erspartes bringt.«

»Wusst ich's doch!«, rufe ich triumphierend.

»Genau wie Sie«, sagt Dieter ein wenig tadelnd.

»Oh nein!«, wehre ich mich. »So fies wie Rodriguez bin ich nicht. Jedenfalls habe ich noch keinen meiner Herren finanziell ruiniert! Die Beträge, die ich ihnen abgeknöpft habe, waren für sie echt nur Peanuts. Und außerdem hatten sie auch alle eine wirklich schöne Zeit mit mir. Es ist ja nicht so, dass ich nichts geboten habe für mein Geld ...«

»Ach so!« Dieter grinst sich einen. »Das entschuldigt natürlich alles ...«

»Ein bisschen schon, finde ich.« Ich schniefe erneut. »Aber was soll ich denn jetzt nur machen? Mit Max? Ach Dieter, es tut mir so leid, dass ich ihn angelogen habe. Ob er mir das jemals verzeihen kann? Oder Elisabeth? Ich habe ein fürchterlich schlechtes Gewissen, so eine nette Frau ...« Ich muss schon wieder heulen.

Dieter greift beruhigend nach meiner Hand und tätschelt

sie väterlich. »Sie brauchen gar kein so schlechtes Gewissen zu haben. Die Dürrheimers sind bei Weitem nicht so rechtschaffen, wie Sie glauben …«, sagt er und klingt fast ein wenig bitter dabei.

»Wie meinen Sie das?«

Und dann klärt er mich darüber auf, was er in der Nacht noch so alles herausgefunden hat. Dass Max und Elisabeth Dürrheimer gar nicht Max und Elisabeth Dürrheimer sind. Ich bin fassungslos. »Was für eine Unverschämtheit!«, rege ich mich auf. »Das gibt's doch gar nicht! Da lügt der Mistkerl mir glatt ins Gesicht. Und spielt mit meinen Gefühlen. Frechheit! Wenn ich den in die Finger kriege … Der kann was erleben!«

»Na, na, wer im Glashaus sitzt …«, meint Dieter nur lakonisch.

Da hat er natürlich auch wieder recht. »Mensch, Dieter, das ist ja echt ein dickes Ding. Und was machen wir jetzt?«

»Das weiß ich auch noch nicht so genau«, sagt Dieter. »Es muss ja einen Grund haben, dass die beiden unter falscher Identität reisen. Vielleicht ist Max auch ein Heiratsschwindler. Immerhin geben Sie sich hier als verwöhnte Tochter eines italienischen Unternehmers aus …«

»Nein, das passt nicht«, meine ich nachdenklich. »Ich habe Max gleich zu Anfang erzählt, dass mich mein Vater sehr knapphält und ich nur über mein kleines Gehalt als Kunsthistorikerin verfüge. Aber vielleicht hat es Elisabeth auf Sie abgesehen?«

Dieter schüttelt den Kopf. »Das scheidet auch aus. Schließlich denkt Elisabeth, dass ich ein armer Schlucker bin, der sich an Bord etwas zu seiner kleinen Rente dazuverdienen muss …«

»Ach?«, frage ich interessiert. »Sind Sie das etwa gar nicht?«

»Nein, bin ich nicht. Tja, meine Liebe, da haben Sie wohl aufs falsche Pferd gesetzt!«, sagt er und muss lachen.

»Hahaha, sehr witzig, Dieter. Aber wie finden wir denn jetzt heraus, was mit den beiden los ist?«

»Am besten wird es sein, wenn Sie sich Max schnappen und mit ihm reden. Wenn Sie ihm ganz ehrlich alles über sich erzählen, dann rückt er vielleicht auch mit der Wahrheit raus. Und ich spreche mit Elisabeth«, erklärt Dieter.

»Eine gute Idee, finde ich. Genauso wird's gemacht!« Doch als ich losstürmen will, hält Dieter mich zurück.

»Gemach, gemach, liebe Sara. Sie beruhigen sich erst einmal ein wenig und atmen tief durch. Gut Ding will Weile haben«, sagt Dieter und steht mit entschlossener Miene auf. »Und ich habe vorher sowieso noch ein spanisches Pollo zu rupfen!«

XIX

Bumm-bumm-bumm. Grimmig hämmere ich an die Kabinentür von Rodriguez alias Bodo alias Horst. Dahinter tut sich rein gar nichts. Also klopfe ich erneut und rufe: »Rodriguez! Aufmachen! Ich muss mit Ihnen sprechen! Und ich weiß, dass Sie da sind!« Das weiß ich zwar gar nicht genau, aber manchmal muss man einfach einen Schuss ins Blaue wagen.

Jetzt poltert da drinnen irgendetwas, es raschelt und schlurft, und dann wird tatsächlich die Tür geöffnet. Der windige Windisch steckt verschlafen seinen Kopf heraus, mustert mich verdattert und fragt: »Was'n los? Äh, ich meine: Perdón?«

»Vielleicht sollten wir das besser drinnen besprechen und nicht hier auf dem Flur, Marqués da Silva«, sage ich und lege dabei eine gehörige Portion Spott in meine Stimme, als ich seinen falschen Namen ausspreche.

»Wenne es musse unbedingt sein«, murmelt der Verbrecher und lässt mich herein.

Ich betrete seine Kabine und schaue mich unauffällig um, kann aber nichts Verdächtiges entdecken. Es ist nur extrem unaufgeräumt. Auf dem Boden liegen Klamotten und Handtücher verstreut, auf dem Schreibtisch steht eine ganze Batterie leerer Bierflaschen, und der Papierkorb quillt über vor zerrissenen Keksschachteln. Ich fege ein paar Socken und eine Unterhose vom Schreibtischstuhl und setze mich.

»Icke verstähe nickt, was esse gibt denn so dringend um so unchristliche Uhrzeit?«

Unchristlich? Es ist doch schon elf! Ich räuspere mich und sage dann leicht drohend: »Sie werden ab sofort Ihre schmierigen Finger von Angelika lassen. Und außerdem packen Sie jetzt gleich Ihren Krempel zusammen und verschwinden morgen, wenn wir in Stockholm anlegen, von Bord. Ist das klar?«

Horst-Rodriguez betrachtet mich erst verblüfft, dann bricht er in wieherndes Gelächter aus und haut sich auf die Schenkel. »Mensch, Dieter«, ruft er dann ganz ohne spanischen Akzent, dafür mit sehr viel Ruhrpott in der Aussprache, »haste dich in Angelika verguckt? Sorry, aber der Zug ist abgefahren, da hättste schneller sein müssen. Angelika gehört mir. Immerhin sind wir schon verlobt!« Jetzt grinst er auch noch sein dämliches Schmierlappen-Grinsen. »Aber weißte was? Hier auf dem Schiff laufen doch genug einsame Herzen herum. Da findest du schon noch eine. Ich unterstütz dich auch gern bei der Suche, wenn du alleine nicht klarkommst!«

Nun haut mir der Schmierlappen auch noch vertraulich auf die Schulter. Und warum duzt er mich eigentlich die ganze Zeit, wenn ich ihn sieze? Es reicht! »Ich glaube, Sie verkennen ein wenig Ihre Lage, Marqués da Silva. Oder sollte ich besser sagen: Graf Bodo von Oynhausen? Oder reicht auch ein einfaches Herr Windisch?«

Horst-Rodriguez wird plötzlich blass unter seiner Urlaubsbräune. »Also, ich weiß gar nicht, wovon du sprichst, Dieter …«

»Leugnen zwecklos!«, herrsche ich ihn an. »Ich weiß alles über Sie! Sie sind ein Betrüger und Heiratsschwindler, der verliebten Frauen das Geld aus der Tasche zieht!«

»Dieter, ich weiß nicht, wie du auf diesen Unsinn kommst. Das muss eine Verwechslung sein«, versucht er noch einmal seinen Kopf aus der Schlinge zu ziehen.

»Verwechslung? Na gut, dann haben Sie ja bestimmt auch kein Problem damit, wenn in Stockholm die schwedische Polizei an Bord kommt, Ihre Personalien überprüft und kontrolliert, ob irgendetwas gegen Sie vorliegt. Oder?«

Anscheinend hat Horst-Rodriguez doch ein Problem damit. »Dieter! Das kannst du nicht machen! Was soll denn der Scheiß?«, jammert er nämlich. »Pass auf, ich beteilige dich auch an dem Coup. Du kriegst fünfundzwanzig Prozent, okay?«

Empört springe ich auf.

»Dreißig, na gut, sagen wir vierzig Prozent. Das soll dein Schaden nicht sein, Dieter. Wir Männer müssen doch zusammenhalten …«, winselt Horst-Rodriguez.

»Schluss jetzt!«, brülle ich. »Ihre vierzig Prozent können Sie sich sonst wohin stecken. Sie werden Ihre Sachen packen und verschwinden. Sonst zeige ich Sie an, ist das klar?«

»Klar«, krächzt Horst-Rodriguez.

»Und eines kann ich Ihnen versprechen: Ich werde Sie auch in Zukunft im Auge behalten, Freundchen. Ich habe da Mittel und Wege!«, schwindle ich kühn. »Sie werden ab sofort die Finger von den Damen lassen und Ihr Geld mit ehrlicher Arbeit verdienen. Sonst bringe ich Sie doch noch ins Kittchen. Verstanden?«

Horst-Rodriguez nickt ermattet. Na also, wer sagt's denn! Und ich setze noch eins drauf. »Und jetzt schreiben Sie einen Abschiedsbrief an Angelika, in dem Sie Ihr alles erklären.«

»Was soll ich?« Horst-Rodriguez' Stimme ist nur noch ein Flüstern, er scheint am Ende seiner Kräfte zu sein.

»Einen Brief schreiben.«

»Und was soll da drinstehen?« Sein Gesicht ist ein einziges großes Fragezeichen.

»Herrgott, das kann doch nicht so schwer sein! Entschuldigen sollen Sie sich, was sonst?«

Horst-Rodriguez guckt mich an, als könnte er noch nicht mal zwei und zwei zusammenzählen. Genervt ziehe ich die Schublade seines Sekretärs auf, nehme Blatt und Kugelschreiber heraus und drücke ihm beides in die Hand. »Ich diktiere, Sie schreiben!«, belle ich. Horst-Rodriguez kuscht und notiert wie ein eifriger Schüler, was ich ihm vorsage:

Liebe, verehrte Angelika,

ich muss Dir ein Geständnis machen: Ich bin nicht der, für den Du mich hältst. Denn ich bin gar kein echter spanischer Marqués, ich bin nur ein armseliger, verachtenswerter Betrüger.
Aber mir ist klar geworden, dass Du ein ganz großartiger Mensch bist, eine tolle, warmherzige Frau, die es nicht verdient, so hinters Licht geführt zu werden. Auch wenn ich Deine tiefen Gefühle nicht erwidere, mag ich Dich als Mensch doch so gern, dass ich aus Deinem Leben verschwinde, bevor ich noch weiteren Schaden anrichte.
Und ich bin überzeugt, dass Du schon bald jemanden kennenlernen wirst, der Deine Liebe wirklich verdient.

Bitte verzeih mein schändliches Tun, ich wünsche Dir nur das Allerbeste!

Dein Rodriguez

»Armseliger, verachtenswerter Betrüger?«, fragt Horst-Rodriguez vorsichtig. »Muss das wirklich sein? Kann ich nicht einfach schreiben, dass mich dringende Geschäfte rufen und ich mich wieder melde, sobald meine Zeit es erlaubt?«

»Auf gar keinen Fall!«, widerspreche ich energisch. »Damit sich die arme Angelika nicht nur die Augen aus dem Kopf weint, sondern zusätzlich noch Hoffnungen macht, dass ihr Marqués irgendwann wieder auftaucht? So weit kommt's noch! Los, unterschreiben Sie!«

Und Horst-Rodriguez unterschreibt artig. Ich nehme ihm den Brief aus der Hand, falte ihn sorgfältig und stecke ihn in die Innentasche meines Jacketts. »Sobald Sie morgen verschwunden sind, werde ich Angelika Ihr Schreiben geben. Und dann hoffe ich, dass ich Sie nie wieder sehe!«

»Das hoffe ich auch«, seufzt Horst-Rodriguez und wischt sich den Schweiß von der Stirn. »Und danke, Dieter, dass du mir noch eine Chance gibst und nicht sofort die Bullen gerufen hast ...«

»Bruns«, sage ich kalt, »für Sie immer noch Herr Bruns.«

Äußerst zufrieden mit dem Verlauf dieses Gesprächs marschiere ich auf direktem Weg ins Theater, um dort nach dem Rechten zu sehen. Karlo Hagerwelt steht in einem Pulk von Polinnen, den Mund voller Stecknadeln, und nimmt kleinere Korrekturen an seinem Werk vor. »Auaaa!«, quietscht gerade eine meiner Tänzerinnen. »Karrrrlo, hast du mich gestochen!«

»Pardon, Mademoiselle«, nuschelt der Designer. »Und jetzt, hopp, hopp, wieder stillhalten.«

Ich betrachte meine Mädchen und bin noch zufriedener, als ich es eben schon war. Toll sehen sie aus, einfach toll! Nach Hagerwelts Entwürfen haben wir die Paillettentops zerschnitten und an die viel zu kurzen Tutus genäht, sodass sie aussehen, als hätten sie glitzernde breite Gürtel. Unten am Saum schwingen nun neckisch die Federn der Federboas, immer farblich passend zum oberen Glitzer. Zu den Tutus tragen die Tänzerinnen schlichte schwarze Ballettanzüge, die wir an den Ärmelsäumen und am Ausschnitt auch mit Federn aufgepeppt haben. Minimaler Materialeinsatz, maximaler Erfolg. Ich bin beeindruckt. Und das sage ich auch dem Stardesigner. »Herr Hagerwelt, das haben Sie wirklich super hinbekommen!«

Der winkt nur lässig ab. »Danke, danke! Nicht der Rede wert. Hat mir einen Heidenspaß gemacht. Und nun, hopp, hopp, an die Arbeit!«

Wo er recht hat, hat er recht. Schließlich ist heute Abend die Premiere unserer Show, und wir wollen vorher noch zwei Durchläufe machen – in den neuen Kostümen, versteht sich. Unser Tontechniker ist auch schon eingetrudelt und spielt an der Anlage herum. Und als Karlo Hagerwelt endlich mit seinen Änderungen fertig ist, klatsche ich energisch in die Hände und rufe: »Hopp, hopp, rauf auf die Bühne, meine Damen!«

Gerade als die ersten Takte von *Maria* aus *Westside Story* erklingen, schlüpft Elisabeth ins Theater und setzt sich neben mich. »Darf ich ein bisschen Mäuschen spielen?«, flüstert sie mir ins Ohr und rückt noch ein wenig näher an mich heran.

Ich weiche wieder ein wenig zurück und gebe leicht unterkühlt zurück: »Sicher doch. Wenn Sie mich aber bitte nicht weiter ablenken.« Mit Genugtuung bemerke ich, dass sie mein distanziertes Verhalten irritiert und sie sogar ein wenig gekränkt scheint. Ich finde, sie soll ruhig merken, dass hier etwas im Busch ist. Auch wenn jetzt natürlich nicht der richtige Zeitpunkt ist, um sie auf ihre falsche Identität anzusprechen. Das mache ich dann doch besser unter vier Augen.

Daran ist aber vorerst nicht zu denken. Die beiden Durchläufe ziehen sich, meine Mädchen machen noch viele Fehler, schließlich hatten sie kaum Zeit, die neue Choreografie einzustudieren. Und dann platzt zwischendurch auch noch Feldwebel Anja mit ihrem lang gezogenen »Diiiiieter!« herein. Diesmal zum Glück nicht, um eine weitere Katastrophe zu vermelden, sondern lediglich um mal nach dem Rechten zu sehen.

Konzentriert beobachtet sie, wie die Tänzerinnen zu *Mary Poppins' Chim Chim Cheree* und *Over The Rainbow* aus dem *Zauberer von Oz* ihre Beine schwingen, dann hält es sie nicht mehr auf ihrem Sitz. »Diiieter!«, brüllt sie direkt in mein Ohr.

Ich zucke zusammen. Oh Gott, was kommt denn jetzt? Ist ihr das etwa zu altmodisch?

»Geeeeenial, Dieter, einfach geeeenial!«, dröhnt sie und reißt mich vor lauter Begeisterung in ihre Arme.

Ich versuche, mich aus dem Klammergriff zu befreien, und stottere: »Äh, danke, schön, dass es dir gefällt ...«

»Ein Hammer, Dieter, ein echter Hammer! Und diese Kostüme! Wo hast du die denn auf die Schnelle aufgetrieben?«

»Die haben wir selbst genäht. Nach Entwürfen und mit freundlicher Unterstützung von Karlo Hagerwelt ...«

»KARLO HAGERWELT? Willst du mich verarschen, Dieter?«

»Nein, nein«, steht mir nun Elisabeth zur Seite. »Es ist genau so, wie Dieter sagt. Wir haben Herrn Hagerwelt um Hilfe gebeten, und er war so reizend, tatsächlich einzuspringen.«

Jetzt verschlägt es sogar Anja für einen Augenblick die Sprache. Sie schnappt nach Luft und grölt dann: »Waaaaahnsinn! Mensch, Dieter, das hast du wirklich Eins a hingekriegt. Ich hab doch gewusst, dass in dir unglaublich viele Talente schlummern.« Sie haut mir krachend auf die Schulter.

So, so, denke ich, vor ein paar Tagen wolltest du mich noch von Bord schmeißen ...

»*One family, one spirit*, Dieter. Du hast es wirklich begriffen. Mitarbeiter wie du sind genau das, was ich brauche. Wir setzen uns in den nächsten Tagen mal zusammen und schauen, auf welche Route wir dich im Anschluss schicken. Auf dich warten noch große Aufgaben, glaub mir, Dieter!«

Ich glaube es ihr sofort, verrate aber noch nicht, dass sie sich für ihre großen Aufgaben einen anderen Problemlöser suchen muss. Ich stehe Anja nach dieser Reise garantiert nicht mehr zur Verfügung! »Das können wir ja bei Gelegenheit in Ruhe besprechen«, antworte ich deshalb ausweichend.

»Genau, Dieter, genau. Und jetzt: weitermachen!« Mit einem erneuten Schlag auf meinen armen Rücken schießt sie davon.

»Also, diese Dame ist ja wirklich speziell«, merkt Elisabeth mit leichter Entrüstung an.

»Das stimmt«, antworte ich mit Grabesstimme. »Damit ist sie aber leider nicht die Einzige an Bord ...«

Elisabeth sieht mich mit großen Augen an. Ich kann förmlich sehen, wie es hinter ihrer Stirn arbeitet und dass sie überlegt, wie ich das jetzt wohl meine. Bevor sie aber nachfragen kann, richte ich mein Augenmerk wieder auf die Bühne und gebe meinen Mädchen noch ein paar letzte Instruktionen.

Unser zweiter Durchlauf, also die Generalprobe, ist eine einzige Katastrophe. Die Polinnen stolpern, hinken dem Takt hinterher, eine nach der anderen bricht in Tränen aus. »Aber, aber, meine Damen«, rufe ich beruhigend in das Chaos, obwohl auch mir der Schweiß auf der Stirn steht. »Das sieht doch alles schon sehr gut aus. Ihr macht das super. Die Show heute Abend wird ein voller Erfolg, glaubt mir!« In ihren Gesichtern steht geschrieben, dass sie mir gerade kein einziges Wort glauben. Und innerlich muss ich mir selbst Mut zusprechen – immerhin gilt so eine verpatzte Generalprobe in Künstlerkreisen schließlich als Garant für eine erfolgreiche Premiere. Ich schicke meine Truppe in ihre Kabinen, damit sie sich vor der Show noch einmal richtig ausruhen und Kräfte sammeln kann.

Dann verabschiede ich mich recht knapp von Elisabeth und begebe mich in Richtung meines Decks. Ein kurzes Nickerchen wird mir jetzt auch guttun. Irgendwie steckt mir die durchgemachte Nacht noch immer in den Knochen. Ja, ja, man ist eben keine zwanzig mehr ...

Auf dem Weg zu meiner Kabine entdecke ich Max, der mit dem Rücken zu mir in einer Ecke steht und angestrengt in sein Handy wispert. Ich nähere mich ihm möglichst geräuschlos und versuche, ein paar Gesprächsfetzen aufzuschnappen.

»Nein, nein, Sie müssen sich nicht extra herbemühen …«

»Ich sagte doch, dass ich die Situation im Griff habe …«

»Polizei? Zu diesem Zeitpunkt? Das halte ich nun wirklich für verfrüht!«

»Hören Sie, wir sind uns doch noch gar nicht sicher, ob sie es wirklich ist …«

»Ja, eine gewisse Ähnlichkeit mit den Fotos lässt sich nicht abstreiten, aber …«

»Hallo Max!«, sage ich laut, als ich direkt hinter ihm stehe.

Er fährt herum, lässt vor lauter Schreck sogar das Handy fallen und starrt mich entgeistert an. »Äh, Dieter, hallo … Alles klar?«

»Bei mir schon. Bei Ihnen denn auch?«

»Ja natürlich … Wieso? Was sollte denn nicht klar sein?«

Lächelnd deute ich auf das Handy, das immer noch auf dem Boden liegt und aus dem jetzt eine Stimme quäkt: »Halloho? Verdammt noch mal, sind Sie noch dran?«

Schnell hebt Max das Telefon auf, drückt auf das rote Signal und steckt es sich in die Hosentasche. »Ach, nur etwas Geschäftliches«, murmelt er. »Nicht so wichtig.«

»So, so«, entgegne ich ironisch, »etwas Geschäftliches. Na, dann will ich Sie bei Ihren Geschäften auch nicht weiter stören. Bis später, Max.« Ich grinse vielsagend, lasse einen sprachlosen Max zurück und gehe schnell weiter.

In meiner Kabine ziehe ich das Rollo vorm Bullauge herunter und werfe mich halb angezogen aufs Bett. Ich bin redlich erschöpft und brauche eine kleine Mütze Schlaf. Während ich einnickere, schießen verschiedene Gedanken durch meinen Kopf. Was hat es bloß mit Elisabeth und Max Dürrheimer auf sich? Wer sind die beiden? Was machen sie hier an Bord? Und was haben diese geheimnisvollen Telefonate zu bedeuten, die Max immer führt?

Ich muss gerade eingeschlafen sein, da verscheucht mich ein zaghaftes Pochen aus dem Land der Träume. Anja!, ist mein erster Gedanke. Doch Anja würde nicht so vorsichtig klopfen, sie würde eher die Tür eintreten. Ich wuchte meine müden Knochen ächzend aus dem Bett und öffne die Tür. Davor steht – mit einem sehr betrübten Gesichtsausdruck – Sara Brunetti.

»Oh Entschuldigung, Dieter. Haben Sie etwa geschlafen?«, fragt sie vorsichtig.

»Ich habe es zumindest versucht«, knurre ich.

»Oh je, das tut mir echt leid. Ich kann auch später wiederkommen …«, murmelt sie enttäuscht.

»Sie sehen nicht gut aus, meine Liebe«, sage ich, während ich sie mustere. Unter ihren Augen liegen schwarze Schatten, ihre Haare sind ungekämmt, und für ihre Verhältnisse ist sie mit dieser dunkelblauen ausgebeulten Jogginghose und dem weißen T-Shirt eindeutig zu nachlässig gekleidet.

»Ehrlich gesagt geht's mir auch nur so mittelprächtig«, gibt sie zu.

»Na, dann kommen Sie mal herein und erzählen mir, wo der Schuh drückt«, sage ich aufmunternd.

Seufzend lässt sie sich auf meinen Stuhl sinken, stützt ihren Kopf in die Hände und fragt: »Und, haben Sie schon mit Elisabeth gesprochen?«

»Nein«, entgegne ich, »dazu gab es leider noch keine Gelegenheit. Erst musste ich mir Rodriguez, die Kanaille, vorknöpfen. Und dann war ich viel zu beschäftigt mit den Proben für die Show. Haben Sie sich denn Max gegriffen?«

»Nein, auch noch nicht. Ich traue mich nicht. Stattdessen habe ich mich den ganzen Tag in meiner Kabine verbarrikadiert und behauptet, ich hätte einen Migräneanfall ...«

Ich nicke bedächtig, das kann ich gut verstehen. Ist bestimmt nicht leicht, jemandem sagen zu müssen, dass man ihn ursprünglich übers Ohr hauen wollte und es sich aber mittlerweile anders überlegt hat. Insbesondere, wenn man sich noch Hals über Kopf in diese Person verliebt hat. »Wissen Sie was?«, sage ich deshalb zu Sara. »Erstens stimmt ja mit Ihrem Max auch irgendetwas nicht, deshalb darf sich Ihr schlechtes Gewissen in Grenzen halten. Und zweitens ist morgen ist auch noch ein Tag, um reinen Tisch zu machen.«

»Meinen Sie?«, fragt Sara kläglich.

»Ganz sicher. In drei Stunden ist Premiere, und die werde ich kaum ohne Ihren Beistand überstehen. Wir machen uns heute noch mal einen richtig schönen Abend. Und morgen werden wir in aller Ruhe unsere Problemgespräche führen. Sie mit Max und ich mit Elisabeth.«

»Das klingt nach einem Plan«, sagt Sara schon bedeutend munterer.

»Genau. Und deshalb marschieren Sie jetzt mal stracks in Ihre Kabine und bringen sich auf Vordermann. Denn so wollen Sie Ihrem Max doch wohl nicht unter die Augen treten, oder?«

Jetzt lacht Sara sogar schon wieder und wirft ihre Mähne schwungvoll nach hinten. »Sicher nicht!« Sie steht auf und geht zur Tür, dreht sich aber vorher noch einmal zögernd um. »Dieter?«

»Na, was denn noch?«

»Danke – für alles ...«

»Für was denn?«

»Für Ihren Rat, für Ihr Verständnis, dafür, dass Sie mir zuhören und für mich da sind. Sie sind echt ein richtig toller Kumpel!«

»Ach was«, wehre ich verlegen ab. »Ist doch nicht der Rede wert …«

Knapp neunzig Minuten später treffen wir uns alle an unserem Tisch zum Dinner wieder. Sara hat in die Vollen gegriffen und trägt eine kobaltblaue lange Abendrobe, in der sie einfach bezaubernd aussieht. »Na also«, raune ich ihr zu, »geht doch!«

Sie zwinkert verschwörerisch und lässt sich von Max den Stuhl zurechtrücken. Auch Elisabeth hat sich in Schale geschmissen und glänzt in einem dunkelgrünen Taftkleid, das ihr wirklich ausgezeichnet steht. Fast sage ich ihr das auch, beiße mir aber im letzten Moment auf die Zunge. Erst werde ich der Dame auf den Zahn fühlen, bevor ich hier wieder mit Komplimenten um mich schmeiße!

Die Stimmung am Tisch ist merkwürdig, es ist, als ob all die unausgesprochenen Fragen und Geheimnisse regelrecht zwischen uns stehen. Die Unterhaltung plätschert oberflächlich dahin, Sara und ich werfen uns vielsagende Blicke zu, Max und Elisabeth sind irritiert, versuchen aber, sich nichts anmerken zu lassen. Nur an Kalle und Elvira geht die Spannung völlig vorbei, sie sind mal wieder viel zu beschäftigt damit, übers Essen zu mosern.

Noch vor dem Dessert entschuldige ich mich und eile ins Theater, um noch ein paar Vorbereitungen vor der Premiere zu treffen. Ich überprüfe ein letztes Mal den Sitz der Kostüme und gehe mit dem Tontechniker noch einmal die Reihenfolge der Stücke durch. Hauptsächlich aber versuche ich, meine Tänzerinnen zu beruhigen, deren Nerven selbstredend blank liegen. So langsam wird aber auch mir etwas flau im Magen, die Aufregung ist einfach ansteckend.

Und dann ist es endlich so weit. Kurz bevor der Vorhang sich hebt, schlüpfe ich in den Zuschauerraum, der bis auf den letzten Platz gefüllt ist. In der ersten Reihe sitzen Max, Sara, Elisabeth, Karlo Hagerwelt und sein Assi. Elisabeth hat mir ein Plätzchen freigehalten und winkt mich herbei. »Toi, toi, toi«, flüstert sie mir ins Ohr und drückt ganz fest meine Hand.

Die Premiere läuft einfach super, meine Polinnen geben alles, die Choreografie sitzt perfekt, und als zum Finale *Dancing Queen* aus *Mamma Mia* erschallt, hält es das Publikum nicht mehr auf den Stühlen. Der Applaus ist tosend und nimmt gar kein Ende. »Die-tärrr, Die-tärrr, Die-tärr«, skandieren meine Mädels nun und bedeuten mir, nach oben auf die Bühne zu kommen. Erst ziere ich mich, aber dann gibt mir Elisabeth einen Schubs, ich steige hinauf und verbeuge mich.

Nach den Standing Ovations bin ich ziemlich überwältigt und allerbester Dinge. »Alle umziehen und ab in die Poolbar!«, rufe ich in die Umkleide hinein. »Papa Dieter schmeißt eine Runde!«

An der Bar warten schon Max, Sara und Elisabeth, die mich erst an sich drückt und mir dann einen Hugo reicht. »Ach Dieter«, schwärmt sie, »das war wirklich eine unglaubliche Show! Die tolle Musik, das passte alles so wunderbar zusammen. Diese komische Anja hat schon recht. Sie haben da ein echtes Händchen für!«

»Danke, danke, meine Teuerste«, antworte ich vergnügt, »aber ohne Ihre patente Hilfe hätte ich das ja alles gar nicht geschafft!« Was ja auch stimmt.

»Hach, Dieter«, sagt Elisabeth. »Wissen Sie was? Von mir aus könnte diese Kreuzfahrt noch ewig weitergehen. Mit Ihnen würde ich am liebsten bis ans Ende der Welt reisen!«

Ich merke, wie ich ein bisschen rot anlaufe. Nicht, weil mich Komplimente schon immer verlegen gemacht haben. Sondern weil es mir ganz genauso geht wie Elisabeth. Und weil ich mir gerade eingestehen muss, dass ich diese formidable Frau wirklich in mein Herz geschlossen habe. Und dass es mir eigentlich ziemlich egal ist, ob sie nun tatsächlich Elisabeth heißt oder nicht ...

XX

Ich schwanke wie ein Fähnchen im Wind und kralle mich vorsichtshalber an der Theke der Poolbar fest. Nein, wir haben keinen Seegang, ich habe nur ein wenig zu tief ins Glas geschaut und nun ein paar klitzekleine Koordinationsprobleme. Dieter hat zwar gesagt, dass morgen auch noch ein Tag ist, aber ich bin wild entschlossen, heute Nacht mit Max zu sprechen und ihm alles zu beichten. Und dafür musste ich mir eben ein bisschen Mut antrinken. Jetzt fürchte ich, es könnte ein bisschen zu viel gewesen sein …

Zum Glück kommt der Barkeeper gerade mit einem doppelten Espresso und einem großen Glas Wasser. Das sollte helfen. Während ich vorsichtig an der Tasse nippe und einen großen Schluck Wasser hinterherstürze, schweift mein Blick suchend übers Deck. Wo sind denn die anderen bloß abgeblieben? Dieter und Elisabeth entdecke ich umringt von einem Pulk Polinnen, sie haben sich gerade alle untergehakt und schwingen die Beine. Soll das etwa ein Cancan sein?

Max steht etwas abseits an der Reling und ruft etwas in sein Handy. Das Ding hat schon den ganzen Abend in seiner Hosentasche gebrummt und gesummt. Ab und zu hat er es herausgefischt und wie hypnotisiert aufs Display gestarrt. »Willst du nicht mal rangehen?«, habe ich ihn gefragt. »Scheint etwas Dringendes zu sein.«

Doch Max hat nur den Kopf geschüttelt und gemurmelt: »Nur was Geschäftliches. Nicht so wichtig, das kann warten.«

Anscheinend kann es nun nicht mehr warten, denn ich beobachte, wie er aufgeregt in sein Telefon schreit. Wild fuchtelt er dabei mit seinem freien Arm und stampft sogar mit den Füßen auf. Vielleicht sollte ich mein Vorhaben doch auf einen günstigeren Zeitpunkt verschieben, denn Max' Stimmung scheint gerade auf dem Tiefpunkt angekommen zu sein. Und mein Geständnis wird ihn kaum wieder in Hochstimmung versetzen.

Nur Mut, Sara, sporne ich mich selbst an, je eher daran, desto eher davon. Entschlossen kippe ich meinen Espresso hinunter, und als ich sehe, dass Max aufgelegt hat, gehe ich zu ihm. Er hat mir den Rücken zugewandt, und schon an seiner angespannten Körperhaltung sehe ich, dass er wirklich nicht gut drauf ist. Na dann, sage ich fatalistisch zu mir, kippen wir mal noch ein wenig Öl ins Feuer. Ich tippe ihm zaghaft auf die Schulter, er fährt herum und starrt mich mit weit aufgerissenen Augen an. »Sara, um Himmels willen, hast du mich erschreckt! Musst du dich so anschleichen?«

Na, das fängt ja gut an! »Entschuldige bitte, aber ich habe mich nicht angeschlichen ...«, sage ich etwas missmutig.

»Sorry, Sara«, murmelt Max und streicht sich mit einer fahrigen Bewegung seine blonde Tolle aus dem Gesicht. »Aber ich hatte gerade ein, na ja, ein etwas unerfreuliches Gespräch. Die, äh, Geschäfte in der Heimat ... Da ist etwas mit einer Lieferung Dübel nach, nach Kenia schiefgelaufen ... Wenn man nicht alles selber macht!«

So, so, eine Lieferung Dübel nach Kenia. Wer's glaubt, wird selig! Da ich aber gerade nicht in der Position bin, irgendwelche bissigen Bemerkungen von mir zu geben, frage ich stattdessen vorsichtig: »Max, hättest du einen Augenblick Zeit für mich? Ich muss mit dir reden – unter vier Augen ...«

»Reden? Ja, das wäre vielleicht ganz gut ...«

Ich bin verwirrt, wie meint er das denn jetzt? Allerdings hake ich nicht weiter nach, weil ich angesichts dessen, was mir gleich bevorsteht, viel zu angespannt bin. Deshalb sage ich nur: »Komm, wir suchen uns mal ein ruhiges Eckchen, wo wir ungestört sind.«

Max nickt und folgt mir schweigend. Wir landen auf dem oberen Sonnendeck, das um diese Uhrzeit völlig verwaist ist, und lassen uns in zwei Liegestühle fallen. Ich seufze schwer, Max ebenfalls. Einen langen Augenblick schweigen wir uns an und vermeiden dabei tunlichst den Blickkontakt.

Schließlich fasse ich mir ein Herz. »Mahax ...«, beginne ich zögernd, »ich muss dir mal etwas sagen ...«

»Hmm?« Max schaut mich geistesabwesend an.

»Also ...« Ich atme noch einmal tief durch. »Es ist so ..., also, nun ja ... Verdammt, es ist nun mal, wie es ist: Ich bin gar nicht Sara Brunetti!«

Plötzlich habe ich Max' volle Aufmerksamkeit. Er setzt sich auf, drückt seinen Rücken durch, blickt mir konzentriert in die Augen – und meint dann trocken: »Ach was.«

Diese Bemerkung bringt mich ein bisschen aus dem Konzept. »Äh, ja, also ... mein richtiger Name ist Sara Wolf und ich komme aus Pforzheim statt aus Palermo und ...« Mitten im Satz breche ich ab, weil ich nicht mehr so richtig weiterweiß.

»So, so«, sagt Max und guckt mich streng an.

»Ja, also …«, stottere ich weiter, »die Sache ist die, dass ich, also, ich reise unter meinem Künstlernamen …«

»Aha«, meint Max, und um seine Mundwinkel zuckt es. »Und was für eine Kunst übst du aus?«

»Nun ja, ich, äh, arbeite als gehobene Gesellschafterin für ältere Herren und …«

Nun bricht Max in schallendes Gelächter aus. »Also wirklich, Sara!«, prustet er. »Das ist ja mal eine elegante Berufsbeschreibung für eine Heiratsschwindlerin!«

Erschrocken starre ich ihn an. »Du weißt …?«

Er blickt mich etwas von oben herab an, was ihm nicht allzu schwerfällt, weil ich wie ein zusammengesunkenes Häufchen Elend auf meiner Liege kauere. »Natürlich weiß ich es«, erwidert er. »Und ich weiß auch, dass ich dein nächstes Opfer sein sollte, dem du mit deinen perfiden Methoden das Geld aus der Tasche ziehst …«

Sehr kleinlaut gucke ich auf den Boden und male mit meinem rechten Fuß imaginäre Kreise auf die Holzplanken. Dann räuspere ich mich. »Ehrlich gesagt: Da hast du nicht ganz unrecht. Also, jedenfalls hatte ich das ursprünglich so geplant. Aber, und das ist nun wirklich die Wahrheit, diesen Plan habe ich schon etwas länger über den Haufen geworfen …«

»So, so«, sagt Max wieder. »Und warum?«

Ich hebe meinen Kopf, schaue ihm direkt in die Augen, hole tief Luft und gestehe: »Weil ich mich in dich verliebt habe. Punkt. So einfach ist das.«

»Ach, und das soll ich dir jetzt etwa glauben?«, fragt Max.

»Natürlich!«, erwidere ich empört. »Warum sollte ich mich denn sonst als Betrügerin outen? Und eigentlich müsstest du doch auch gemerkt haben, dass meine Gefühle für dich echt sind!«

»Was weiß ich?«, ruft Max theatralisch. »Vielleicht bist du ja auch nur eine ganz großartige Schauspielerin. Und vielleicht ist dein Geständnis auch nur Teil eines neuen raffinierten Plans!«

Jetzt schlägt's aber dreizehn! Da mache ich diesem Pseudoindustriellen eine Liebeserklärung, und er glaubt mir nicht. Unverschämt! Empört schnaube ich Max an. »Jetzt komm mal langsam wieder runter von deinem hohen Ross!«, brülle ich. »Schließlich bin ich hier nicht die einzige an Bord, die mit einer falschen Vita rumläuft, du ... du falscher Dübel, du!«

Verblüfft reißt Max die Augen auf. »Wie meinst du das?«

»Jetzt tu mal nicht so erstaunt!«, brülle ich weiter. »Max Dürrheimer, Großunternehmer in Sachen Dübel und Schrauben! Dass ich nicht lache! Der bist du doch gar nicht! Wahrscheinlich bist du genauso ein armer Wicht wie dieser Rodriguez und haust arme Frauen übers Ohr ...«

»Mooooment mal!«, wettert Max und plustert sich auf. »Du bist gerade nicht in der Position, irgendjemandem Vorwürfe zu machen, Signorina Brunetti!«

»Du aber auch nicht, Herr Dürrheimer!«, rufe ich fuchsteufelswild.

Einen Moment starren wir uns böse an, es fehlt nur noch, dass einer von uns den Colt zieht und den anderen zum Duell auffordert. Dann ist meine Wut plötzlich wieder verraucht. Und auch Max zieht etwas verlegen den Kopf zwischen die Schultern und grinst schief.

»Also, meinen echten Namen kennst du jetzt«, sage ich. »Aber wie heißt du denn? Und wer, verdammt noch mal, bist du eigentlich?«

»Gestatten die Dame, Max«, sagt Max, »Max Petersen, meines Zeichens Privatdetektiv.«

»Privatdetektiv?«, frage ich erstaunt. »Aber was macht ein Privatdetektiv auf der *Princess of Glory*? Beschattest du hier jemanden? Einen untreuen Ehemann? Oder hat das etwas mit Kalle und Elvira zu tun? Panschen die irgendwas Verbotenes in ihre Wurst?«

»Man, man, man!« Max schüttelt den Kopf. »Für jemanden, der sonst so ausgebufft ist, hast du aber gerade eine echt lange Leitung. Ich bin deinetwegen an Bord ...«

»Meinetwegen?« Vor lauter Verwunderung bleibt mir der Mund offen stehen, wahrscheinlich sehe ich jetzt tatsächlich nicht aus wie die hellste Kerze auf der Torte. Aber ich tappe immer noch im Dunkeln.

»Du erinnerst dich noch an Hans-Peter, deinen letzten ... Kunden?«, fragt Max mit gesenkter Stimme.

Ich erstarre.

»Du erinnerst dich also«, fährt Max fort. »Und genau dieser Hans-Peter hat mich auf dich angesetzt. Als du dich mit seiner Knete verdünnisiert hast, hat er nämlich ganz schnell den Braten gerochen!«

»Ach du heilige Scheiße!«, entfährt es mir.

»Genau, Scheiße, ganz große Scheiße«, meint Max ernst. »Denn dein Hans-Peter will dich zur Strecke bringen und einbuchten lassen. Und ich soll ihm die nötigen Beweise dafür liefern.«

»Oh Gott, oh Gott, oh Gott ...«, stammle ich und kann die eiskalten Handschellen an meinen Armen fast schon spüren.

»Mal ehrlich, Sara, wie konntest du nur so dämlich sein, dich mit einem pensionierten Inkasso-Unternehmer einzulassen? Das sind doch alles ganz scharfe Hunde! Die wittern einen Betrug zehn Meilen gegen den Wind!«

Hilflos zucke ich mit den Schultern, während mein Herz

mir bis zum Hals pocht. »Und?«, frage ich ängstlich. »Wirst du mich ans Messer liefern?«

»Das ist leider nicht möglich«, sagt Max und nimmt meine Hand. »Denn ich habe mich richtig schön unprofessionell in mein Beschattungsobjekt verliebt. Und zwar über beide Ohren …«

Erleichtert seufze ich auf. Nicht nur, weil Max meine Gefühle erwidert, sondern auch, weil mir der Knast wohl noch einmal erspart bleibt. »Ach, dann ist ja alles gut«, sage ich.

»Gar nichts ist gut!«, meint Max. »In den letzten Tagen hat mich dein Hans-Peter ungefähr fünfzig Mal angerufen. Als ob er ahnt, dass hier irgendetwas nicht so läuft wie verabredet. Ich versuche die ganze Zeit, ihn hinzuhalten, und habe behauptet, dass ich mir noch gar nicht sicher bin, dass du überhaupt die gesuchte Heiratsschwindlerin bist …«

»Das hast du prima gemacht!«, lobe ich Max eifrig.

»Eher nicht. Dieser misstrauische Hund hat damit gedroht, sich auf den Weg zu machen, um Signorina Brunetti persönlich in Augenschein zu nehmen …«

»Scheiße!«, sage ich wieder. »Und jetzt?«

»Keine Ahnung! Ich weiß wirklich nicht, wie wir aus dieser Nummer wieder rauskommen«, meint Max resigniert. »Am besten schlafen wir erst einmal eine Nacht drüber. Vielleicht fällt uns dann etwas ein.«

»Schlafen klingt gut«, sage ich mit dünner Stimme. »Ich glaub, ich kann heute Nacht nicht alleine sein. Darf ich mit zu dir gehen?«

Max lächelt. »Na klar. Jetzt komm schon, meine kleine Betrügerin.«

Und dann schlendern wir Hand in Hand zu seiner Kabine. Das fühlt sich irgendwie gut an, weil nun nichts mehr zwischen uns steht. Aber irgendwie auch ein bisschen traurig, weil die Lage offensichtlich so hoffnungslos ist.

Wir schlüpfen in Max' Koje, ich kuschele mich an seine breite Brust und mir fallen fast augenblicklich die Augen zu, so erschöpft bin ich von der ganzen Aufregung. »Wir müssen morgen früh unbedingt gleich mit Dieter sprechen«, murmele ich. »Der weiß bestimmt eine Lösung.«

Und dann richte ich mich plötzlich wieder senkrecht im Bett auf. »Apropos Dieter: Sag mal, wer ist eigentlich deine Mutter?«

»Was? Meine Mutter? Wie kommst du denn jetzt auf meine Mutter?«

»Nicht deine echte Mutter, Mensch! Elisabeth meine ich. Wer ist denn diese Elisabeth?«

»Ach so!« Auch Max hat sich jetzt aufgesetzt. »Elisabeth Wagner, die Sekretärin unserer Detektei. Wir dachten, dass wir unauffälliger wirken, wenn wir uns als Mutter und Sohn ausgeben.«

»Das ist euch auch fast gelungen. Oh man, der arme Dieter! Ich glaube, er mag deine Elisabeth ganz schön gerne ...«

»Weißt du was?«, flüstert Max in mein Ohr und zieht mich in die Kissen zurück. »Ich denke, sie ihn auch. Da geht noch was!«

»Da geht auf alle Fälle noch was«, flüstere ich zurück, als Max beginnt, zärtlich an meinem Ohrläppchen zu knabbern.

XXI

Brrr, das ist aber noch ganz schön frisch! Bibbernd stehe ich an der Reling des obersten Decks und blinzele in die schwedische Morgensonne. In aller Herrgottsfrühe bin ich aufgewacht und konnte partout nicht wieder einschlafen. Mein Biorhythmus scheint auf dieser Reise komplett durcheinandergeraten zu sein. Aber vielleicht bin ich ja auch schon ein Fall von seniler Bettflucht, wer weiß.

Jedenfalls scheine ich der Einzige zu sein, den es zu dieser Uhrzeit schon aus den Federn getrieben hat und der jetzt das Anlegemanöver im Stockholmer Hafen begutachtet. Seit einer Stunde stehe ich hier und habe beobachtet, wie sich die *Princess of Glory* majestätisch zur Anlegestelle Stadsgården geschoben hat. Nun werden unten am Pier die Tampen vertäut und die erste Gangway rasselnd heruntergelassen.

Hoppla, da hat's aber einer eilig! Bewaffnet mit Rollkoffer und Reisetasche hechtet ein Mann, die Mütze tief ins Gesicht gezogen, die Gangway hinunter. Ich kneife die Augen zusammen, um ihn besser sehen zu können. Ha!

Rodriguez, die Kanaille, sucht das Weite! Na, der hat sich meine gestrige Ansprache aber wirklich zu Herzen genommen. Und wahrscheinlich hat er ganz schön Angst, dass ich es mir doch noch anders überlegen und die Polizei verständigen könnte. Sonst würde er kaum so überstürzt aufbrechen.

Unwillkürlich fasse ich mir ans Jackett und spüre, wie Rodriguez' Abschiedsbrief an Angelika in der Innentasche raschelt. Die Ärmste! Und ich Ärmster! Denn schließlich habe ich die unschöne Aufgabe, sie über den Abgang ihres Verlobten in Kenntnis zu setzen. Und man weiß ja, wie beliebt die Überbringer schlechter Botschaften sind ...

Aber bevor ich diesen Gang nach Canossa antrete, werde ich mich erst einmal mit einem ordentlichen Frühstück stärken. Also begebe ich mich in die Messe, wo mich die anderen mit großem Hallo begrüßen. Der Bombenerfolg unserer gestrigen Show hat sich offenbar herumgesprochen. Man haut mir auf die Schultern, schüttelt meine Hände, schmatzt auf meine Wangen. Ich werde ganz verlegen angesichts dieses überschwänglichen Lobs. »Dieter!!!!«, brüllt jetzt auch noch Drill-Sergeant Anja vom Kopfende der Tafel und klopft mit ihrer Hand auf den freien Platz neben sich. »Komm her und setz dich zu mir!«

Der Aufforderung kann ich mich wohl kaum widersetzen, ohne unhöflich zu wirken. Also belade ich mir meinen Teller mit Rührei und Speck und lasse mich auf den Stuhl neben Anja fallen.

»Dieter!!!«, ruft sie nun direkt in mein Ohr, als ob ich taub wäre und sie mich außerdem ständig an meinen Namen erinnern müsste. »Dolles Ding, gestern! Ganz dolles Ding! Das hast du ja mit meiner Unterstützung wirklich gut hinbekommen. Ich hab's doch gleich gewusst, dass in dir verborgene Talente schlummern und du nur einen Schubs in die richtige Richtung brauchst! Siehste, verlass dich einfach auf Tante Anja, die weiß immer, was für die *family* gut ist!«

Ach was, das ist also eigentlich Anjas Verdienst, dass die Show so gut gelaufen ist? Die hat doch nicht mehr alle Tassen in ihrem Oberstübchen! Damit ich nicht antworten muss, stopfe ich mir schnell eine große Gabel Ei in den Mund und murmele nur vage: »Mmmhh, hhmm, mmhh …«

»Genau, Dieter, genau! Du hast den *spirit* echt voll verinnerlicht. Was man leider nicht von allen hier sagen kann …« Bei diesen Worten blickt sie streng in die Runde, und ich sehe, dass etliche meiner Mitstreiter schnell den Kopf einziehen.

»Also Dieter, wir müssen unbedingt über deine Zukunft sprechen. Ich habe schon mit Frau Kieser telefoniert und ihr berichtet, dass du die geborene Rampensau bist und auf dieser Fahrt sozusagen dein spätes Coming-out feierst. Außerdem habe ich darauf bestanden, dass du auch weiterhin in meinem Team bleibst!« Anja strahlt mich begeistert an.

Bitte? Geborene Rampensau? Spätes Coming-out? Ja, dreht die denn jetzt völlig durch?

»Pass auf, Dieter, die Sache läuft folgendermaßen: Wenn wir zurück in Hamburg sind, hast du drei Tage Zeit, um dich ein bisschen auszuruhen. Und dann gehen wir auf ganz große Fahrt! Atlantik-Überquerung, USA, Kanada, du weißt schon. Da hast du dann richtig Raum, um dich auszuleben! Und ich bin die ganze Zeit dicht an deiner Seite. Na, was sagst du dazu? Das hat Tante Anja doch verdammt gut hinbekommen, oder?«

Ach du meine Güte! Schnell eine weitere Ladung Ei in den Mund und ein erneutes »Mmmmmhhhh …«.

»Mensch, Dieter, nun sag doch mal was dazu! Freust du dich denn gar nicht?«

»Ich bin gerade ganz überwältigt«, antworte ich leise.

»Klar, das verstehe ich«, sagt Anja gönnerhaft und tätschelt auch noch meine Hand. »Das ist ja wirklich eine Riesenchance für dich. Das musst du erst mal sacken lassen.« Dann erhebt sie sich zum Glück und bricht zu einer ihrer zahlreichen Joggingrunden auf.

Kopfschüttelnd beende ich mein Frühstück und beschließe, mich später auch einmal bei Frau Kieser in der Heimat zu melden, um ein paar Dinge klarzustellen. Aber vorher muss ich mit Angelika reden, und das Gespräch steht mir ein bisschen bevor. Schließlich breche ich nur sehr ungern die Herzen fremder Frauen.

Ich begebe mich direkt zu ihrer Kabine und klopfe verhalten an.

»Schatz, bist du's? Einen Moment, mein Liebling, ich komme gerade aus der Dusche!«, schallt es mir von drinnen entgegen.

»Immer mit der Ruhe«, rufe ich durch die geschlossene Tür. »Ich bin's, Dieter. Ich wollte kurz etwas mit dir besprechen ...«

»Augenblihick!«, kommt es fröhlich zurück.

Na, der armen Angelika wird ihre gute Laune gleich vergehen.

Es poltert und rumpelt ein wenig in der Kabine, und nach ein paar Minuten öffnet Angelika schwungvoll die Tür. »Dieter! Guten Morgen! Was treibt dich denn so früh zu mir? Fällt der Tanzkurs etwa aus?«

»Äh, nein«, sage ich. »Dürfte ich vielleicht für einen Augenblick hereinkommen?«

»Natürlich«, antwortet Angelika arglos. »Aber viel Zeit

hab ich nicht für dich. Rodriguez und ich wollen gleich ein bisschen Stockholm unsicher machen. Und ich würde meinen Süßen nur ungern warten lassen.«

Da hat sie mir ja das passende Stichwort geliefert. »Nun ja, genau darum geht es. Rodriguez ist leider verhindert«, sage ich, während ich eintrete und die Tür hinter mir schließe.

Angelika guckt mich verwundert an. »Verhindert? Was sollte meinen Verlobten denn daran hindern, sich einen schönen Tag mit mir zu machen?«

Ich schlucke schwer und räuspere mich. »Er hat heute Morgen schon sehr früh das Schiff verlassen. Und er hat mir das hier für dich gegeben.« Ich ziehe den Brief aus der Jacke und überreiche ihn Angelika. Kurz überlege ich, ob ich sie nun besser allein lassen sollte, entscheide mich aber dagegen. Zum Glück! Ich weiß nicht, was ich erwartet habe. Einen Tränenausbruch wahrscheinlich, Gejammer und Geschrei. Aber nicht das, was jetzt kommt.

Angelika setzt sich auf ihr Bett, guckt mich irritiert an, öffnet den Brief und beginnt zu lesen. Dann schnappt sie plötzlich nach Luft, röchelt ein paar Mal, läuft erst tiefrot an, um dann totenbleich zur Seite zu kippen und sich nicht mehr zu rühren. Oh mein Gott, hat sie etwa einen Herzstillstand? Ich hechte zu ihr und greife nach ihrer Hand. Sofort spüre ich ihren rasenden Puls, und als ich mich über sie beuge, merke ich, dass sie noch atmet, wenn auch sehr flach. Ich reiße den Telefonhörer von der Gabel, drücke den Knopf für die Zentrale und schreie: »Hilfe! Ein Notfall! Ich brauche einen Arzt, Kabine 1375! Schnell!«

Es dauert nur wenige Minuten, da poltert der mir bestens bekannte Schiffsarzt durch die Tür und steht keuchend im Raum. »Herr Bruns, was ist denn los? Wieder über die Strenge geschlagen? Ein erneuter Gichtanfall?«

»Nein, nein, um mich geht es gar nicht!«, beeile ich mich zu sagen, bevor mir der Herr Doktor noch eine Spritze irgendwo reinrammt, denn er wühlt schon geräuschvoll in seiner Arzttasche. Ich deute auf die immer noch ohnmächtige Angelika. »Ich glaube, die Dame hat einen Schock erlitten!«

»Einen Schock? Ist sie denn dehydriert oder hat sie viel Blut verloren? Eine allergische Reaktion vielleicht, wissen Sie da was?«, brüllt mich der Riese an.

»Nein, nein!«, sage ich wieder und kläre den Schiffsarzt stakkatomäßig über den Sachverhalt auf.

»Ach so«, sagt der Doc beruhigt, während er Angelika schon die Manschette des Blutdruckmessgeräts über den Arm streift. »Dann haben wir es hier wohl eher mit einer akuten Belastungsreaktion zu tun. Das kriegen wir gleich in den Griff!«

Sachte klopft er mit seinen Pranken auf Angelikas Wangen, woraufhin die tatsächlich wieder zu sich kommt und die Augen öffnet. Einen Moment blickt sie verwirrt um sich, dann scheint ihr einzufallen, was sie gerade erfahren hat – und bricht endlich in Tränen aus, ohne eine Chance, sich wieder zu beruhigen. Sie krallt sich an der Schulter des Arztes fest und heult in sein weißes Poloshirt. »Schschsch«, macht der ganz leise und nimmt sie vorsichtig in den Arm. So viel Sanftmut hätte ich diesem Schlächter gar nicht zugetraut.

Ich stehe etwas hilflos herum und komme mir in dieser Szene total überflüssig vor. »Also ...«, sage ich, »brauchen Sie mich denn noch? Ich meine, Angelika, soll ich erst mal ein wenig bei dir bleiben?«

Ein todtrauriges Aufschluchzen ist die Antwort. Der Doc streicht beruhigend über Angelikas Kopf und flüstert mir zu: »Danke, Herr Bruns, aber glauben Sie mir: Ich habe die Sache hier im Griff. Gehen Sie ruhig.« Dann wendet er sich Angelika zu. »Meine Liebe, weinen Sie sich mal schön aus. Das tut ganz gut, das weiß ich aus eigener Erfahrung. Und zum Glück heilt der Onkel Doktor auch gebrochene Herzen …«

Mit weichen Knien trete ich den geordneten Rückzug an. Da habe ich eben aber einen ordentlichen Schreck bekommen! Ich überlege, ob ich mal kurz an der Poolbar vorbeischaue, doch für einen Hugo ist es definitiv zu früh. Außerdem steht mir heute ja noch ein weiteres Problemgespräch bevor, und dafür brauche ich einen klaren Kopf. Denn ich habe mir fest vorgenommen, Elisabeth zur Rede zu stellen und herauszufinden, warum sie eigentlich vorgibt, jemand zu sein, der sie gar nicht ist. Und auf diese Erklärung bin ich wirklich sehr gespannt!

Vorher halte ich noch nach Sara Ausschau. Schließlich wollte sie ja mit ihrem Max sprechen und ist vielleicht schon schlauer als ich, was es denn mit Mutter und Sohn so auf sich hat. Aber ich kann sie nirgends entdecken, auch ihre Kabine scheint verwaist zu sein. Wahrscheinlich, denke ich bei mir, ist sie schon zu einer Shoppingtour in die Stockholmer City aufgebrochen – ob nun mit Max oder ohne.

Und das sollte ich am besten auch tun. Immerhin habe ich heute tagsüber frei. Und wann ist man schon mal in der schwedischen Hauptstadt? Während ich mir noch schnell bequemere Schuhe anziehe, überlege ich, was ich alles besichtigen sollte. Auf alle Fälle die Altstadt Gamla Stan? Dazu das Königliche Schloss? Oder das Ritterhaus und anschließend das Tessin'sche Palais?

Dabei muss ich mir eingestehen, dass ich gar keine Lust auf eine Sightseeing-Tour habe – jedenfalls nicht auf eine einsame Sightseeing-Tour. Natürlich könnte ich mich irgendeiner geführten Gruppe anschließen. Aber wenn ich ehrlich bin, würde ich Stockholm am allerliebsten in Elisabeths Gesellschaft erkunden. Irgendwie sind wir bei unseren Städtetrips ja schon ein eingespieltes Team. Die letzten Male fanden wir die gleichen Sachen interessant und haben uns zusammen amüsiert wie Bolle. Ich muss zugeben: Außer mit meiner Marianne habe ich mich noch nie auf Anhieb so gut mit einer Frau verstanden.

Ich gebe einen mittelschweren Seufzer von mir. Ob Elisabeth Dürrheimer nun tatsächlich Elisabeth Dürrheimer heißt oder anders – was soll's! Dass wir prächtig miteinander auskommen und wirklich Spaß haben, das ist auf alle Fälle echt – so viel Menschenkenntnis besitze ich nämlich. Und deshalb werde ich jetzt auch nicht länger fackeln, mir die Dame einfach schnappen und sie zu einem kleinen Stadtbummel überreden. Ihr auf den Zahn fühlen kann ich auch noch später, schließlich kann sie mir hier an Bord ja nicht weglaufen.

Ich finde sie auf Anhieb – wie sollte es anders sein – in der Nähe der Poolbar, wo sie auf einer der Liegen gerade ein Sonnenbad nimmt.

»Guten Morgen, Verehrteste!«, schmettere ich. »Ich hoffe, Sie haben gut geschlafen und sind zu neuen Schandtaten bereit?«

Elisabeth blinzelt mich vergnügt an. »Da sind Sie ja endlich! Ich habe Sie schon überall gesucht, Dieter. Wo haben Sie denn den ganzen Morgen gesteckt?«

Ich erzähle ihr kurz von Rodriguez' übereilter Abreise und von Angelikas Zusammenbruch. Sie schüttelt bedauernd den Kopf. »Ach herrje, die arme Angelika! Ich hoffe, Sie kommt schnell über diesen Mistkerl hinweg.«

»Das hoffe ich auch. Bei unserem Schiffsarzt scheint sie mir aber in guten Händen zu sein«, erwidere ich. »Ich weiß ja nicht, wie Ihre Pläne für den heutigen Tag aussehen, meine Liebe. Aber was halten Sie von einer Runde Stockholm, nur wir zwei?« Ich zwinkere ihr zu.

Und sie zwinkert lächelnd zurück. »Dieter, ich hatte schon befürchtet, Sie würden nie fragen!«

Nach unseren letzten Erfahrungen mit Stadtrundfahrten beschließen wir, es in Stockholm ruhig angehen zu lassen und beschaulich durch Gamla Stan mit seinen kleinen verwinkelten Gässchen zu schlendern und anschließend einen Abstecher zum Königlichen Schloss zu machen. Wir brechen auf, und wieder einmal hakt sich Elisabeth bei mir unter, ein schönes Gefühl und irgendwie auch schon eine lieb gewonnene Gewohnheit.

Etwas unvermittelt fragt mich Elisabeth auf einmal: »Sagen Sie, Dieter, geht es Ihnen gut?«

»Es könnte besser kaum sein«, antworte ich erstaunt. »Wieso?«

»Nun ja, in den letzten beiden Tagen schienen Sie mir etwas abwesend zu sein, wenn nicht sogar abweisend!«

»Iwo!«, wehre ich ab. »Es ist alles in allerbester Ordnung. Wahrscheinlich war ich gedanklich nur sehr mit unserer Show beschäftigt. Nein, nein, mir geht es gut.« Und dann füge ich noch listig hinzu: »Manchmal bildet man sich aber auch Sachen ein. Und manchmal sind die Dinge gar nicht so, wie sie scheinen ...«

Nun ist es an Elisabeth, erstaunt zu gucken. Aber sie lässt meine Bemerkung unkommentiert.

In gemütlichem Tempo zockeln wir durch die historische Altstadt bis zum königlichen Schloss. »Wir können ja mal anklopfen, ob Carl Gustav und Silvia gerade zu Hause sind«, witzelt Elisabeth.

»Wer?«, frage ich.

»Der König und die Königin! Sie lesen wohl keine Klatschblätter, Dieter?«

»Nur beim Friseur, Verehrteste, nur beim Friseur. Und dahin komme ich mit meinen drei Haaren nicht mehr so oft«, erwidere ich.

»Ach Dieter, jetzt kokettieren Sie aber. Und außerdem würden Sie mir auch mit kompletter Glatze gefallen!« Elisabeth kichert, und ihre leuchtenden Bäckchen werden noch ein wenig röter.

Wir beschließen, doch nicht bei Königs anzuklopfen und uns stattdessen bei einem schönen heißen Kaffee ein wenig auszuruhen. Wir landen in einer Eckkonditorei namens Café Nova, ergattern draußen sogar einen Platz auf der Holzterrasse, bestellen Milchkaffee und Fikabröd, den typischen schwedischen Zimtkuchen mit Hagelzucker, der ganz frisch gebacken und uns noch lauwarm serviert wird. Elisabeth blinzelt vergnügt in die Sonne und leckt sich genüsslich den Zucker von der Oberlippe. Dann seufzt sie tief. »Ach Dieter, das Leben kann so schön sein!«

Ich nicke nur zustimmend, denn ich habe gerade den ganzen Mund voll von diesem köstlichen Fikabröd.

»Es ist wirklich schade, dass wir in vier Tagen schon wieder in Hamburg sind …«

Ich nicke wieder.

»Also …« Elisabeth zögert ein wenig, dann gibt sie sich offensichtlich einen Ruck. »Ich weiß ja nicht, wie Sie das sehen, Dieter, aber ich würde mich auf jeden Fall sehr freuen, wenn wir auch weiterhin Kontakt hielten. Vielleicht können wir mal zusammen tanzen gehen! Oder ins Theater – auch auf die Gefahr hin, dass Sie mir wieder einschlafen …« Sie kichert.

Schnell schlucke ich meinen Kuchen herunter und räuspere mich. »Meine Liebe, ich kann Ihnen versichern, dass ich normalerweise nie im Theater einschlafe. Das war auf dieser Fahrt, nun ja, den besonderen Umständen geschuldet. Und das werde ich Ihnen in Hamburg gerne beweisen!«

Elisabeth grinst sich einen, schwenkt ihre Kaffeetasse und stößt damit schwungvoll gegen meine. »Ich nehme Sie glatt beim Wort, Dieter. Und weißt du was: Ab sofort lassen wir einfach mal dieses altmodische *Sie* weg. Ich finde, wir kennen uns nun gut genug, um uns zu duzen. Oder, Herr Bruns?«

Damit liefert sie mir eine wahre Steilvorlage! Ich schaue ihr tief in die Augen und sage bedeutungsschwer: »Genau, Frau Dürrheimer …«, ich lege eine kunstvolle Pause ein, »… oder wie auch immer du eigentlich heißen magst!«

Vor lauter Schreck lässt Elisabeth fasst ihren Kaffee fallen. Mit zitternden Händen stellt sie die Tasse auf dem Tisch ab und fragt unsicher: »Wie meinst du das denn jetzt?«

Ich lehne mich genüsslich zurück und schaue ihr streng in die Augen. »Elisabeth, ich weiß alles!«, behaupte ich forsch.

»Alles?«, flüstert sie und senkt verschämt ihren Blick.

Ich lasse sie noch einen Augenblick lang schmoren, dann gebe ich zu: »Nun ja, nicht alles. Aber zumindest weiß ich, dass du nicht die Elisabeth Dürrheimer bist, die in Dübeln macht. Und Max ist wahrscheinlich auch nicht dein Sohn. Stimmt's?«

Elisabeth hüstelt verlegen. »Stimmt«, krächzt sie dann. »Aber Elisabeth heiße ich wirklich. Elisabeth Petersen, um genau zu sein ...« Dann erzählt sie mir die ganze Geschichte. Ich erfahre, dass sie früher als Sekretätin gearbeitet hat und jetzt eigentlich schon im Ruhestand ist, manchmal aber stundenweise in verschiedenen Büros aushilft. Zum Beispiel als Max' Sekretärin, der als Privatdetektiv an Bord der *Princess of Glory* auf den Spuren einer Heiratsschwindlerin – also Sara – ist. Dass sie sich als Mutter und Sohn und Inhaber des dürrheimerischen Dübel-Imperiums ausgegeben haben, damit ihnen der Fisch an die Angel geht. Dass sich diese Sache leider etwas verselbstständigt hat, weil Max mittlerweile fest an Saras Haken hängt – sprich: sich Hals über Kopf in sie verliebt hat. Und dass die Situation seit zwei Tagen immer ungemütlicher wird, weil Max' Auftraggeber, eines von Saras Opfern, misstrauisch geworden ist und Max telefonisch die Hölle heißmacht.

»Ach Dieter«, seufzt Elisabeth, »am Anfang hat diese Scharade ja noch einen Heidenspaß gemacht. Doch mit der Zeit habe ich dann ein immer schlechteres Gewissen bekommen, weil ich dich ja anflunkern musste. Und das wollte ich nun wirklich nicht, weil wir uns doch so gut verstehen. Du glaubst gar nicht, wie froh ich bin, dass ich dir jetzt endlich die Wahrheit gesagt habe!« Sie nimmt meine Hand und drückt sie ganz fest. »Und weißt du was? Nach diesem Geständnis könnte ich gut einen Schnaps vertragen!«

Ich allerdings auch. Und deshalb ordern wir beide einen Skane Akvavit und stoßen erst einmal an. Das Zeug brennt wie Feuer in der Kehle, ich bekomme fast einen Hustanfall. Als ich wieder einigermaßen Luft kriege, frage ich nachdenklich: »Sag mal, was macht ihr jetzt mit diesem Auftraggeber? So wie die Dinge liegen, kann ich mir kaum vorstellen, dass Max Sara auffliegen lässt, oder?«

»Nein, natürlich nicht!«, bestätigt Elisabeth meine Vermutung. »Max wollte ihn heute Vormittag anrufen und ihm erzählen, dass er sich geirrt hat und Sara gar nicht diese Heiratsschwindlerin, sondern eine echte Italienerin ist. Dass es sich sozusagen um eine Verwechslung handelt.«

»Na, wenn das mal klappt ...«, murmele ich.

Nach zwei weiteren Skane Akvavit, der dritte schmeckt schon ganz passabel, bummeln wir ausgelassen zum Schiff zurück. An Bord ist es mit unserer hochprozentigen Fröhlichkeit aber schnell vorbei. Gerade haben wir uns zwei Liegestühle geschnappt und uns gemütlich darauf eingerichtet, da stürzen Max und Sara atemlos auf uns zu.

»Dieter, wir müssen unbedingt mit Ihnen reden!«, ruft Sara aufgeregt.

»Ach, Kindchen, ich weiß doch schon alles«, winke ich schnapsselig ab.

»Wie? Du weißt, äh, Sie wissen schon alles?«, fragt Max konsterniert.

»Bleib ruhig beim Du. *One family, one spirit*«, sage ich und muss lachen, als Max mich verständnislos anschaut. »Deine Mutter, die ja gar nicht deine Mutter ist, hat mir vorhin alles erzählt. Tolle Story, ehrlich!«

Max ist wohl zwischenzeitlich der Humor vergangen, denn er schüttelt unwirsch den Kopf. »Wir haben ein Problem«, meint er nun, »ein großes Problem!«

»Na, dann schieß mal los«, erwidere ich.

Und Max berichtet, dass sein Kunde Lunte gerochen und damit gedroht hat, der *Princess of Glory* eine Stippvisite abzustatten, um die falsche Sara Brunetti höchstpersönlich dingfest zu machen. »Wahrscheinlich wartet er schon in Hamburg mit einem Sondereinsatzkommando, wenn wir einlaufen«, meint Max sorgenvoll.

»Na, na«, brumme ich, »so schlimm wird's schon nicht kommen. Lass mich mal einen Augenblick nachdenken, was wir jetzt am besten machen, damit der sich wieder beruhigt.«

Und noch während ich versuche, meine kleinen grauen Zellen vom Akvavit-Nebel zu befreien, schrillt das Handy in Max' Hosentasche. Er zieht es heraus und schaut kurz aufs Display. »Mist«, sagt er. »Das ist Hans-Peter!«

»Wer ist Hans-Peter? «, frage ich verständnislos.

»Der Typ, den Sara übers Ohr gehauen hat ...«

»Also, so kann man das jetzt auch nicht sagen ...«, schaltet Sara sich ein.

»Egal«, unterbreche ich sie. »Max, geh besser ran. Wir müssen doch wissen, was er will.«

Max drückt auf das grüne Hörer-Symbol, und wir anderen lauschen mit angehaltenem Atem:

»Ja, hallo ...«

»Nein, nein, ich bin da noch nicht weitergekommen ...«

»Nein, ich sagte doch schon, dass ...«

»Nein, ich bin mir ziemlich sicher, dass da ein Irrtum ...«

»Nein, das halte ich für keine gute Idee, dass Sie selbst ...«

»Wie? Mein Geld nicht wert? Erlauben Sie mal, aber ...«

»Aufgelegt!«, sagt Max nun und sieht erst fassungslos sein Handy und dann uns an.

»Und?«, ruft Sara. »Was hat er gesagt?«

Max schluckt. »Er hat gesagt, dass er mir kein Wort mehr glaubt und fest davon überzeugt ist, dass du diejenige bist, die er sucht ...«

»Und was noch?«

»Nun ja, er will die Sache jetzt selbst in die Hand nehmen und nicht erst in Hamburg, sondern schon bei unserer nächsten Station, in Kopenhagen, an Bord kommen ...«

Einen Augenblick schweigen wir alle betroffen, dann kommt mir der rettende Gedanke. Ich springe auf und rufe: »Sara, Max, das ist doch alles ganz einfach! Ihr beide müsst sofort das Schiff verlassen, hier in Stockholm. Und wenn Hans-Peter in Kopenhagen die *Princess of Glory* entert, seid ihr auf alle Fälle außer Reichweite. Bis dahin kann ich mir auch irgendeine Geschichte für ihn ausdenken ...«

»Das könnte funktionieren.« Max nickt langsam. »Aber wie willst du ihn davon abhalten, ganz Skandinavien nach uns zu durchforsten? Ich befürchte, der Typ ist mittlerweile zu allem bereit.«

»Ach«, ich winke lässig ab, »da fällt mir schon etwas ein. Lass Onkel Dieter mal machen ...«

Noch während ich das sage, geht auf einmal ein sanftes Zittern durch das ganze Schiff. Erst blicken wir uns alle erstaunt an, dann stürzen wir gleichzeitig an die Reling – und sehen, wie die *Princess of Glory* langsam ablegt, um Kurs auf Kopenhagen zu nehmen.

»Ach du heilige Scheiße«, flüstert Sara.

»Das kannst du mal laut sagen«, meint Elisabeth trocken.

Wie zur Bestätigung ertönt das durchdringende Tuten unseres Schiffes.

XXII

Ich bin geliefert. Das war's. Arrivederci Freiheit, buon giorno Knast. Als die *Princess of Glory* langsam ausläuft, hänge ich fassungslos an der Reling und bin kurz versucht, mit einem beherzten Sprung über Bord das Weite zu suchen. Oder sollte ich vielleicht eines der Rettungsboote zu Wasser lassen und in die einsamen Schären paddeln? Da findet Hans-Peter mich bestimmt nicht! Obwohl – dem traue ich mittlerweile alles zu ...

Ich drehe mich zu den anderen um und lese in ihren Gesichtern, dass sie genauso bestürzt sind wie ich.

»Auweia«, sagt Elisabeth.

»Verflucht!« Max lässt die Schultern hängen. »Und jetzt?«

Dieter schweigt und fixiert das Wasser. Er hat die Stirn in Falten gelegt und sieht gerade ein bisschen einem wütenden Dackel ähnlich. Vor meinem geistigen Auge sehe ich, wie er anfängt zu kläffen, sich auf Hans-Peter stürzt und in dessen Wade verbeißt. Bei dieser Vorstellung fange ich an zu glucksen, dann wird ein lauteres Kichern daraus – und dann bekomme ich einen hysterischen Lachkrampf. Die anderen starren mich entgeistert an.

»Schön, dass du auch in dieser Situation nicht deinen Humor verlierst«, sagt Max sarkastisch.

»Das ist saukomisch!«, ist alles, was ich unter Lachtränen herausbringe.

Elisabeth tätschelt beruhigend meine Schulter, Max schüttelt den Kopf, und Dieter sagt immer noch nichts. Als ich mich wieder einigermaßen beruhigt habe, dreht er sich auf dem Absatz um und geht mit forschem Schritt Richtung Poolbar. »Kinder!«, ruft er. »Marsch, marsch. Auf den Schreck holen wir uns jetzt erst einmal etwas Ordentliches zu trinken. Und dann halten wir Kriegsrat!«

»Das klingt nach einem Plan«, sagt Elisabeth und setzt sich in Bewegung.

Ich hake mich bei Max unter und ziehe ihn mit mir. Dieter hat völlig recht: Alkohol ist doch eine Lösung!

Wir bewaffnen uns mit diversen Hugos sowie zwei großen Flaschen Wasser und suchen uns ein stilles Eckchen, wo uns hoffentlich niemand stört. Nachdem wir uns gegenseitig zugeprostet haben, räuspert sich Dieter energisch. Erwartungsvoll blicken wir ihn an.

»Also«, beginnt er, »wir müssen jetzt strategisch vorgehen. Ruhig bleiben und einen kühlen Kopf bewahren, lautet die Devise! Schließlich laufen wir Kopenhagen erst übermorgen an. Das heißt, wir haben ausreichend Zeit, um uns etwas zu überlegen.« Er schaut in die Runde, und als wir alle artig nicken, fährt er fort.

»Wenn man seinen Feind erfolgreich bekämpfen will, muss man ihn gut kennen. Sara, du erzählst uns jetzt erst mal alles, was du über Hans-Peter weißt. Wie und wo hast du ihn kennengelernt? Wie lange lief diese, na ja, diese Geschäftsbeziehung zwischen euch? Und um wie viel Geld hast du ihn schlussendlich erleichtert?«

Ich winde mich ein wenig. Jetzt, so vor allen, mit der Wahrheit rauszurücken, ist mir doch etwas peinlich. Aber es bleibt mir wohl nichts anderes übrig. Und so erzähle ich, wie ich Hans-Peter bei einem Pferderennen auf der Horner Rennbahn aufgestöbert habe, wie ich ihm »aus Versehen« meinen Champagner übers Revers gekippt habe und wir so ins Gespräch gekommen sind. Dass Hans-Peter eine lohnenswerte Beute war, war schnell klar. »Na ja«, sage ich, »und dann nahm alles seinen Lauf. Der alte Knacker hat sich in mich verguckt, und dann hat er mir etwas ausgeholfen ...«

»Sara!«, sagt Dieter streng. »Das war ja nun eher die Kurzfassung. Mit was für einer Geschichte genau hast du ihm denn das Geld aus der Tasche gezogen?«

»Äh, nun ja«, stottere ich und versuche tunlichst, Max' Blick zu meiden, »das war so: Ich habe ihm erzählt, dass ich ein höheres italienisches Töchterchen bin und mein Vater ein steinreicher Unternehmer aus Neapel. Und dass er mich einerseits zu Studienzwecken nach Deutschland geschickt hat und andererseits, damit ich meinen Liebeskummer auskuriere ...«

»Aha!«, sagt Max.

»Wisst ihr, ich, äh, versuche immer, also ich meine, früher ..., da habe ich immer versucht, möglichst nur mit einer Legende zu operieren, damit ich mich nicht irgendwann verheddere ...«

»So, so«, sagt Max.

»Aber mit welcher Story hast du ihm denn nun das Geld aus dem Kreuz geleiert?«, interveniert Dieter.

»Ich habe ihm erzählt, dass ich einen größeren Betrag meines Vaters erwarte, um mir eine Wohnung zu mieten und mich einzurichten, Möbel kaufen und so. Und dass ich eine ganz tolle Wohnung gefunden hätte, an der Alster, aber dass mit der Transaktion auf mein deutsches Konto etwas schiefgelaufen sei, also dass die italienischen Finanzbehörden die Summe noch zurückhielten, um zu überprüfen, ob es sich bei der Zahlung nicht um Geldwäsche handele. Mafia und so, versteht ihr? Ich sagte ihm, ich hätte nun Angst, dass mir irgendwer die Wohnung vor der Nase wegschnappt. Und da hat mir Hans-Peter angeboten, kurzfristig zu überbrücken.«

»Dolle Geschichte!«, meint Elisabeth bewundernd.

»Von was für einer Summe reden wir?«, will Dieter wissen.

»Zwanzigtausend«, murmele ich.

»Hui!«, ruft Elisabeth. »Das ist aber viel für eine Wohnung!«

»Na ja«, sage ich entschuldigend, »als verwöhnte Italienerin hat man so seine Ansprüche ...«

»Und dann?«, hakt Dieter wieder ein.

»Dann habe ich versucht, Hans-Peter hinzuhalten und mir einen möglichst eleganten Abgang zu verschaffen. Aber diese Krämerseele ist extrem schnell misstrauisch geworden und hat plötzlich darauf bestanden, mit meinem Vater zu telefonieren. Da ist mir die Sache zu heiß geworden und ich bin abgetaucht.«

»Zwanzigtausend ...«, sagt Dieter nachdenklich. »Kein Pappenstiel, aber dennoch überschaubar ... Und unter welchem Namen bist du bei Hans-Peter aufgetreten?«

»Sara Galbani.«

»Galbani?« Dieter guckt leicht irritiert.

»Genau, Galbani wie der Mozzarella!«, frotzelt Max. »Ganz schön originell, oder?« Und dann lacht er mich tatsächlich aus.

»So witzig ist das nun auch nicht«, zicke ich ihn an.

»Kinder, Kinder!« Dieter hebt beschwichtigend die Arme. »Nicht streiten! Das bringt uns nicht weiter. So, Max, jetzt erzähl du doch mal. Wie ist Hans-Peter an dich geraten?«

»Der war ja früher Inkasso-Unternehmer. Und da hat er immer wieder mal mit unserer Kanzlei zusammengearbeitet, wenn ihm ein Schuldner abhandengekommen ist. Und diesmal hat er uns eben beauftragt, nach einer gewissen Sara Galbani zu suchen. Er hat aber gleich hinzugefügt, dass das wohl nicht ihr richtiger Name sei, sondern sich die Dame nur als Italienerin ausgebe und in Wahrheit eine deutsche Heiratsschwindlerin sei«, berichtet Max.

»Und wie seid ihr darauf gekommen, an Bord eines Kreuzfahrtschiffes nach ihr zu suchen?«, fragt Dieter neugierig.

»Das war meine Idee«, erklärt Max mit geschwellter Brust. »Nach allem, was Hans-Peter uns von Sara erzählt hatte, war klar, dass sie abgetaucht war und schnellstmöglich die Stadt verlassen musste. Denn – auch das war klar – sie ahnte ja, dass Hans-Peter ihr auf die Schliche gekommen war. Gleichzeitig musste sie in absehbarer Zeit auch wieder zu Geld kommen. Wie verlässt man nun am besten eine Hafenstadt und wo findet man außerdem reiche, alte Männer? Bingo! An Bord eines Kreuzfahrtschiffs! Ich hab einfach eins und eins zusammengezählt.« Max strahlt uns triumphierend an. »Ich habe mir über Connections die Passagierlisten von allen Cruisern besorgt und bin auf eine Sara Brunetti gestoßen. Klar, die Reise mit der *Princess of Glory* war trotzdem noch ein Schuss ins Blaue. Aber was soll ich sagen? Treffer versenkt!«

Jetzt grinst Max mich auch noch frech an. »Pffff«, mache ich. So ein ausgekochter Hund!

Dieter runzelt wieder seine Denkerstirn und schweigt. »Hmm, hmm, hmm«, macht er nach einer Weile und steht mit einem tiefen Seufzer auf. »Ad hoc fällt mir jetzt keine Lösung ein. Wisst ihr was? Ich haue mich mal eine Runde aufs Ohr. Im Schlaf kommen mir oft die besten Ideen.« Er klopft mir beruhigend auf die Schulter. »Keine Sorge, Sara«, meint er, sieht dabei aber nur mäßig zuversichtlich aus. »Irgendetwas wird mir schon einfallen …«

Oh man, denke ich, das kann ich nur hoffen. Denn wenn dieser alte Fuchs nicht weiterweiß – wer dann?

XXIII

»Uuuund eins zwei drei, eins zwei drei, Dreeeehung! Sehr schön!« Die Damen meines Tanzkurses wiegen sich ganz harmonisch im Takt. Zufrieden wippe ich mit der Fußspitze mit. Das sieht doch schon sehr gut aus. Heute gebe ich meine vorletzte Stunde, und was ich sehe, erfüllt mich mit Stolz. Wiener und Langsamer Walzer, Foxtrott und Quickstep – meine Mädels haben's drauf. Sogar die anfänglich sehr hüftsteife Maggie gleitet geschmeidig übers Parkett.

Auch Angelika ist gekommen – und damit hatte ich, ehrlich gesagt, nicht gerechnet. Aber vorhin stand sie ganz tapfer in der Tür, das Gesicht noch ein bisschen verquollen, und nahm mit einem wehmütigen Lächeln die Beileidsbekundungen der anderen entgegen. Natürlich hatte es sich schon herumgesprochen, dass Rodriguez, die Kanaille, stiften gegangen ist und Angelika hat sitzen lassen.

»Du Ärmste …«

»Es tut mir sooo leid für dich!«

»Sei froh, dass du den Mistkerl los bist …«

»Drum prüfe, wer sich ewig bindet!«

»Komm, lass dich einmal drücken …«

Ich war mir nicht ganz sicher, aber bei einigen Bemerkungen glaubte ich, eine gewisse Schadenfreude herauszuhören. Na ja, vielleicht waren die Damen, die auch mit dem windigen Windisch geliebäugelt hatten, ganz froh, dass dieser Kelch an ihnen vorübergegangen war.

Zum Abschluss der Stunde klatsche ich wie immer in die Hände und rufe: »So, ihr Lieben, das war's für heute. Ich wünsche euch einen schönen Tag!« Während die Versammlung sich langsam auflöst, gehe ich noch einmal zu Angelika. »Wie geht es dir denn?«, frage ich vorsichtig.

»Ach, Dieter!« Sie seufzt. »Es könnte schlimmer sein. Dank dir bin ich ja noch einigermaßen heil aus der Nummer herausgekommen. Das kannst du ruhig zugeben: Du bist Rodriguez doch auf die Schliche gekommen, oder?«

»Na ja …«, wehre ich verlegen ab.

»Doch, doch!«, bekräftigt Angelika. »Du warst von Anfang an misstrauisch und hast den Braten gerochen. Ohne dich hätte ich wohl mehr als nur ein blaues Auge. Danke, Dieter!« Und dann haucht sie mir einen Kuss auf die Wange.

Jetzt weiß ich gar nicht mehr, was ich sagen soll. Zum Glück steckt in diesem Moment der Schiffsarzt seinen Kopf zur Tür herein. »Hallihallo!«, donnert er. »Ich wollte doch mal schnell nach meiner Patientin gucken. Wie geht es uns denn heute?«

»Uwe!«, ruft Angelika begeistert. »Wie schön, dich zu sehen! Hast du Zeit, noch einen Kaffee mit mir zu trinken?«

»Selbstverständlich«, sagt der Doc und reicht Angelika galant seinen Arm. »Für dich habe ich immer Zeit …«

Uwe? Für dich habe ich immer Zeit? Na, das ist ja mal

eine unerwartete und recht rasante Wendung, denke ich, während ich beobachte, wie die beiden vertraut von dannen ziehen. Der Herr Doktor scheint tatsächlich ein Rezept gegen gebrochene Herzen zu kennen! Vielleicht verrät er's mir ja und ich kann damit den wild gewordenen Hans-Peter kurieren. Obwohl der weniger an gebrochenem Herzen leidet, sondern eher an einem schwindsüchtigen Konto …

Den ganzen gestrigen Abend und noch die halbe Nacht habe ich mir wegen Hans-Peter und unserem Problem den Kopf zermartert. Nur unterbrochen vom gemeinsamen Abendessen, bei dem Max, Sara und Elisabeth mich ansahen, als sei ich der Messias und müsste gleich das ersehnte Heilsversprechen von mir geben. Natürlich konnten wir beim Dinner nicht offen miteinander reden, schließlich saßen ja noch Kalle und Elvira mit am Tisch, die wie immer so mit sich selbst beschäftigt waren, dass sie von unserer getrübten Stimmung nichts mitbekamen.

»Wat bin ick froh, wenn wa wieda zu Hause sind, wa!«, dröhnte Kalle. »Dat is' die erste und die letzte Kreuzfahrt, auf die ick jeh, wa! Ick freu mir auf meine Wurst, dat jlaubt ihr gar nich'!«

Ich glaubte ihm das sofort.

»Kalle, iss wat! Sonst fällste mir noch vom Fleisch«, unterbrach Elvira die philosophischen Betrachtungen ihres Gatten. »Und sauf nich' so viel. Sonst kippste wieder aus deiner Koje!«

Nein, für leise Zwischentöne sind die beiden wirklich nicht zu haben!

Nach dem Essen ging ich mit meinen Mitstreitern noch auf einen Absacker an die Poolbar, verabschiedete mich aber recht schnell mit dem Hinweis, dass ich ja schließlich dabei sei, eine Lösung für unser Problem zu erarbeiten, und dafür einen klaren Kopf bräuchte.

»Hast du denn schon eine Idee?«, fragte Sara vorsichtig.

»Das könnte durchaus sein«, tat ich geheimnisvoll. »Aber ich muss noch ein bisschen darauf herumdenken. Und dafür brauche ich Ruhe, absolute Ruhe!«

Und es ist wahr. Langsam reift ein Plan in meinem Kopf. Ein ziemlich verrückter Plan, das muss ich zugeben. Aber er könnte funktionieren – wenn alle Beteiligten mitspielen! Damit meine ich nicht nur Max, Sara und Elisabeth. Ich brauche auch ein weiteres Mal die Hilfe von Karlo Hagerwelt und seinem Assi.

Außerdem muss ich schnellstmöglich mit Sonja Kieser, der Event-Managerin in Hamburg, telefonieren, um ein paar Dinge abzuklären. Nicht nur, dass ich mitnichten als Choreograf oder Frauen-Bespaßer für weitere Kreuzfahrten zur Verfügung stehe, wie die wahnsinnige Anja glaubt. Mir liegt da nämlich noch etwas anderes auf dem Herzen. Und bei dem Gedanken daran werde ich ganz aufgeregt – fast wie ein kleiner Junge, der einen großen Streich plant.

Während ich im Bett lag und über Saras Situation inklusive Teil A des großen Plans nachgrübelte, bin ich nämlich sozusagen vom Hütchen übers Stöckchen bei meinem eigenen Leben gelandet. Und weil ich gerade so schön am Überlegen war, habe ich in meinem Kopf einen kleinen Kassensturz gemacht. Was mich zum Beispiel erwartet, wenn ich wieder in Hamburg bin. Nicht allzu viel, musste ich mir eingestehen. Das große leere Haus. Einsame Tage und Abende. Das schlechte Hamburger Wetter. Die Besuche an Mariannes Grab, die mich nur melancholisch machen. Als Highlight ein bis zwei Mal im Jahr eine Stippvisite von meiner Tochter und ihrer Familie. Und am Ende der Fahnenstange würde so etwas wie *Lebensruh* stehen. Allein bei der Vorstellung schüttelt es mich schon!

Wie viel Abwechslung habe ich dagegen auf dieser Kreuzfahrt gehabt! Was habe ich alles erlebt – gemeinsam mit Elisabeth, dieser wunderbaren Frau! So gut und vor allem so vital habe ich mich schon lange nicht mehr gefühlt. Deshalb habe ich beschlossen, dass dieser Status quo unbedingt erhalten werden sollte. Und so ist Teil B meines Plans in mir gereift, den ich fast noch schöner finde als Teil A – wenn in diesem Fall Elisabeth mitspielt …

Um herauszufinden, was alle Beteiligten zu meinen Plänen sagen, muss ich nur langsam mal aktiv werden. Denn auch die besten Pläne nützen nichts, wenn man sie nicht in die Tat umsetzt. Deshalb eile ich nach dem Tanzkurs zurück in meine Kabine und wähle mit fliegendem Puls Sonja Kiesers Nummer.

»Herr Bruns!«, freut sie sich, als sie meine Stimme erkennt. »Wie schön, von Ihnen zu hören! Mir sind ja schon die unglaublichsten Dinge über Sie berichtet worden. Anja ist ja ein ganz großer Fan von Ihnen!«

»Ach«, sage ich bescheiden, »ich habe doch nur ein wenig ausgeholfen …«

»Na, jetzt stellen Sie mal Ihr Licht nicht so unter den Scheffel. Ohne Sie wäre die Truppe verloren gewesen.«

»Das war doch Ehrensache«, gebe ich zurück. *»One family, one spirit.«*

Sonja Kieser lacht in den Hörer. »Genau wie die gute Anja immer sagt. Herr Bruns, sie hat mir auch erzählt, dass Sie sozusagen Feuer gefangen haben und planen, ein festes Teammitglied zu werden. Stimmt das denn?«

»Ich glaube, da hat Anja etwas missverstanden«, antworte ich diplomatisch. »Mein Engagement als Vollzeit-Host ist jedenfalls nach dieser Reise beendet.«

»Das habe ich mir schon fast gedacht«, meint Sonja Kieser bedauernd. »Ich kenne ja unsere Anja, sie ist manchmal schon etwas nassforsch und schießt gern über das Ziel hinaus. Schade, Herr Bruns, wirklich schade ...«

»Nun ja«, sage ich gedehnt und lege eine kleine dramatische Pause ein. »Vielleicht kommen wir ja doch noch zusammen. Wenn auch anders als von Anja gedacht.« Und dann erläutere ich ihr ausführlich, unter welchen Umständen ich mir eine weitere Zusammenarbeit vorstellen könnte.

Nach meinen Ausführungen schweigt Sonja Kieser einen Augenblick nachdenklich. »Mensch, Herr Bruns«, meint sie schließlich, »das ist gar keine schlechte Idee! Das haben wir in dieser Form zwar noch nie gemacht, aber wissen Sie was? Ich sag jetzt einfach mal spontan zu. Das mit dem Mitarbeiter-Rabatt muss ich en detail natürlich noch abklären, aber es sollte so oder so machbar sein.«

»Frau Kieser, ich bedanke mich!«, sage ich äußerst zufrieden. »Toll, dass das klappt! Sie sind eine Frau ganz nach meinem Geschmack ...«

»Sie alter Schmeichler!« Sonja Kieser lacht. »Ich bedanke mich bei Ihnen. Schließlich habe ich ja auch etwas davon. Und grüßen Sie mir diese Elisabeth. Sie muss ja wirklich etwas Besonderes sein ...«

Stimmt genau, denke ich, als wir auflegen, das ist sie auch. Und deshalb wähle ich jetzt Elisabeths Nummer. Zum Glück ist sie in ihrer Kabine und nimmt nach dem zweiten Freizeichen ab.

»Jaha, halloho?«, schallt es mir gut gelaunt entgegen.

»Meine Verehrteste, ich bin's! Hättest du wohl einen Augenblick Zeit für mich?«

»Dieter, was für eine Frage! Natürlich habe ich Zeit. Wofür denn eigentlich?«

»Ich hätte da was mit dir zu besprechen«, deute ich vorsichtig an.

»Ach, ist dir was in Sachen Hans-Peter eingefallen? Soll ich Max und Sara Bescheid geben, dass sie auch dazukommen?«

»Nein, nein!«, entgegne ich schnell. »Mir ist da zwar ebenfalls eine Idee gekommen, aber vorher wollte ich noch etwas anderes mit dir bereden. In fünf Minuten an der Poolbar?«

»Na, du machst es aber spannend!«, sagt Elisabeth. »Also, bis gleich!«

Fast zeitgleich trudeln wir an der Bar ein. »Such dir doch schon mal ein ruhiges Plätzchen«, rufe ich ihr zu und organisiere schnell zwei Gläser Champagner.

»Gibt es etwas zu feiern?«, fragt sie erstaunt, als ich zu ihr an den Tisch komme.

»Vielleicht«, antworte ich ausweichend. »Sag mal, wie sehen eigentlich deine Pläne aus, wenn wir wieder in Hamburg sind?«

»Pläne? Was für Pläne?«

»Na ja, musst du dann gleich wieder arbeiten? Oder wartet da jemand auf dich?«

»Wer soll denn auf mich warten?« Elisabeth schaut mich ziemlich verwirrt an.

»Na ja, deine Familie? Also Kinder – oder ein Mann …«

Elisabeth lacht und schüttelt den Kopf. »Nein, nein, ich bin doch geschieden – und das zum Glück schon seit über zehn Jahren! Und meine beiden Jungs sind natürlich schon erwachsen und leben ihr eigenes Leben.«

»Aha!«, sage ich, und mein Herz macht einen kleinen, freudigen Hüpfer. »Und was ist mit deinem Job?«

Elisabeth winkt ab. »Das sind doch nur Aushilfstätigkeiten, Dieter. Ich hab ja meine Rente. Die paar Stunden im Büro dienen hauptsächlich dazu, dass ich mal wieder unter die Leute komme und nicht völlig einroste. Aber sag mal ...« Und nun schaut sie mir fest in die Augen. »... was soll denn diese Fragerei? Worauf willst du eigentlich hinaus?«

Ich atme tief durch. Augen zu und durch, Dieter!, spreche ich mir innerlich Mut zu, mehr als Nein sagen kann sie schließlich nicht. Und dann frage ich frank und frei: »Könntest du dir vorstellen, mit mir zusammen auf Weltreise zu gehen?«

Ruckartig richtet sie sich in ihrem Liegestuhl auf. Ihre Augen beginnen zu leuchten. »Dieter! Was hast du vor?«

»Na, na«, sage ich tadelnd, »das ist aber keine Antwort auf meine Frage!«

»Natürlich kann ich mir das vorstellen! Und ob!«, ruft sie. »So viel Spaß wie mit dir hatte ich schon ewig nicht mehr. Insgeheim habe ich mich schon gefragt, was ich eigentlich mit meiner ganzen Zeit anfange, wenn ich wieder zu Hause bin. Aber jetzt rück endlich mit der Sprache raus: Meinst du das wirklich ernst, das mit der Weltreise?«

»Ja«, sage ich schlicht. Und füge noch ganz mutig hinzu: »Mit dir möchte ich bis ans Ende der Welt reisen – und wieder zurück!«

Elisabeth strahlt mich an und nimmt meine Hand. »Wenn das so ist, Dieter, dann komme ich mit! Jetzt müssen wir uns nur noch überlegen, wie wir das finanzieren wollen. So eine Weltreise ist ja kein Pappenstiel ...«

»Das habe ich alles schon durchdacht«, sage ich ein

wenig großspurig. Und dann erkläre ich ihr endlich, wie ich mir das gedacht habe.

Dass ich schließlich kein armer Schlucker bin und dass auf meinem Girokonto gerade vierzigtausend Euro, die ich vorsorglich für meinen Aufenthalt in *Lebensruh* lockergemacht hatte, vor sich hin schimmeln. Und dass die Hälfte davon dicke reichen würde, damit wir zwei auf einem Kreuzfahrtschiff für mindestens ein Jahr in aller Ruhe die Welt umrunden können.

»Das reicht im Leben nicht!«, widerspricht Elisabeth. »Aber ich habe ja auch etwas gespart, Dieter. Und wenn ich das in unseren gemeinsamen Topf werfe, dann können wir schon einige Zeit unterwegs sein. Vielleicht nicht ein ganzes Jahr, aber ...«

»Doch, doch«, unterbreche ich sie. »Das Beste habe ich dir ja noch gar nicht erzählt! Erstens werde ich auf unserer Reise von Zeit zu Zeit weitere Kurse an Bord geben, nur tagsüber, wohlgemerkt. Als Eintänzer stehe ich nicht mehr zur Verfügung! Und zweitens bekomme ich dafür einen Mitarbeiter-Rabatt für mich und meine Begleitung, inklusive schicker Außenkabine mit Balkon. Was sagst du dazu?«

Elisabeth sagt erst mal gar nichts, so baff ist sie. Dann aber wirft sie mir ihre Arme um den Hals und drückt mich so fest, dass ich kaum noch Luft bekomme. »Vorsicht!«, japse ich. »Sonst wird das nichts mehr mit unserer Reise.«

»Hach, Dieter!«, jubelt sie. »Wenn ich dich nicht schon so mögen würde, wäre es spätestens jetzt um mich geschehen. Wie du das eingefädelt hast, du Haudegen – einfach super!«

Wir prosten uns euphorisch zu, und ich grinse sie breit an. »Und jetzt«, sage ich, »erkläre ich dir, was wir mit den anderen zwanzigtausend Euro machen ...«

Drei Champagner später stehen wir kichernd vor der Kabinentür von Karlo Hagerwelt und klopfen. Der Assistent öffnet – wie sollte es auch anders sein –, und als er uns erblickt, friert sein Gesichtsausdruck ein. Er wagt aber nicht, uns wieder wegzuschicken, sondern lässt uns unwillig herein.

Karlo Hagerwelt liegt auf dem Sofa und wirft mit kleinen Papierkügelchen auf einen Mülleimer, den er in die Mitte der Suite gestellt hat. Als er uns sieht, springt er freudig auf. »Ah, Madame Elisabeth und Dieter Bruns, meine Freunde! Wie schön, dass Sie mich besuchen kommen. Ich fing gerade an, mich zu langweilen!« Dann wendet er sich an seinen Gehilfen. »Ein Tee wäre jetzt wohl gut. Aber hopp, hopp ...«

Er bietet uns einen Platz an, rückt Elisabeth charmant das Sesselchen zurecht und fragt: »Was führt Sie zu mir? Ich vermute doch, dass Sie nicht einfach mal so auf einen Small Talk vorbeikommen.«

»Da vermuten Sie richtig«, sage ich. »Es ist mir ein bisschen unangenehm, Sie schon wieder zu belästigen. Aber wir bräuchten noch ein weiteres Mal Ihre Hilfe ...«

»Ah! Das klingt nach Abwechslung. Vielleicht sogar Aufregung, wenn ich so in Ihre Gesichter sehe ... Immer frei heraus damit, hopp, hopp!« Karlo Hagerwelt ist ganz Ohr.

Also erzähle ich ihm von Sara, den Betrügereien und ihrer Läuterung – in diesem Punkt übertreibe ich vorsichtshalber ein wenig –, außerdem von Max und dessen Auftrag, davon, wie sich die beiden ineinander verliebt haben, und von Hans-Peter, der ihnen auf der Spur ist und das junge Glück zu zerstören droht.

»Ah!«, sagt Karlo Hagerwelt. »So, so. Das klingt ja

nahezu nach einer modernen *Romeo-und-Julia*-Inszenierung …«

Ich erläutere ihm auch, was ich mir zur Rettung der beiden habe einfallen lassen und wie sein Part in dieser Geschichte aussehen soll. »Als kreativer, künstlerischer Freigeist sind Sie doch bestimmt auch ein guter Schauspieler«, füge ich abschließend hinzu. »Könnten Sie sich vorstellen, an unserer kleinen Aufführung mitzuwirken?«

Karlo Hagerwelt zögert keine Sekunde. »Eine formidable Idee, wirklich. Dieter Bruns, mein Freund, da sag ich nur: Hopp, hopp, so wird's gemacht!«

Wir strahlen uns alle zufrieden an, nur der Assi guckt etwas maulig aus der Wäsche. »Ich will auch mitspielen!«, nörgelt er.

»Junger Mann«, sage ich vergnügt, »dann werde ich mir extra für Sie noch eine Rolle ausdenken! Und morgen Abend ist Generalprobe, Punkt acht an der Poolbar!«

»Das wird ein Heidenspaß!«, meint Elisabeth atemlos, als wir Hagerwelts Suite wieder verlassen. »Sollten wir jetzt nicht langsam mal Max und Sara suchen und ihnen erzählen, was wir vorhaben?«

»Genau das sollten wir tun«, entgegne ich mit einem Blick auf die Uhr. »Langsam wird die Zeit knapp. Wir haben schließlich noch ein paar Vorbereitungen zu treffen. Und dann muss ich wirklich dringend nach Hamburg telefonieren, oder was meinst du?«

Ich zwinkere ihr zu, und Elisabeth zwinkert fröhlich zurück. Wenn Bonnie und Clyde das Rentenalter erreicht hätten, hätten sie gegen uns zwei echt alt ausgesehen!

XXIV

Mit einem Gefühl tiefer Hoffnungslosigkeit hocke ich auf Max' Bettkante und starre trübsinnig aus dem Bullauge. Max sitzt mit hängenden Schultern neben mir und sieht nicht viel zuversichtlicher aus. Den ganzen Vormittag haben wir uns den Kopf darüber zerbrochen, wie wir aus unserem Dilemma wieder herauskommen.

»Ich such mir ein gutes Versteck an Bord, wenn wir in Kopenhagen einlaufen«, schlug ich vor. »In der Kombüse – oder ich krieche in eines der Rettungsboote!«

Max winkte nur müde ab. »Vergiss es. So wie ich Hans-Peter einschätze, hat der doch schon die dänische Polizei im Schlepptau. Und wenn die anfangen, das Schiff zu durchsuchen, dann gute Nacht ...«

»Was ist, wenn ich mich einfach stelle?«, fragte ich vorsichtig. »Diese Geschichte muss ja mal irgendwie ein Ende haben. Ich kann doch nicht den Rest meines Lebens vor Hans-Peter weglaufen ...«

»Das kommt überhaupt nicht infrage!«, regte sich Max auf. »Dann bist du mindestens vorbestraft! Und wenn du Pech hast, wanderst du ins Gefängnis ...«

Ziemlich mutlos schlichen wir anschließend los, um Elisabeth und Dieter zu suchen. Doch irgendwie waren die zwei wie vom Erdboden verschluckt. Peter, der Steward, hatte sie zuvor Champagner schlürfend an der Poolbar gesichtet. Aber als wir dort nachschauten, waren sie schon wieder mit unbekanntem Ziel aufgebrochen.

»Wo sind sie denn bloß?«, fragte Max daraufhin völlig entnervt. »Das kann doch alles nicht wahr sein! Wir stecken hier knietief in der Scheiße, und die beiden lassen sich's gut gehen. Das glaub ich ja alles nicht!«

Ich konnte mir zwar kaum vorstellen, dass Elisabeth und Dieter sich in dieser Situation irgendwo verlustierten und sich volllaufen ließen, aber das mit dem Champagner fand auch ich irgendwie komisch. Da uns nichts anderes einfiel, waren wir in Max' Kabine zurückgekehrt, hatten im Fünf-Minuten-Takt abwechselnd bei den beiden angerufen – und niemanden erreicht.

Gerade greift Max wieder zum Hörer, da klopft es energisch an der Kabinentür. Ich springe hoch und reiße die Tür auf. Und da stehen sie – Elisabeth und Dieter, gesund und munter, fröhlich und vergnügt, und grinsen uns breit an. »Mensch, wo wart ihr denn?«, ruft Max. »Wir haben euch überall gesucht!«

»Ach«, Dieter zuckt gelassen mit den Schultern, »wir waren mal kurz auf einen Sprung bei unserem alten Kumpel Karlo ...«

»Ich finde, jetzt ist nicht gerade der passende Zeitpunkt für Höflichkeitsbesuche«, meint Max spitz. »Wir haben wirklich andere Sorgen.«

»Also, ich habe keine Sorgen«, sagt Dieter erstaunt und wendet sich an Elisabeth. »Du etwa?«

»Üüüüberhaupt nicht«, entgegnet sie.

Die beiden fangen an, ziemlich debil zu kichern. Die führen doch irgendetwas im Schilde! Und warum, das bemerke ich jetzt erst, halten sie eigentlich Händchen?

Immer noch leise gackernd schieben sie sich an uns vorbei in die Kabine und machen es sich in den zwei Sesseln unterm Bullauge gemütlich. »Max, mach doch mal die Tür zu«, sagt Dieter. »Wir haben was zu besprechen – unter acht Ohren!«

Max gehorcht verdattert, und dann wird Dieter plötzlich wieder ernst und räuspert sich. »Meine liebe Sara«, beginnt er theatralisch, »wie hast du dir eigentlich dein weiteres Leben vorgestellt?«

Ich gucke ihn verblüfft an. »Also, ich weiß nicht, na ja, jedenfalls nicht im Knast«, stammle ich. »Wieso?«

»Nun ja, ich habe mir da so ein paar Gedanken gemacht, wie es weitergeht mit dir. Womit möchtest du in Zukunft denn dein Geld verdienen?«

»Ich finde nicht, dass wir jetzt gerade Zeit für ein berufliches Orientierungsgespräch haben!«, blafft Max dazwischen. »Was soll das denn, Dieter?«

»Gemach, gemach«, meint der und klopft Max beruhigend aufs Knie. »Das wirst du gleich verstehen. Also Sara, ich gehe mal davon aus, dass du nach dieser Reise nicht mehr in deinem vorherigen Beruf tätig sein möchtest. Oder irre ich mich da?«

»Nein!«, sage ich aus vollem Herzen. »Das ist mir viel zu anstrengend geworden. Und mittlerweile auch zu gefährlich. Außerdem ...«, ich werfe Max einen schüchternen Blick zu, »... geht das ja jetzt auch gar nicht mehr, weil ich, nun ja ...«

»... weil du jetzt in festen Händen bist«, ergänzt Max, nimmt meine Hand und blickt mich streng an. »Und weil ich dich einen Kopf kürzer machen würde, wenn ich dich beim Flirten erwischen sollte!«

Ich nicke heftig. *In festen Händen*. Das hört sich gut an. Da Dieter mich weiter auffordernd ansieht, überlege ich laut: »Also, ich könnte wieder als Altenpflegerin arbeiten. Die werden ja immer gesucht. In dem Job war ich wirklich gut.« Und dann füge ich noch keck hinzu: »Dieter, wenn du dann in ein paar Jährchen nicht mehr so richtig kannst, ein Anruf genügt ...«

Dieter schnaubt entrüstet. »Wenn ich nicht mehr kann? Was soll das denn heißen? Ich bin ein Mann in der Blüte seines Lebens!«

Elisabeth kichert: »Das will ich hoffen! Sonst wird das ja nichts mit unserer Weltreise ...«

Max und ich reißen die Augen auf. »Ihr geht auf Weltreise?«, fragt Max verdattert.

»Ja, ja, genau«, meint Dieter beiläufig, als sei das die normalste Sache der Welt.

»Zusammen?«, schiebe ich hinterher.

»Natürlich!«, sagt Elisabeth. »Alleine macht das doch keinen Spaß.«

Na, das ist ja mal eine unerwartete Wendung! Bevor ich weitere neugierige Fragen stellen kann, fährt Dieter fort: »Dazu kommen wir später. Wichtig ist jetzt, wie wir ein für alle Mal Hans-Peter loswerden. Also, liebe Sara, ich werde dir ein Darlehen geben – in Höhe von zwanzigtausend Euro, das du artig bei mir abstotterst. Über die Raten und die Laufzeit reden wir dann noch in Ruhe, wenn hier alles überstanden ist. Jedenfalls bekommt Hans-Peter sein Geld zurück, auf Heller und Pfennig.«

Ich bin völlig perplex. Meint der das etwa ernst? Offensichtlich! Jubelnd falle ich ihm um den Hals. »Dieter, du bist der Allerallerbeste! Ich weiß gar nicht, was ich sagen soll ... Mensch, brauchst du das Geld nicht für dich selber?«

Dieter befreit sich verlegen aus meiner Umarmung und wischt sich die feuchten Schmatzer von der Wange. »Ach, durch einen glücklichen Zufall bin ich gerade in der Lage, dir die Summe vorzustrecken. Mach dir mal keinen Kopf, für mich bleibt noch genug übrig.«

»Alter Schwede, das ist wirklich der Hammer!«, ruft Max, der nun auch ziemlich aus dem Häuschen ist und Dieter fortwährend auf die Schulter haut. Doch dann hält er abrupt inne und meint nachdenklich: »Das ist wirklich nobel von dir, Dieter. Aber so wie ich Hans-Peter einschätze, ist er derart auf Zinne, dass er sich mit dem Geld allein nicht zufriedengeben wird. Ich glaube, er will Sara einfach fertigmachen, weil er ihr so dämlich auf den Leim gegangen ist. Verletzter männlicher Stolz und so ...«

»Meine Lieben, auch daran habe ich natürlich gedacht«, sagt Dieter feierlich, steht auf und reicht Elisabeth, die sich auch erhebt, seinen Arm. »Wenn ich vorstellen darf: Das reizende ältere Ehepaar, das ihr hier vor euch seht, sind Signora und Signor Galbani aus Napoli, an Bord der *Princess of Glory*, um ihren vierzigsten Hochzeitstag zu feiern, zusammen mit ihrem Sohn Enrico und ihrer Tochter Sara, die leider aus geschäftlichen Gründen schon in Kopenhagen von Bord gehen musste. Übrigens, la famiglia reist inkognito unter dem Namen Brunetti, wir sind nämlich so reich, dass wir ständig Angst vor Entführungen haben ...«

Ich bin starr vor Staunen. Was für eine dolle Geschichte! Die hätte ich mir selbst kaum besser ausdenken können. Auch Max ist sichtlich beeindruckt, meint aber zögerlich: »Nicht schlecht, Herr Specht! Die Sache hat nur ein paar kleine Haken. Erstens: Woher willst du, um Himmels willen,

Enrico nehmen? Zweitens: Wie soll Sara in Kopenhagen verschwinden, wenn dort schon Hans-Peter lauert? Und drittens: Wie willst du so schnell das Geld besorgen?«

Dieter macht eine gelassene Handbewegung. »Erstens haben wir noch zwei recht überzeugende Mitstreiter. Zweitens telefoniere ich gleich mit meiner Bank, dass sie mir das Geld nach Kopenhagen schickt, weil ich mich nämlich drittens erst in Hamburg mit Hans-Peter treffen werde – um mich bei ihm zu bedanken und die Schulden meiner Tochter zu begleichen.«

»Du triffst dich in Hamburg mit Hans-Peter?«, frage ich verblüfft.

»Nun ja«, Dieter hüstelt. »Das ist der einzige Punkt, der mir ein wenig Kopfzerbrechen bereitet. Denn den muss Signor Galbani erst mal anrufen und davon überzeugen, dass er wirklich Signor Galbani ist. Und ihn dann überreden, auf einen Kurztrip nach Dänemark zu verzichten und besser im Hamburger Hafen sein Geld in Empfang zu nehmen ...«

»Aha«, sagt Max zweifelnd.

»Oh!«, mache ich.

»Wird schon«, sagt Elisabeth.

Und Dieter meint lakonisch: »Ich gebe zu, mein Plan beinhaltet ein gewisses Restrisiko. Aber wie sagt ihr jungen Leute immer so schön: no risk, no fun!«

XXV

Buon giorno, pronto! Sono Signor Galbani. Kann icke sprecken mit värährte Signor Hans-Pietro?«

»Bitte was? Wer ist da?«, fragt eine weibliche Stimme, die zu Hans-Peters Vorzimmerdame gehört. Wenn man Max Glauben schenken darf, ist sie ein echter Drache und hat nicht nur Haare auf den Zähnen, sondern auch auf Körperteilen, wo sie definitiv nicht hingehören.

»Luigi Galbani! Aus Napoli!«, schmettere ich enthusiastisch in den Hörer. »Will icke sprecke mit meine alte Freund Hans-Pietro. È importante! Will icke sage grazie, mille grazie! Pronto, per favore!«

»Äh, Augenblick, ich muss erst mal schauen, ob …«, schallt es aus dem Hörer, dann schickt die Dame mich in die Warteschleife.

Nervös lecke ich meine Lippen, blättere hektisch in Saras Italienisch-Deutsch-Wörterbuch, das auf meinen Knien liegt, und betrachte angespannt den Rest meiner Kombo, die im Hintergrund mucksmäuschenstill den Atem anhält.

»Wer ist da?«, bellt nun ein Mann direkt in mein Ohr.

»Aaaah!«, rufe ich euphorisch. »Sono Luigi Galbani di Napoli. Sprecke icke mit Signor Hans-Pietro?«

»Wer? Wollen Sie mich verarschen?«, kommt es übel gelaunt zurück.

»Verarsche? Icke nix verstähe. Scusi, abär mein deutsche Sprack ist nicht so bene. È Signor Hans-Pietro, per favore?«

»Was wollen Sie?«, fragt der Kerl nun immer noch unfreundlich, aber mit einem leichten Zögern.

»Aaaaah, Hans-Pietro, meine gutä Freund! Will icke sagen grazie. Haben Sie gerättät mia figlia!«

»Was?«

»Mia figlia Sara! Sie haben gägäbän Geld, per risolvere questo problema, um Probläm zu lösen! Meine gutä Freund!«

»Ich bin nicht Ihr guter Freund! Was soll der Scheiß?«

»Aaaah, Freunde von Sara sono mio amici, sono amici di tutta la famiglia!«

»Sie kennen Sara, dieses durchtriebene Luder? Wo steckt sie?«

»Aaaah, si, si. Bin icke padre von Sara, Papa! Scusi, icke nix värstähe. Was ist Ludär?«

Durch die Leitung kommt ein tiefes Schnauben. »Der Vater von Sara? Und das soll ich Ihnen glauben?«

»Aaah, capisce! Sara hat mir erzählt, sie sind großä Mann, und großä Mann mussen immär sein vorsicktick, molto vigile! Ick värstähe! Können Sie micke anrufen! Fare una telefonata! Und dann sähen, icke sagä Wahrheit, la verità!«

»So, so«, sagt Hans-Peter zweifelnd. »Und wo soll ich Sie anrufen?«

»Ahhh! Bin icke auf Schiff! La Princessa di Gloria. Einfach telefonare mit Schiff und fragän nach Signor Galbani-Brunetti. Capisce?«

»Natürlich habe ich das verstanden. Ich bin ja nicht blöd«, murmelt Hans-Peter – und legt einfach auf.

Ich atme tief durch und betrachte bang Elisabeth, Sara und Max, die immer noch regungslos auf meinem Bett hocken.

»Und?«, flüstert Sara. »Hat er's geschluckt?«

»Keine Ahnung!«, antworte ich wahrheitsgemäß. »Wir müssen einfach abwarten.«

Innerlich bete ich zum lieben Gott, dass Hans-Peter meinen Anruf nicht als den eines verwirrten Spinners abtut, sondern sich tatsächlich die Mühe macht, mit der *Princess of Glory* zu telefonieren und nach einem Gast namens Galbani-Brunetti zu fragen. Denn dann wird er erfahren, dass ein Signor Galbani, der aus Sicherheitsgründen unter dem Namen Brunetti reist, mit seiner italienischen Sippe in der Präsidenten-Suite residiert. Das wird ihm nämlich mein alter Freund Peter, der Steward, erzählen, den ich vorsorglich in der Telefonzentrale postiert habe.

»Kein Thema, Dieter!«, sagte dieser spontan, als ich ihn um Hilfe bat. »Das mach ich glatt. Und ich frag wohl besser nicht nach, was es zu bedeuten hat …«

»Genau«, sagte ich, »das ist genau die richtige Einstellung!«

Bange fünfzehn Minuten vergehen, bis mein Telefon endlich klingelt. Ich lasse es drei Mal läuten, dann gehe ich ran.

»Si, pronto?«

»Halloooo? Spreche ich mit einem Herrn Galbani?«

»Si, si, sono Signor Galbani. Aaah, Hans-Pietro, prego, bitte, fur dich ich bin Luigi, mio amico!«

»Äh, Luigi, also …« Hans-Peter scheint etwas aus dem Konzept gebracht. »Ihr, nein, dein Anruf kommt ziemlich unerwartet …«

»Si, si, icke weiß! Ick habe getroffe Signore Max und icke sprecke mit Signor Max. Er hat erzählt tutta la storia, ganze Geschichte. Scusi, Hans-Pietro, scusi! Ist alles un grande equivoco, großäs Missverstand!«

»Äh, ja?«

»Si, si! Bist du Mann von Ähre, hast du geholfe mia figlia Sara. Mille grazie, Hans-Pietro, mille grazie!«

»Ja, also … gern geschehen, aber …«

»Sono molto felice, so glucklick, dass icke kann sprecke mit dir. Und icke will treffe mit dir! Kannst du komme nach Hamburgo in due giorni, in zwei Tag?«

»Äh, nun ja, eigentlich wollte ich morgen nach Kopenhagen …«

»Aaah, Kopenhage! Signor Max ha raccontato, hat erzählt. Aber du musst nix komme nach Kopenhage, du musst komme nach Hamburgo! Will icke dir gebe tuoi soldi, dein Geld!«

»Tatsächlich?« Hans-Peter klingt nun ehrlich verblüfft. »Aber das können Sie, äh, das kannst du doch auch in Kopenhagen machen. Die *Princess of Glory* läuft doch schließlich morgen in Kopenhagen ein«, fügt er verschlagen hinzu.

So ein misstrauischer Hund! Ich muss wohl noch einen draufsetzen.

»Nix Kopenhage! No ho tempo, icke habe keine Zeit. Icke habe una festa grande, große Fest mit mia moglie, meine Frau.«

»So, so, und dass soll ich glauben …«

»Was du glaube? Wie du meine?«

»Entschuldige, aber nach den ganzen hanebüchenen Geschichten deiner Tochter wird es doch wohl erlaubt sein …«

»Was du meine? Geschichte? In Buch mit Hahn?«

»Nein, ich meine, dass deine Tochter mich angelogen hat ...«

»Geloge? Mia figlia? Du denke, mia figlia ist una criminale? Du denke, icke bin un criminale, eine Bandit? Mia famiglia è una famiglia d'onore, eine Familie mit Ähre und Traditione! Was du erlaube? Willst du mich beleidige, mio amico?«, donnere ich nun empört in den Hörer.

»Nein, nein, so war das doch nicht gemeint ...«, sagt Hans-Peter verunsichert.

»Bene! Icke habe deine Geld, wir treffe in Hamburgo. Basta! Arrivederci!« Und dann lege zur Abwechslung einfach mal ich den Hörer auf.

Mit einem Schnaufen drehe ich mich zu den anderen um. »Na, wie war ich?«, will ich wissen.

»Groß-ar-tig!«, ruft Elisabeth. »Ganz, ganz großartig! In dir schlummert tatsächlich ein echter Italiener ...«

»Das war wirklich gut«, sagt Max anerkennend. »Wenn Hans-Peter das nicht glaubt, weiß ich auch nicht ...«

»Tja«, meine ich fatalistisch, »jetzt heißt es: abwarten und Tee trinken. Mehr können wir nicht tun.«

Sara seufzt. »Ehrlich gesagt, ich könnte was Stärkeres vertragen als Tee.«

Da hat sie ein weises Wort gelassen ausgesprochen, also begeben wir uns alle an die Bar. Wir prosten uns ein wenig zögerlich zu, denn tatsächlich sicher sind wir uns nicht, ob unser Plan aufgeht. Max schaut alle paar Minuten nervös auf sein Handy – und nicht nur er rechnet mit einem Kontrollanruf von Hans-Peter. Doch der lässt auf sich warten.

»Na, ihr Verbrecher!«, dröhnt es stattdessen auf einmal hinter uns.

Schuldbewusst zucken wir unisono zusammen und fahren erschrocken herum. Doch da steht nur unser Steward Peter – mit einem breiten Lachen im Gesicht. »Mensch, Dieter!«, begrüßt er mich mit einem Schulterklopfen. »Ich hab ja echt keine Ahnung, was diese Geschichte zu bedeuten hat. Und glaub mir, ich will es auch lieber gar nicht wissen! Aber es war mir ein großes Vergnügen, diesen Kotzbrocken am Telefon zu veräppeln. So was Unfreundliches habe ich selten erlebt! Verrat mir nur eins: Woher kennt ein Gentleman wie du so einen Vollpfosten?«

»Ach, weißt du ...«, antworte ich ausweichend. »Das ist sozusagen ein entfernter Bekannter eines Bekannten meiner Tochter.« Ich zwinkere Sara zu. »Komplizierte Angelegenheit – aber jedenfalls hat der Herr einen Denkzettel verdient. Glaub mir, Peter, deine kleine Flunkerei steht durchaus im Dienste einer guten Sache ... Und ich hoffe, dass ich mich irgendwann bei dir revanchieren kann!«

Peter winkt nur lässig ab, wünscht mir grinsend weiterhin viel Erfolg und ist auch schon wieder verschwunden. Was für ein feiner Kerl, denke ich so bei mir, als ich ihm nachsehe und meinen Blick übers Sonnendeck schweifen lasse. Dabei entdecke ich Angelika, die sich in einem eher knappen Stoff-Ensemble hingebungsvoll auf einer der Liegen ausgestreckt hat und sich gerade die Lippen nachzieht. Für eine Frau mit Liebeskummer macht sie einen ziemlich aufgeräumten Eindruck, finde ich. Ich überlege noch, ob ich mal zu ihr hinüberschlendere und mich nach dem werten Befinden erkundige, da eilt der Doc heran – bewaffnet mit einem Tablett voller Getränke und Snacks, die er seiner *Privatpatientin* serviert. Angelika lacht ihn an, wirft den Kopf in den Nacken und zwitschert ihm irgendetwas zu. Na, nach großem Liebeskummer sieht die Gute nicht mehr aus. Offensichtlich hat die Therapie unseres Wunderheilers voll angeschlagen …

Drrrrr! Drrrrr! Beim Läuten von Max' Handy zucke ich nicht nur zusammen, ich bekomme fast einen Herzinfarkt.

»Sorry, ist auf richtig laut gestellt. Ich hatte Angst, dass ich es sonst nicht höre«, murmelt Max und starrt sein Telefon an, als hätte es ihn hypnotisiert. Dann geht er ran.

»Ja, hallo? Ach, Sie sind's …«

»Ja, ja, Signore Galbani, ich weiß …«

»Genau, der Vater von …«

»Entschuldigen Sie, aber das hatte ich doch die ganze Zeit versucht, Ihnen zu …«

»Nein, *Sie* haben *mir* nicht zugehört …«

»Ja, ja, eingecheckt unter dem Namen Brunetti …«

»Genau, inkognito …«

»Steinreiche Neapolitaner, ja, ja … Ständig Angst vor Entführungen …«

»Irgendwas mit Immobilien … Aber wenn Sie mich fragen …«

»Geldwäsche, vermute ich … Neapel ist ja eine Hochburg der …«

»Genau, genau … Sie treffen sich? Ach was! In Kopenhagen?«

»Ach so, in Hamburg …«

»Aha. Na, dann betrachte ich meinen Auftrag als erledigt.«

»Genau, genau, Rechnung kommt …«

Max lächelt zufrieden, als er wieder auflegt. »Bingo!«, sagt er. »Operation Mafia läuft!«

»Operation Mafia?«, fragt Elisabeth erstaunt.

»Hab ich mir gerade ausgedacht.« Nun grinst Max etwas verlegen. »Ich finde, unsere Aktion hat einen würdigen Namen verdient. Und Mafia klingt doch irgendwie ... cool!«

»Ziemlich cool«, meine ich lachend. »Und apropos cool: Ich brauche für meinen Auftritt in Hamburg noch etwas Passendes zum Anziehen. Damit der gute Hans-Peter auch wirklich beeindruckt ist von seinem neuen Freund Luigi aus Napoli!«

»Das besorgen wir alles in Kopenhagen«, sagt Sara entschlossen. »Ich bin ab morgen deine persönliche Styling-Beraterin, Dieter. Lass mich mal machen. Wenn ich mit dir fertig bin, erkennt dich deine eigene Tochter nicht mehr!«

Das glaube ich ihr aufs Wort.

Bis zum Dinner ist noch reichlich Zeit, deshalb beschließen Elisabeth und ich, uns die Aktivitäten anzusehen, die an Bord für die »älteren Gäste« angeboten werden.

»Wollt ihr auch mit zum Bingo mitkommen?«, fragt Elisabeth das junge Liebespaar.

Max scharrt mit seiner Fußspitze auf dem Boden. »Och nö. Weißt du, ich bin ein bisschen kaputt. War eine kurze Nacht ...« Dabei schielt er verlegen zu Sara hinüber. »Ich glaub, ich ruh mich noch ein bisschen aus.«

»Puh, ja«, murmelt Sara. »Ausruhen klingt nach einer Maßnahme.« Und dann schlendern die zwei davon – Hand in Hand.

»So, so!«, sagt Elisabeth lächelnd, als sie ihnen hinterherblickt. »Ausruhen nennt man das jetzt also ...«

Ich reiche ihr meinen Arm, und wir begeben uns zu einem der mittleren Decks, wo das Bingo-Turnier stattfinden soll. Wir finden die Veranstaltung hinter einer geschlossenen Doppeltür und betreten einen saalartigen Raum, der im

Halbdunkel liegt. Etwa fünfzig Gestalten sitzen an kleinen, von Tischlämpchen erhellten Plätzen und beugen entweder die Köpfe über ihre Bingo-Scheine oder starren wie gebannt nach vorne, wo ein stark übergewichtiger Mann vor einer großen Leinwand sitzt. Es herrscht gespannte Stille. Der Mann macht ein geheimnisvolles Gesicht und ruft unvermittelt und völlig entfesselt: »N zweiundvierzig!«

In der vordersten Zuschauerreihe kräht eine Greisin beglückt: »Bingo!« Die anderen Gäste murmeln unleidlich vor sich hin.

»Mensch!«, flüstert Elisabeth mir zu. »Der Typ da vorn, der sieht glatt aus wie der Bingo-Bär!«

»Der sieht aus wie wer?«, raune ich fragend zurück.

Die ersten Köpfe drehen sich zu uns, wir werden unfreundlich gemustert. »Ruhe!«, schallt es von den hinteren Plätzen.

»Der Bin-go-Bär«, zischt Elisabeth. »Dieser Mensch, der das Umwelt-Bingo auf dem NDR moderiert, am Sonntagnachmittag …«

»Du guckst am Sonntagnachmittag Bingo im Fernsehen?«, frage ich perplex und vergesse vor lauter Erstaunen meine Stimme zu senken.

Ein Fehler, wie ich schnell feststelle. Denn jetzt starren uns alle so entrüstet an, als hätten wir einen Pastor bei der Trauerrede auf einer Beerdigung unterbrochen. »Unerhört!«, ruft ein älterer Herr empört und erhebt sich halb. Auch der Dicke vorn am Pult guckt irritiert und überhaupt nicht erfreut.

»Nix wie raus hier!«, meint Elisabeth besorgt und zieht mich am Arm zurück auf den Gang. »Mit Bingo-Spielern ist nicht zu spaßen …«

»Wieso kennst du dich eigentlich so gut mit Bingo aus?«, frage ich erneut, als wir diesen ungastlichen Ort verlassen haben. »Ist das vielleicht dein Hobby?«

»Dieter! Was denkst du denn von mir?« Elisabeth echauffiert sich ganz entrüstet. »Natürlich nicht! Ich habe nur eine Nachbarin, eine ältere Dame, die mich manchmal sonntags zum Kaffee einlädt. Und da läuft dann immer nebenbei dieses Umwelt-Bingo im Fernsehen.«

»Aha, so ist das«, sage ich, bin aber nicht ganz sicher, ob ich ihr diese Geschichte glauben soll.

»So langsam ist es wohl Zeit, sich zum Abendessen fertig zu machen«, wechselt Elisabeth lieber schnell das Thema. »Ich glaube, ich hüpfe mal unter die Dusche …« Und bevor ich weitere Fragen zu diesem merkwürdigen Bingo-Bären stellen kann, ist sie auch schon weg.

»Nä, nä, nä«, dröhnt Kalle, der misstrauisch in seiner Vorspeise herumstochert. »Wat bin ick froh, wenn wa wieda zu Hause sind. Jottseidank nur noch zwee Tage! Oda, Mausi? Wat sachst du dazu?«

Elvira alias Mausi nickt so heftig, dass die glitzernden Creolen an ihren Ohren klimpern. »Dat kannste laut sagen, Kalle! Und wenn wa zurück sind, gehste erstma zum Arzt, deine Leber untersuchen, dat schwör ick dir! Watte hier jetrunken hast, dat jeht uff keene Kuhhaut!«

Kalle inspiziert jetzt sehr genau eines der Salatblätter auf seinem Teller und guckt schuldbewusst. »Och, Mausi, was biste immer streng mit mir. Aber wat willste hier och machen außer saufen, den janzen Tach? Dat janze Wasser um ein rum, dat macht irjendwie durstich …«

»Jenau!«, sagt Elvira. »Dat janze Wasser. Dat jeht mir so wat von uff de Nerven!«

»Ja, ja«, meint Elisabeth versonnen. »So viel Wasser. Wer hätte das gedacht auf einer Kreuzfahrt?«

Ich beiße schnell in meinen gebutterten Toast, damit ich nicht laut lachen muss. Sara rollt nur mit den Augen, und Max fixiert stoisch einen imaginären Punkt an der gegenüberliegenden Wand, aber seine Mundwinkel zucken verräterisch.

»Nä, nä, nä«, dröhnt Kalle jetzt wieder. »Dat is' nix für uns, wa! Wat ein echta Brandenburjer is', der braucht wat Anständjet zwischen die Zähne und festen Boden unter die Füße. Dat war meine erste und letzte Kreuzfahrt. Dat mach ick nie wieda, rausjeschmissenes Jeld! Musste dir ma in Schweinefleisch umrechnen, da wird dir janz schwindelich!«

Elisabeth nickt verständnisvoll, während Max sich seine Serviette vor den Mund presst und einen Hustenanfall vortäuscht. Elvira haut ihm beherzt auf den Rücken. »Na, haste den Schlangenfraß in den falschen Hals jekricht? Mit Kalles Wuast wär dir dat nich' passiert!«

»Dat ihr dat bloß nicht vajässt!«, ruft Kalle. »Ick brauch noch eure Adressen, wa! Da kricht ihr dann alle ein schönet Paket Wuast von mir, wat janz Feines, da leckt ihr euch alle Finger nach ab!«

»Kalle!«, mahnt Elvira. »Aber nich' wieder so viel reinpacken!«

»Ach wat!« Kalle macht eine großzügige Handbewegung. »Dat is' für meine Kumpels vom Schiff, da redste mir ma nich' rinn jetzt.« Und dann plüscht er mit einem verlegenen Lächeln Sara ein. »Und wir bleiben in Kontakt, wa? Dat müsst ihr mir vasprechen. Nicht dass ich euch noch vermissen tu und nach Hamburch kommen muss ...«

Sara verschluckt sich jetzt tatsächlich. »Mensch, Kalle«,

röchelt sie. »Da sei Gott vor! Dann mal immer her mit deiner Wurst!«

Kalle strahlt. »Vasprochen!«, sagt er begeistert. »Und darauf trinken wa heute noch einen. Schließlich komm wa so jung nich' mehr zusammen, wa?«

Wir nicken alle artig. Denn da hat der gute Kalle ein weises Wort gelassen ausgesprochen ...

XXVI

Mann, ist das hell hier in Kopenhagen! Ich schiebe meine Sonnenbrille fest auf die Nase und versuche, das Pochen in meinen Schläfen zu ignorieren.

»Schau mal, ist das nicht hübsch?«, ruft Elisabeth, die aufgeregt neben mir hertrippelt, und deutet auf die alten bunten Häuser des Nyhavn.

Ich antworte mit einer Art Grunzen. Für die Sehenswürdigkeiten der dänischen Metropole habe ich in meinem Zustand gerade so gar nichts übrig. Das war gestern definitiv ein Champagner zu viel! Aber ohne die Zuhilfenahme von Alkohol wäre der Abend mit Kalle und Elvira nicht zu überstehen gewesen.

Der gute Kalle hat darauf bestanden, uns zu einem Drink an die Poolbar einzuladen. Und irgendwie hatte er die Spendierhosen an, denn aus diesem einen Drink wurden ganz schön viele. Irgendwann war Kalle dann dermaßen in Fahrt, dass er für alle am Tresen eine Runde nach der anderen schmiss. Das passte seiner Göttergattin natürlich überhaupt nicht. Elvira wurde immer schmallippiger, bis ihr schließlich der Kragen platzte und sie ihren Kalle an ebendiesem packte und in Richtung Koje bugsierte. Na, der konnte sich heute Morgen bestimmt so einiges anhören!

Jedenfalls war es wahrscheinlich keine meiner besten Ideen, so viel zu trinken. Schließlich starten wir hier in Kopenhagen eine konzertierte Aktion: Die Männer sind auf dem Weg zur Bank, um das Geld zu besorgen. Max hat darauf bestanden, Dieter zu begleiten. »Ich lass dich auf keinen Fall allein mit der ganzen Kohle durch die Stadt laufen«, hat er entschieden und dabei geguckt wie Kevin Costner in *Bodyguard*.

Elisabeth und ich wollen, sozusagen als Vorhut, schon mal in den schicken Boutiquen stöbern, um das passende Outfit für La Famiglia Brunetti-Galbani zusammenzustellen. Als wir endlich die Einkaufsmeile Stroget erreichen, erwachen beim Anblick der ganzen Flagship Stores auch meine Lebensgeister wieder. Da reiht sich Gucci an Chanel, trifft Burberry auf Prada, flirtet Dior mit Armani. Und als Krönung wartet noch das Magasin du Nord, Skandinaviens größtes Einkaufszentrum, in dem man all das bekommt, was das Herz einer echten Fashionista begehrt. Das ist meine Welt – shop till you drop!

Auch Elisabeth ist begeistert angesichts der ganzen modischen Versuchungen. »Hui, ist das schick hier!«, ruft sie begeistert. »Da kann der Hamburger Jungfernstieg aber einpacken!«

Ich nicke nur kurz, für eine weitere Unterhaltung habe ich jetzt keine Zeit, mein Jagdinstinkt ist erwacht. Kurz entschlossen zerre ich Elisabeth in die nächste Edelboutique. Während sie sich mit etlichen »Hachs!« und »Ohs!« auf die Kleider stürzt, mustere ich mit professionellem Scannerblick die Herrenabteilung. Nein, die Auswahl ist viel zu konservativ, hier herrscht ein Regiment an gedeckten Farben. Das sind nicht die Outfits, die ich mir vor meinem geistigen Auge für einen echten Mafioso ausgemalt habe.

Aber schon hat mich die freundliche dänische Fachverkäuferin erspäht und versucht, mich in ein Verkaufsgespräch zu verwickeln. Ich muss zugeben, dass ihr Akzent im Deutschen wirklich reizend ist. Und normalerweise würde ich mir glatt das eine oder andere Teil aufschwatzen lassen, aber die Zeit drängt. Deshalb schüttele ich bedauernd den Kopf und schieße in Elisabeths Richtung ein scharfes »Psss-sss-sst« los. Doch die reagiert überhaupt nicht, sondern wühlt sich enthemmt durch die Kleiderstangen. Also schnappe ich mir ihren Arm, raune ihr ein »geordneter Rückzug« zu und bugsiere sie aus dem Geschäft.

»Was ist denn los?«, fragt sie erstaunt.

»Falsches Sortiment«, antworte ich. »Wir brauchen für unsere Show etwas Extravagantes. Du weißt schon, so ein bisschen mit Glanz und Chichi.«

»Ja, aber dieses eine Kleid eben, mit diesen roten Applikationen, das hätte ich schon gern einmal anprobiert ...«

»Elisabeth«, falle ich ihr streng ins Wort, »wir sind nicht zum Vergnügen hier. Komm jetzt, weiter geht's!«

»Schon gut«, meint sie ein wenig maulig, trottet aber anstandslos hinter mir her.

Vier Boutiquen später werde ich endlich fündig. Ich lasse mir das Ensemble von der Verkäuferin zurücklegen und verspreche ihr, spätestens in einer Stunde mit unserem Dressman zur Anprobe zurück zu sein. Als ich mit Elisabeth zum Marktplatz Kongens Nytorv eile – dort haben wir uns nämlich mit Max und Dieter verabredet –, wendet sie etwas schüchtern ein: »Also, ich will ja nichts sagen, aber glaubst du, Dieter gefällt das?«

»Es geht nicht darum, ob es ihm gefällt«, sage ich. »Es

geht darum, dass Hans-Peter ihm den waschechten Italiener abnimmt. Und hast du übrigens dieses knallrote Kleid gesehen?«

»Das mit dem tiefen Dekolleté?«

»Genau! Das wäre doch etwas für dich!«

»Nie im Leben! Das ist mir viel zu gewagt.«

»Ach was«, wische ich ihren Einwand beiseite. »Wer nicht wagt, der nicht gewinnt. Du willst doch schließlich morgen an Dieters Seite eine bella figura machen, oder?«

»Ach, ich weiß nicht ...«, sagt Elisabeth, aber sie kichert dabei.

Etwas atemlos erreichen wir den großen Platz und halten nach unseren Männern Ausschau. Wir entdecken sie genau in der Mitte an einem Reiter-Standbild. Auch sie haben uns sofort erspäht und eilen über den viel befahrenen Kreisel auf uns zu.

»Und?«, frage ich aufgeregt. »Hast du das Geld bekommen?«

»Hat alles problemlos geklappt«, sagt Dieter und zieht mit wichtiger Miene einen dicken Umschlag aus der Innentasche seines Jacketts.

»Steck den mal lieber wieder weg«, raunt Max ihm zu, guckt sich schnell um und setzt sich eine verspiegelte Sonnenbrille auf. »Nicht, dass wir gleich noch überfallen werden!«

»Papperlapapp«, meint Dieter. »Doch nicht in Dänemark. Das ist doch so ein grundehrliches, friedliebendes Völkchen. Du weißt doch Max: Dänen lügen nicht ...«

Elisabeth prustet los, und auch ich muss lachen. Max dagegen ist leicht verschnupft, dass wir ihn nicht ernst nehmen. »Zwanzigtausend Euro sind kein Pappenstiel. Und Gelegenheit macht bekanntlich Diebe. Wir sollten zusehen, dass wir zurück zum Schiff kommen und das Geld vom Steward in den Safe legen lassen!«, nörgelt er.

»Machen wir, Schatz«, sage ich und gebe ihm einen Kuss. »Aber vorher müssen wir noch einkaufen ...«

Nur unter Protest ist Dieter mit den Sachen, die ich zusammengestellt habe, in der Umkleidekabine verschwunden. »Um Himmels willen! Das kann ich doch unmöglich ... Nein, also Sara, das ist ...«

»Nix da. Anziehen!«, befehle ich resolut, schiebe ihn in die Kabine und ziehe den Vorhang zu. Dahinter raschelt es gewaltig, Dieter flucht leise, und Max und ich warten gespannt auf die bevorstehende Modenschau. Elisabeth ist derweil mit diesem roten sündigen Teil in einer anderen Ecke verschwunden.

»Et voilà!« Dramatisch reißt Dieter den Vorhang auf und tritt heraus. »Sitzt ja wie angegossen«, meint er und streicht sich über den Anzug.

»Ui, schick!«, rufe ich begeistert und betrachte stolz mein Werk. Dieter steckt in einem cremefarbenen Leinenanzug mit schmal geschnittener Hose. Unter dem Jackett, das recht ausgefallene, perlmuttfarben schimmernde Knöpfe hat, trägt er ein stark glänzendes Satinhemd, an den Füßen sehr spitze Velourslederschnürer und auf dem Kopf einen Borsalino in der Farbe des Anzugs. Genau die richtige Mischung aus leicht halbseiden und recht teuer. Perfekt!

»Gar nicht schlecht«, meint Max anerkennend.

Dieter dreht und wendet sich vor dem Spiegel und sagt mit krächzender Stimme: »Hast du beleidigt mia famiglia, muss ich dich mache kalt!«

Glucksend gesellt sich nun Elisabeth in ihrem engen Etuikleid zu uns, das wirklich einen waffenscheinpflichtigen Ausschnitt hat. Sie hakt sich bei Dieter ein, und die beiden grinsen sich breit im Spiegel an.

»Ein schönes Pärchen, die zwei«, flüstert mir Max zu.

Ich nicke und bin irgendwie ein bisschen gerührt, als ich die beiden da so stehen sehe.

»Avanti, avanti!«, ruft Max und klatscht in die Hände. »Zahlen, einpacken und ab zum Schiff – wir haben noch einiges zu besprechen.«

Dieter und Elisabeth ziehen sich schnell wieder um, und wir treten mit unserer Beute schleunigst den Rückweg an. Das Dinner wollen wir heute zwar ausfallen lassen, aber wir sind noch mit Karlo Hagerwelt in seiner Suite verabredet, um die letzten Details für unsere morgige Ankunft in Hamburg zu besprechen.

Der Designer und sein Assistent warten schon auf uns, Hagerwelt deutet auf den reich gedeckten Tisch. »Ich habe da mal eine Kleinigkeit kommen lassen. Nicht, dass Sie mir wegen der ganzen Aufregung noch vom Fleisch fallen. So, und jetzt hopp, hopp, essen wir erst mal eine Kleinigkeit.«

Das lasse ich mir nicht zwei Mal sagen – Shoppen regt ganz schön den Appetit an – und schiebe mir eine geräucherte Auster in den Mund. Der Assi reicht mir ein Glas Champagner dazu. Ob ich den schon wieder vertrage? Ich nippe vorsichtig. Mmmh, lecker. Hach, Champagner geht doch irgendwie immer.

Während ich mich den leiblichen Genüssen hingebe, erklärt Dieter unserem Gastgeber seinen Plan. Karlo Hagerwelt nickt, sagt »so, so« und »ach ja« und dann sein obligatorisches »Hopp, hopp, das kriegen wir doch hin.«

Auch sein Assistent sieht ganz zufrieden aus, immerhin hat auch er seinen Auftritt, wenn auch nur in einer kleinen Nebenrolle.

Nachdem die Champagnerflasche und die Teller geleert sind, bedanken wir uns artig und verabschieden uns. Karlo Hagerwelt geleitet uns galant zur Tür. Ein verschmitztes Lächeln stiehlt sich in sein Gesicht. »So, so«, meint er, »das ist doch auch ein passender Abschluss für solch eine Reise voller unerwarteter Wendungen.«

Ich kann nicht anders, ich drücke ihm einen dicken Kuss auf seine gepuderte Stirn. Denn schöner hätt ich's auch nicht sagen können.

XXVII

Mit einem majestätischen Tuten schiebt sich die *Princess of Glory* an Wedel vorbei Richtung Hamburg. Ich lehne an der Reling, genieße die frische Luft und atme tief durch. Der Morgen war schon recht hektisch, und ich brauche mal eine kleine Verschnaufpause, um mich mental auf das vorzubereiten, was gleich kommen wird. Mein großer Auftritt als Signor Brunetti-Galbani.

Mir ist ein wenig flau im Magen. Das kann natürlich an der Aufregung liegen. Schließlich gebe ich nicht jeden Tag den italienischen Mafioso, da kann man vorher schon mal ein wenig nervös sein. Vielleicht liegt es aber auch an dem Prosecco, den ich schon trinken musste.

Erst habe ich mich in der Offiziersmesse von meinen Kollegen verabschiedet – mit vielen Küsschen links und vielen Küsschen rechts. Wenigstens blieb mir der Körperkontakt mit dem Schlachtross Anja erspart. Die glänzte heute nämlich ausnahmsweise durch Abwesenheit.

Dann war ich noch kurz mit den Teilnehmerinnen meines Tanzkurses verabredet, um auch ihnen Lebewohl zu sagen. Und die gute Angelika hatte mehrere Piccolo mitgebracht, um auf das Ende unserer Reise anzustoßen. Ich war ein wenig erstaunt, sie dermaßen aufgeräumt zu sehen. Für eine Frau, die vor wenigen Tagen noch am Rande des Nervenzusammenbruchs stand, machte sie einen überaus fidelen Eindruck. »Ich freue mich, dass es dir offensichtlich schon wieder besser geht«, sagte ich vorsichtig zu ihr.

»Viel, viel besser«, seufzte sie. »Und das habe ich dir zu verdanken, Dieter!«

»Mir?«, fragte ich ehrlich verblüfft.

»Natürlich dir. Denn erstens hast du Rodriguez, diesen Mistkerl, entlarvt. Und zweitens habe ich durch dich Matthias kennengelernt!«

»Matthias, wer was das gleich noch mal?«

»Na, der Schiffsarzt. Dr. Matthias Brandner. So ein reizender Mann! Und so fürsorglich! Seit dieser dummen Geschichte hat er mich kaum eine Minute aus den Augen gelassen, so besorgt ist er um mich«, schwärmte sie enthusiastisch.

»Wie schön«, antwortete ich diplomatisch. »Aber jetzt ist die, äh, Behandlung ja wohl abgeschlossen ...«

»Ach, noch nicht ganz«, sagte Angelika schelmisch und prostete mir zu. »Weißt du, durch die geplatzte Hochzeit spare ich ja eine Menge Geld. Und ich habe beschlossen, dieses Geld gleich wieder zu investieren. In eine neue Kreuzfahrt – nach Kanada. Das ist Matthias' nächste Route. Er arbeitet übrigens schon an meinem weiteren Therapieplan ...«

Sie kicherte. Und ich beschloss insgeheim, die Destination Kanada von Elisabeths und meiner Reiseliste erst einmal zu streichen. Einmal ein gebrochenes Herz geflickt zu haben reichte mir völlig.

Ich schnappe ein letztes Mal Luft, und dann begebe ich mich zu Elisabeths Kabine, um mich umzuziehen. Wohlweislich haben wir gestern mein italienisches Outfit bei ihr deponiert. Ich kann ja kaum in diesen komischen Klamotten übers Mannschaftsdeck spazieren, ohne neugierige Fragen zu provozieren. Zum Glück verlässt die Crew, inklusive Entertainment-Personal, das Schiff erst geraume Zeit nach den Gästen. Also muss ich nicht befürchten, dass mir jemand »Tschüss, Dieter!« zuruft, während ich gerade den feurigen Luigi mime.

Zusammen mit der Crew werden auch Sara und Max von Bord gehen. Denn wir wollen unbedingt vermeiden, dass Sara und Hans-Peter sich zufällig begegnen. Wahrscheinlich hockt unser junges Pärchen gerade in diesem Moment schon auf den gepackten Koffern in der Kabine von Steward Peter. Ich habe meinen Kumpel um diesen letzten Freundschaftsdienst gebeten. Und natürlich hat er, ohne weitere Fragen zu stellen, einfach gesagt: »Geht klar, Dieter. Kein Thema!«

Ich klopfe an Elisabeths Tür, die mir etwas atemlos öffnet. »Da bist du ja endlich!«, ruft sie, und ich sehe ihr an, dass sie mindestens genauso aufgeregt ist wie ich. »Wo bleibst du denn?«

»Meine Liebe, ich hatte noch ein paar gesellschaftliche Pflichten zu erfüllen«, entgegne ich würdevoll, während mein Blick kurz in die Tiefen ihres Ausschnitts wandert. Sie hat sich schon umgezogen, und ich muss zugeben, dass dieses neue Kleid ihr wirklich ausgezeichnet steht.

»Entschuldige«, sagt sie verlegen und wendet sich diskret ab, als ich beginne, mich aus- und meinen neuen Anzug anzuziehen. »Wenn ich ehrlich bin, liegen meine Nerven ein wenig blank. Was machen wir eigentlich, wenn

Hans-Peter unsere Story nicht schluckt? Haben wir einen Plan B?«

»Wir brauchen keinen Plan B«, sage ich im Brustton der Überzeugung. »Das, worauf Hans-Peter wirklich scharf ist, wird er ja auf alle Fälle bekommen: sein Geld. Und damit ist diese Sache dann ein für alle Mal erledigt.« Es sei denn, füge ich in Gedanken hinzu, er nimmt mir meine Show nicht ab und sein verletzter männlicher Stolz wiegt schwerer als der Zaster. Dann haben wir ein Problem. Aber das sage ich lieber nicht laut, um Elisabeth nicht unnötig zu beunruhigen.

Vor dem Ankleidespiegel des Schranks überprüfe ich noch einmal den Sitz des Borsalinos. Wenn ich ihn tief genug ins Gesicht ziehe, dürfte mich auch keiner der Gäste als Dieter Bruns identifizieren und die Scharade auffliegen lassen. Je länger ich mich im Spiegel betrachte, desto mehr gefällt mir, was ich sehe: Dieses Outfit macht irgendwie einen ganz anderen Menschen aus mir. Ich komme mir viel jünger vor – und irgendwie schnittiger. Mehr Lamborghini als Volkswagen.

»Also, Sara hat schon Geschmack«, meint nun auch Elisabeth bestätigend. »Im ersten Moment fand ich's ja ein bisschen gewöhnungsbedürftig. Aber die Sachen stehen dir wirklich ausgezeichnet!«

»Das Kompliment kann ich nur zurückgeben«, erwidere ich. »Dein rotes Kleid sieht einfach fantastisch aus!«

Sie kichert verlegen und wird sogar ein wenig rot. »Und was machen wir jetzt?«, fragt sie.

»Warten«, sage ich. »Warten, bis wir in Hamburg sind. Und dann geht's los ...«

Eine knappe Dreiviertelstunde später signalisiert uns ein zartes Rumpeln, dass wir anlegen. »Auf geht's, avanti!« Entschlossen erhebe ich mich und reiche Elisabeth meinen Arm. »Signora Galbani, wenn icke bitte darf!«

»Si, pronto!«, kichert sie und hakt sich bei mir ein. Schnell setze ich mir noch die verspiegelte Sonnenbrille, die ich mir von Max geliehen habe, auf die Nase, und dann marschieren wir los. Vor den Gangways herrscht das übliche Gedränge der Abreisenden, und es dauert einen Augenblick, bis wir Karlo Hagerwelt und seinen Assistenten entdeckt haben. Wir nicken uns alle nur knapp zu, schreiten dann zusammen die Gangway hinab und durch das futuristische Gebäude des Cruise Centers hindurch.

Draußen auf dem großen Vorplatz bleiben wir kurz stehen, und ich schaue mich möglichst unauffällig um. Da! Das muss Hans-Peter sein. Sara hat ihn mir genau beschrieben: groß, hager, schütteres graues Haar, Brille – und immer ein Gesichtsausdruck wie sieben Tage Regenwetter. Neben ihm steht ein Typ, der wie die billige Ausgabe eines Türstehers wirkt – kahl rasierter Schädel, muskelbepackt und in einem extrem schlecht sitzenden Anzug. So, so, denke ich, da hat der gute Hans-Peter also einen Wachhund mitgebracht. Na, mit dem werden wir auch noch fertig!

»Es geht los«, flüstere ich Karlo Hagerwelt zu.

»Sehr gut. Hopp, hopp«, flüstert der verschwörerisch zurück.

Wie zufällig schlendern wir auf die zwei zu, Karlo Hagerwelt hat sich nun auch bei mir eingehakt, sein Assi kämpft mit unserem ganzen Gepäck, und dann bleiben wir in ausreichender Sicht- und Hörweite vor unseren beiden Zuschauern stehen. »Luigi!«, ruft der Designer laut, und aus den Augenwinkeln kann ich sehen, dass Hans-Peter seinen

Kopf ruckartig zu uns wendet. »Luigi, mein Guter, es war mir eine Freude, dich endlich einmal wiederzutreffen! Ich danke dir für die Einladung zu deinem Hochzeitstag. Es war wirklich ein rauschendes Fest!«

»Icke danke dir, dass du bist gekomme an diese große Tag, um zu verbringe Zeit mit mia famiglia! Jetzt kenne uns so lange, du bist wie fratello, wie eine Bruder für mich!«

Karlo Hagerwelt und ich fallen uns in die Arme und hauchen uns theatralisch Luftschmatzer auf die Wangen, anschließend küsst der Designer formvollendet die Hand Elisabeths.

»Arrivederci!«, rufe ich.

»Ciao, ciao, Luigi«, brüllt der Designer. »Wir sehen uns spätestens auf der Fashion Week in Mailand!« Und dann eilt er zu einer schwarzen Limousine, die am Rande des Platzes auf ihn wartet.

Elisabeth, der Assi und ich tun so, als würden wir uns nun auch zum Gehen wenden. Da tritt Hans-Peter auf uns zu und kräht: »Entschuldigung, Herr Galbani, äh, Herr Brunetti?« In seiner Stimme schwingt leichter Respekt mit. Natürlich hat er den Designer erkannt, unser Schauspiel seine Wirkung also nicht verfehlt.

Ich drehe mich langsam zu ihm um und mustere ihn von oben bis unten. »Ah, du musste sein Hans-Pietro«, sage ich möglichst ruhig. »Haste du schon gewartet? Allora, hier icke bin!« Mit einer ausholenden Handbewegung deute ich auf Elisabeth und den Assi. »Darf icke vorstelle: mia moglie Elisabetta, meine Frau, und mio figlio Cesare, mein Sohn. Du musst entschuldige, sie sprecke kein Deutsch.«

»Buon giorno«, sagen die beiden wie im Chor.

»Angenehm, angenehm«, antwortet Hans-Peter ungeduldig. »Und wo steckt Sara?«

Auf diese Frage bin ich natürlich vorbereitet. »Ah, mia figlia! Sara ist gebliebe in Kopehage mit amici. Wolle mache Shopping, du verstehe? Und dann fliege direttamente a casa, nach Hause.«

Ich sehe Hans-Peter, diesem alten Lustgreis, an, dass er ein wenig enttäuscht ist. »Ach so«, meint er mit hängenden Schultern.

»Aber icke solle dir sagen molti saluti, viele Grüße, und mille grazie für schöne Zeit in Hamburgo!«

»Ach so«, nuschelt Hans-Peter zum zweiten Mal. »Na, dann grüßen Sie mal schön zurück von mir. Wenn wir jetzt, äh, zum Geschäftlichen kommen könnten ... Darum sind wir ja schließlich hier ...«

Bei Hans-Peters Worten tritt sein Wachhund, der sich bis jetzt diskret im Hintergrund gehalten hat, hervor und guckt ein bisschen drohend. Na, das kann ich auch! Ich nehme meine Sonnenbrille ab und schaue Hans-Peter fest in die Augen. »Certo, certo«, sage ich mit dunkler Stimme und hole langsam aus der Innentasche meines Jacketts den dicken Umschlag mit dem Geld hervor. »Hast du eilig, mio amico? Oder hat du kein Vertraue?«

»Nein, nein«, versichert Hans-Peter eilig. »Ich habe nur gleich noch einen, äh, Termin und bin sozusagen etwas auf dem Sprung ...«

»Bene«, meine ich und nicke bedächtig. Ich halte ihm den Umschlag direkt unter die Nase, ein gieriger Glanz schleicht sich in seine Augen, es fehlt nur noch, dass er anfängt zu sabbern. Wie ein Hund vor dem Leckerli! Doch bevor Hans-Peter danach greifen kann, ziehe ich das Leckerli wieder weg.

»Bene, bene«, raune ich wieder. »Vertraue ist importante, molto importante! Ick denke al telefono, dass du hast kein

Vertraue. Dass du denkst, mia figlia ist una imbrogliona, eine Betrügerin. Ich denke, dass du willst mich beleidige! Mich und mia famiglia!«

»Nein, nein, um Himmels willen!«, ruft Hans-Peter hektisch, der seine Felle wohl schon wieder davonschwimmen sieht. »Da haben Sie mich völlig falsch verstanden, wirklich! Ich war in dem Moment nur etwas überrascht, das ist alles. Nie im Leben würde ich denken, dass ...«

»Alora«, falle ich ihm ins Wort. »Amici von Sara sind meine amici. Und nemici, Feinde, von Sara sono i mici nemici. Sono nemici di tutta famiglia! Capisce? «

Hans-Peter nickt artig und, wie ich finde, nun auch angemessen ängstlich.

»Bene, mio amico, bene!« Und mit diesen Worten drücke ich Hans-Peter den Umschlag in die Hand. Er wirft nur einen kurzen Blick hinein und verzichtet wohlweislich darauf, die Scheine nachzuzählen.

»Arrivederci e grazie«, sage ich, tippe mir kurz an den Borsalino und setze die Sonnenbrille wieder auf.

»Ja, also, ich hab zu danken ...«, stammelt Hans-Peter.

Jetzt aber ab durch die Mitte, denke ich noch, als schräg hinter mir ein gellender Schrei ertönt.

»Diiiiiiiiieter!«

Ich zucke zusammen, zwinge mich aber, ruhig stehen zu bleiben und nicht weiter auf den Schlachtruf zu reagieren. In Elisabeths Augen sehe ich das blanke Entsetzen geschrieben.

»Diiiiiieter!«, ertönt es schon wieder, und zwar so laut, dass sich jetzt alle Umstehenden nach der Quelle des Kampfschreis umdrehen. Ich muss gar nicht hingucken, ich habe die Stimme sofort erkannt. Anja. Verdammt, jetzt ist alles aus ...

Doch ich habe die Rechnung ohne den Assi gemacht. Denn nun hat seine große Stunde geschlagen. »Bella, bella!«, ruft er, prescht davon und reißt Anja, die auf uns zueilt, in seine Arme. Und bevor sie noch einmal ihr dämliches *Diiiiieter* von sich geben kann, küsst er sie auch schon – mit einer Inbrunst, die ich diesem flachbrüstigen Jüngling gar nicht zugetraut hätte.

»Ah, amore, amore«, lache ich leicht gekünstelt und gebe Elisabeth einen kleinen Stups, damit sie aus ihrer Schreckstarre erwacht.

»Si, si, amore ...«, sagt sie nun auch mit zitterndem Stimmchen.

»Diese Jugend! Immer amore!«, rufe ich.

»Ja, äh, aber warum nennt die Dame Ihren Sohn denn Dieter?«, fragt Hans-Peter verwirrt.

»Ah! Ist zweiter Name von mio figlio. Cesare Dieter. Sara hat dir bestimmt raccontato, erzählt, dass meine nonna, meine Großmutter, ist deutsch ...«

»Äh, ja, ich glaube, sie erwähnte so etwas ...«, sagt Hans-Peter und beobachtet kopfschüttelnd, wie der Assi nun die sich erstaunlicherweise kaum wehrende Anja im Klammergriff zurück in Richtung Cruise Center bugsiert. »Ja, ja, die Liebe ...«, seufzt er.

Das ist ein schönes Schlusswort, denke ich, nicke Hans-Peter würdevoll zu, nehme Elisabeth an die eine und meinen Koffer in die andere Hand und schreite von dannen. Ohne uns noch einmal umzusehen, steuern wir die Reihe mit den Taxis an und lassen uns schnell in einen Wagen plumpsen.

»Na, wohin soll's denn gehen?«, fragt der Fahrer.

»Völlig egal«, meint Elisabeth. »Hauptsache, schnell weg hier. Avanti, avanti!«

»Das glaub ich ja echt nicht!« Sara wischt sich die Lachtränen aus dem Gesicht und prustet erneut los. »Der hat mit Anja geknutscht? Freiwillig?«

»Na ja«, meint Elisabeth verschmitzt, »freiwillig würde ich das nun nicht gerade nennen. Das war eher ein Akt der Verzweiflung.«

»Und eine wahrhaft heroische Tat«, ergänze ich vergnügt.

Sechs Stunden nach unserer Ankunft sitzen wir alle zusammen am Esstisch in meinem Wohnzimmer und schlemmen Antipasti, Bruschetta und andere Köstlichkeiten. Dazu gibt es ganz stilecht reichlich Prosecco. Ich habe meine Mitstreiter zum Abschluss unserer Reise nämlich zu einem italienischen Abend eingeladen. Schließlich müssen wir unsere erfolgreiche Mission ja gebührend feiern. Mein Kühlschrank war zwar gähnend leer, aber das Ristorante »Venezia« um die Ecke hat mich mit allem versorgt.

»Mensch, der Ärmste!«, sagt Max. »Was ist denn eigentlich aus dem geworden? Habt ihr ihn später noch mal gesehen?«

»Nein«, antworte ich bedauernd, »dabei hätte ich mich wirklich noch gern bei ihm bedankt. Das war großartig, wie er so schnell auf die drohende Gefahr reagiert hat. Aber Elisabeth und ich haben einfach nur zugesehen, dass wir Land gewinnen.«

Elisabeth kichert. »Wahrscheinlich turtelt er immer noch mit Anja im Cruise Center. Jedenfalls machte sie nicht den Eindruck, als sei ihr diese spontane Liebesbezeugung wirklich unangenehm ...«

»Na ja, so oft wird die Dame bestimmt auch nicht geküsst«, entgegne ich trocken. »Das ist doch mal ein ganz anderer *spirit*, der sicher *good vibrations* bei ihr auslöst ...«

Wir lachen, reden und lassen die Ereignisse unserer aufregenden Fahrt noch einmal Revue passieren. Zu vorgerückter Stunde verabschieden sich Max und Sara. »Willst du dir mit uns ein Taxi nehmen?«, fragt Max an Elisabeth gewandt.

»Nein, nein, fahrt ihr ruhig schon«, sagt Elisabeth. »Dieter und ich wollen noch ein wenig plaudern – und natürlich unsere große Reise planen!«

»Das wollt ihr also wirklich machen – auf Weltreise gehen?«, ruft Sara.

»Natürlich wollen wir das. Oder hast du es dir inzwischen anders überlegt, Dieter?« Elisabeth blickt mich lächelnd an.

»Mitnichten, meine Liebe«, sage ich. »Wir zwei sind ein unschlagbares Team und werden die Ozeane dieser Welt unsicher machen.«

Als wir die beiden zur Tür bringen, zieht mich Sara noch einmal kurz zur Seite und umarmt mich ganz fest. »Danke, Dieter«, flüstert sie in mein Ohr. »Für alles. Ohne dich wäre ich echt verloren gewesen. Und ab sofort mache ich keine Dummheiten mehr, versprochen! Dazu habe ich ja auch gar keine Gelegenheit mehr. Denn erstens passt Max auf mich auf. Und zweitens fange ich morgen mit der Jobsuche an, damit ich meine Schulden bei dir abstottern kann.«

Elisabeth und ich sehen den beiden nach, als sie Hand in Hand durch meinen Vorgarten zur Straße gehen.

»Ich bin ja mal gespannt, was das noch wird mit unserem jungen Liebespaar«, sagt sie leise zu mir.

»Ach, das wird bestimmt richtig gut«, entgegne ich – und damit meine ich nicht nur die Sache mit Sara und Max ...

Epilog

Liebe Sara,

jetzt haben wir schon länger nichts mehr voneinander gehört und es ist höchste Zeit, Euch mal wieder zu schreiben!
Ist eigentlich unsere Postkarte aus Dubai gut bei Euch angekommen? In unserem letzten Telefonat erwähntest Du irgendetwas davon, dass Ihr umziehen wollt. Ich bin mir gar nicht mehr sicher, ob ich noch die richtige Adresse habe.
Uns geht es jedenfalls bestens! Wir haben Asien jetzt gerade hinter uns gelassen, unsere letzte Station war Bali, und schippern nun auf der Queen of the Seas *Richtung Australien. Das Schiff ist – wie Du wohl sagen würdest – ein echter Hammer und – wie Elisabeth immer sagt – wirklich Schickimicki!*
Unser Arrangement, das wir mit Frau Kieser von der Hamburger Agentur getroffen haben, klappt nach wie vor hervorragend. An den Tagen, die wir auf See sind, gebe ich am Vormittag meine zweistündigen Tanzkurse, alle anderen Tage habe ich frei. Der Aufwand ist also überschaubar. Elisabeth und ich haben noch alle Zeit der Welt für uns und

für die Vergnügungen, die dieser Luxusliner so bietet. Nur zum Bingo muss sie alleine gehen, das ist wirklich nichts für mich!
Ich habe übrigens angefangen, Italienisch zu lernen.
In meinem Alter wollen die kleinen grauen Zellen schließlich beschäftigt werden, damit sie nicht schlappmachen.
Und wer weiß, wofür ich diese schöne Sprache noch einmal brauche!
In ungefähr sechs Wochen landen wir in San Francisco an. Dort gehen wir von Bord und nisten uns zwei Wochen bei meiner Tochter und ihrer Familie ein. Ich hatte Dir ja schon erzählt, dass Mareile von meiner Weltreise nicht gerade begeistert war und die ganze Sache für eine Schnapsidee hielt. Sie hatte wohl Angst, dass mir etwas zustoßen könnte … Und außerdem fand sie es wohl etwas komisch, dass ihr alter Herr nicht alleine unterwegs ist, sondern in Begleitung einer Dame reist.
Stell Dir vor: Sie hatte tatsächlich Angst, dass ich einer Heiratsschwindlerin aufgesessen bin! Na ja, inzwischen hat sie sich wieder beruhigt. Jetzt freut sie sich darauf, dass ihre Kinder endlich mal Zeit mit dem Opa verbringen können. Und natürlich ist sie ziemlich neugierig auf Elisabeth – auch wenn sie das niemals zugeben würde.
Jetzt muss ich aber Schluss machen und mich langsam zum Dinner umziehen. Elisabeth steht schon fix und fertig neben mir und drängelt. Heute ist nämlich Meeresfrüchte-Abend, und den möchte sie auf keinen Fall verpassen.
Aber ich soll Dich ganz, ganz herzlich von ihr grüßen – und Max natürlich auch!
Wenn Du zwischendurch ein wenig Zeit hast, dann schreib mir doch mal, wie es so in Hamburg läuft – auch wenn Du Briefeschreiben vielleicht etwas altmodisch findest. Was

macht denn der neue Job? Und seid Ihr jetzt schon umgezogen oder nicht?

Viele liebe Grüße
Dein alter Freund Dieter

PS: Auch Deine zweite Rate ist pünktlich auf meinem Konto eingetroffen. Hab Dank dafür!

Lieber Dieter,

ich habe ja keine Ahnung, wo Ihr gerade steckt. Aber ich hoffe, mein Geschreibsel erreicht noch pünktlich Euer Schiff, bevor Ihr in San Francisco ankommt. Eure Postkarte aus Dubai ist jedenfalls genau wie Dein Brief gut bei uns gelandet – wir haben ja einen Nachsendeantrag gestellt.
Ja, wir sind mittlerweile umgezogen – in eine schnieke Drei-Zimmer-Wohnung nach Eimsbüttel. Max' Junggesellenbude in Altona war definitiv zu klein für uns zwei. Da sind wir uns ab und zu schon auf die Nerven gegangen. Ich hab ja auch vorher noch nie mit einem Mann zusammengewohnt. Das war am Anfang schon ganz schön komisch! Mittlerweile haben wir uns aber gut zusammengerauft und sind ein echtes Dream-Team, wie Max immer sagt.
Ich habe auch immer noch Schmetterlinge im Bauch, wenn ich morgens neben ihm aufwache und ihn anschaue, meinen kleinen Adonis. Aber verrate ihm das bloß nicht, sonst bildet er sich noch was drauf ein!
Apropos Dream-Team: Meinen Job als Altenpflegerin habe ich wieder hingeschmissen. Aber reg Dich bloß nicht auf! Natürlich habe ich wieder etwas Neues. Da wirst Du jetzt staunen: Max und ich haben uns selbstständig gemacht – mit einer Privatdetektei! Max hat schon länger von seiner eigenen kleinen Firma geträumt. Und da der olle Hans-Peter ja zum festen Kundenstamm seines alten Arbeitgebers gehört und er dem nun wirklich nicht dauernd über den Weg laufen möchte, fanden wir, dass jetzt der perfekte Zeitpunkt dafür ist.
Außerdem meint Max, dass ich ein Naturtalent in puncto Beschattungen bin. Ich glaube, da hat er recht! In andere Rollen zu schlüpfen und vorzugeben, jemand zu sein, der ich

gar nicht bin, macht mir einfach einen Heidenspaß! Jedenfalls lässt sich die Sache gut an, wir haben schon die ersten Aufträge – um Deine Raten brauchst Du Dir also auch in Zukunft keine Sorgen zu machen.
Klingel doch mal durch, wenn Ihr bei Mareile seid. Dann können wir mal wieder in Ruhe schnacken. Aber bitte vergiss nicht wieder die Zeitumstellung!!!!
Und grüß Elisabeth von mir (viel Spaß beim Bingo)!

Bis wir wieder voneinander hören, wünsch ich Euch jedenfalls lauter schöne Tage,
Deine Undercover-Agentin Sara

PS: Max lässt auch schön grüßen und fragt, ob Ihr im Frühjahr vielleicht nach Hamburg kommen könntet.
Wir hätten da nämlich einen Spezialauftrag für Euch – als Trauzeugen …

Danksagung

Viele Köche verderben den Brei? Nicht, wenn man ein Buch schreibt. Denn da gibt es schon ein paar Köche, die so ein Projekt von der ersten Idee bis zur letzten Seite begleiten. Einigen besonders wichtigen möchten wir an dieser Stelle danken:

- Corinna Kroker, unserer Lektorin. Sehr gut gelaunt, umsichtig und immer ansprechbar – diese Zusammenarbeit hat wirklich Spaß gemacht!

- Unseren Agentinnen Petra und Bettina für gute Ideen, gute Nerven und sowieso …

- Ricarda Ohligschläger, die sich als So-gut-wie-Eingeborene um den brandenburgischen Dialekt von Kalle und Elvira verdient gemacht hat

- Der Reederei Cunard, die uns auf die Ostseeroute nach St. Petersburg mitgenommen und uns einen wunderbaren Einblick in ihr Schiff *Queen Elizabeth II.* ermöglicht hat. Wir können sagen: Die Wirklichkeit ist besser als jede Phantasie – die Lisbeth ist einfach das perfekte Schiff! Stellvertretend für seine tolle Mannschaft möchten wir insbesondere der zauberhaften Dolores Mentil danken.

- Last but not least: Wiebke und Frauke. Ihr wisst schon, wofür.

Tapas, Tequila und ein toter Tourist

Hanne Holms

Balearenblut

Ein Mallorca-Krimi

Piper Taschenbuch, 256 Seiten
€ 9,99 [D], € 10,30 [A]*
ISBN 978-3-492-31036-9

Mallorca ruft! Reisejournalistin Lisa Langer fliegt für einen Auftrag ins sonnige Alcúdia. Kaum angekommen, fällt ihr im wahrsten Sinn des Wortes ein Mann vor die Füße: Ein Hotelgast stürzt vom Balkon des dritten Stocks, und das Messer, das zwischen seinen Schulterblättern steckt, lässt einen Selbstmord unglaubwürdig erscheinen. Da die Journalistin ein heimliches Doppelleben als Krimiautorin führt, ist die Neugierde groß. Wann kann man sich schon mal eine frische Leiche aus der Nähe ansehen? Schneller als gedacht, findet sich Lisa inmitten der Mordermittlungen wieder …

Leseproben, E-Books und mehr unter **www.piper.de**

Eine Hochzeit und vier Todesfälle

* Cover- und Preisänderungen vorbehalten

Arthur Escroyne

Schüsse im Shortbread

Kriminalroman

Aus dem Englischen
von Rudolf Katzer
Piper Taschenbuch, 240 Seiten
€ 9,99 [D], € 10,30 [A]*
ISBN 978-3-492-30915-8

Für Rosy und Arthur läuten die Hochzeitsglocken. Standesgemäß treten sie in der Kathedrale von Gloucester vor den Erzbischof von Canterbury. Eigentlich waren danach Flitterwochen an der Côte d'Azur geplant. Doch stattdessen müssen sie Rosies Trauzeugin und Kollegin in den schottischen Highlands bei der Aufklärung eines Mordfalls unterstützen. Statt Antibes – Aberdeen, statt Strand und Sonne – Mord und Totschlag…

Leseproben, E-Books und mehr unter **www.piper.de**